FreundesZeit

Roman, Vision oder Lebenskunst

Almut Uphoff

Almut Uphoff, 1958 als Enkelin des Worps-weder Kunstmalerehepaares Leonore und Fritz Uphoff geboren, hat auf zahlreichen Reisen durch Europa, Amerika, Afrika und Asien unter-schiedliche Lebensweisen studiert.

Als Grafik Designerin und Schmuck Designerin gewann sie intensive Eindrücke in die Wirtschaft und in die Arbeitswelt, Erfahrungen, die sie für menschliche Werte, wie Hoffnung und Mut sen-sibilisierten.

Sie studierte Kulturwissenschaften und deutsche Literatur, immer im Blick, die Chancen für ein bereicherndes Miteinander.

Der Sehnsucht nach einem friedlich, heiteren Leben begegnet sie als Mediatorin und entwickelt zeitgemäße Ideen für Freundschaft.

In ihrer Heimat Worpswede, entstand der Roman „FreundesZeit", den sie 2014 veröffent-lichte.

Fantasievoll und zugleich wirklichkeitsnah gibt der Roman Einblicke in freundschaftliches Leben und Ausblicke auf eine Zukunft, in der die Freundschaft, als eine friedliche Lebensform, individuell und global gelebt werden kann.

FreundesZeit

Roman, Vision oder Lebenskunst

Almut Uphoff

Impressum:
Almut Uphoff
Nordwerder Straße
27726 Worpswede
Almut.Uphoff@gmx.de

Autorin: Almut Uphoff
Herausgeberin: Almut Uphoff
Grafik Design: Almut Uphoff
Covergestaltung: Dorian Uphoff
Cover Mosaik: Lore und Fritz Uphoff 1930

Veröffentlichung März 2014
Printed in Germany

ISBN 978-3-00-044969-7

Wer Freundschaft mutig erarbeitet
und liebevoll pflegt,
wird mit innerem Reichtum belohnt.
Almut Uphoff

Wie Gletschereis wirkte das Blau seiner Augen im Licht der Leuchtdiode vor mannshohem Spiegel. Vor mir stand er, steif, viel zu groß und starrte mich mit spitzen Pupillen an. Es roch nach Tannengrün und Punsch.

„Warum sagst Du nicht endlich etwas?", drohte sich meine Stimme, zu überschlagen. Er starrte mich an. Plötzlich riss er Jacke und Mütze vom Haken, zögerte einen Moment. Dabei schob der Mann, der mir vor zehn Jahren das Jawort gegeben hatte, seine Schultern und das kräftige Kinn nach vorn. Viel zu fest griff er zu, nur um den lächerlichen Schlüsselbund klimpernd an sich zu reißen. Dann stand er wieder steif vor mir und richtet einen der Schlüssel mit dem zackigen Bart direkt auf meine Brust und öffnete seinen Mund, als wolle er etwas sagen. Als er ihn wieder schloss, warf er gleichzeitig mit beiden Enden seines Schals, den Kopf in den Nacken. Immer noch schwieg Tom. Kantig wirkte sein schmales Gesicht, von den Konturen des Unterkiefers beherrscht. In diesem Moment verstmmte im Wohnzimmer der glockenhelle Gesang einer vorweihnachtlichen Melodie.

„Mir reicht es! Endgültig!", fuhr Tom mich an, riss die Eingangstür auf, schritt geräuschvoll über die Schwelle, um jenseits abrupt stehenzubleiben. Ganz still stand er, vor mit geradem, breiten Rücken. Plötzlich drehte er sich ruckartig um.

Als sich sein Blick in meinem verzahnte, stoben meine Worte zu ihm herauf: „Dann geh doch endlich! Aber schnell! Sie wartet auf dich!"

Mit lautem Knall warf ich die schwere Eingangstür ins Schloss. Grau war die fein geschliffene Fläche, grau wirkte sie, wie die Wand. Dicht war der Schleier aus Tränen vor meinen Augen. Kraft entwich meinen Armen. Die Muskeln meiner Beine erschlafften. In meiner Kehle, ein hartes Nichts blockierte die Zufuhr von Luft.

Während seine Schritte auf dem holprigem Pflaster vor unserem Haus verhallten, verlor eine weibliche Figur hinter der Tür ihre klaren Konturen und sackte in sich zusammen. Was ich fühlte war Fliesenhärte.

Irgendwann rasten Gedankensplitter durch das Innere meines dröhnenden Schädels.

„Allein! Ich bleibe allein", klagte ich mit tonloser Stimme leise vor mich hin. „Diesmal nicht! Nein, ich laufe ihm nicht noch einmal hinterher! Ich will nicht mehr flehen, jammern und betteln!", dachte ich.

„Ich will nicht wieder erleben, dass ein gönnerhaftes Lächeln über das schmale Gesicht des Mannes huscht. Ich weiß, dass ich die steile Falte auf seiner Stirn immer wieder übersehen wollte, die sich bildete, während seine Hände im selben Moment in den Hosentaschen verschwanden. Zumeist stieß er durch straffe Lippen hervor: „Nun lass das Geweine! Reg dich nicht auf, Sophie. Komm schon her." Ich kam und er blieb – stumm.

An diesem Abend blieb ich allein hinter der geschlossenen Tür. Der Duft von Tannengrün und brennenden Kerzen zog durch die Räume, in denen ich mir, angesichts des flächigen Grau der Eingangstür, befahl: „Sophie, bleibe stark! Hörst Du? Lass ihn gehen, endlich! Suche ihn nicht, hörst Du Sophie und weine nicht!"

Eine weitere vorweihnachtliche Melodie erklang aus dem Wohnraum, und ich flüsterte: „Fünfzehn Jahre sind genug, in denen mal ich geweint oder er geschrien hatte. Viel zu viele Stunden sind verronnen, in denen er geschwiegen und ich umso lauter geschimpft hatte. Zu oft hatten wir unter südlicher Sonne, im feinen Sand von idyllischen Badebuchten oder zwischen historischen Straßenzügen gestritten, stöhnend, weinend, zeitaufwendig."

Immer noch auf den kühlen Fliesen unseres Haues hockend, die verschwommenden Konturen des bodenlangen Spiegels mit brennenden Augen abtastend, stellte ich fest: „Keine schneidig gefahrene Ankunft im Luxuswagen vor hell erleuchteter Prachtfassade hat uns friedlich gestimmt. Nicht mal der neueste Modetrend in der Blitzlichtmitte schillernder Anlässe hat uns davor bewahrt, den Partner als Feind zu betrachten."

Wie sich Tom in den kämpferischen Szenen unserer Ehe gefühlt hat, darüber hat er beharrlich geschwiegen- jedenfalls mir gegenüber.

Wie ich mich jetzt fühle? Einsam. Und dem ist nichts hinzuzufügen! Aber- Nein, diesem „Aber" folgt keine geschliffen formulierte Anklage. Ich schimpfe nicht über den schweigenden Tom, kritisiere nicht meine wütenden Äußerungen, die er immer wieder stumm entgegennahm. Hier folgt auch keine schwungvolle Verteidigungsrede.

Diesem „Aber" schließt sich nur eine Erkenntnis an, die Tom und ich übereinstimmend getroffen haben: „Aber leider ist uns beiden die Lebensfreude in den Jahren unserer Partnerschaft entglitten."

Was sollte ich noch hinzufügen? Ich wünsche mir traurige Weihnachten!

„Sophie, so geht das nicht weiter! Steh auf! Die Fliesen sind hart und zudem zu kalt. Eine Blasenentzündung ist schmerzhaft. Du musst jetzt aufhören zu trauern! Tom ist lange schon nicht mehr dein Freund und Partner. Und du, Sophie, bist für ihn auch keine Freundin mehr. Lass ihn in Frieden gehen und du Sophie, befehle ich mir, du musst einen Neuanfang wagen! Jetzt, Sophie, jetzt gleich!", werde ich lauter ich und verlagere das Gewicht meines Körpers so, dass ich mich erst auf die Knie und dann in die Hocke stemme. Für eine sportliche Frau ohne körperliche Einschränkungen eine schwerfällige Übung. Aber niemand sieht zu.

Zur Entspannung schlenkere ich mit meinen Armen und Beinen. Mit einem grusgen Lächeln, zu einer Grimasse verzogen, lockere ich vor dem Spiegel stehend die Muskeln meines Gesichtes. Nun beuge ich meinen Rücken und spanne den Bauch an, laut stöhnend. Während ich meine Hände und Füße drehe, rechtsherum, linkherum, sehe ich vor mir im Spiegel eine Marionette. Halt!
Bevor das Bild von mir hier groteske Züge annimmt, ich puppenhaft oder willenlos erscheine, strecke ich meinen Oberkörper in die Höhe. Aufrecht, mit hoch erhobenem Kopf, präsentiere ich jetzt eine Persönlichkeit, die Dir mehr zu bieten hat als wirbelnde . - Absatz!

Hallo, liebe Leserin, lieber Leser, da bin ich aufrecht stehend. Zu meinem Glück bemerke ich gerade noch rechtzeitig, dass etwas Besonderes geschieht: Mit Deinem Blick auf die ersten Zeilen dieses Buches, beweist Du Aufmerksamkeit. Ich freue mich sehr! Ein Mensch interessiert sich für meine Worte. Ich kenne Dich nicht, fühle mich aber geehrt!
Ich, Sophie, an dieser Stelle eine Fremde für Dich, halte inne, um zu atmen, tief und genüsslich- ein und aus. Diesen feinen Moment auszukosten, erscheint mir als wertvoll – ein großer Gewinn, bedenkt man den geringen Aufwand, den ich bis hierhin betrieben habe. Nun gut, doch ich weiß ein interessanter Roman sollte an dieser Stelle entschieden an Fahrt aufnehmen. Richtig?
„Also dann lege mal los, Sophie!", befehle ich mir, während meine Fantasie mich zu einem kecken Blick in den Spiegel verführt. Mit einem leisen Stöhnen stelle ich fest, dass die Eindrücke einer nahzu durchwachten Nacht dunkle Ringe unter meine Augen gezeichnet hat, ohne die ich auf Dich sicherlich schicker wirkte. Jetzt beginnt ein neuer Tag und es gibt Wichtigeres.

„Nun geh schon!", treibt meine Fantasie mich ungeduldig zur Eingangstüre.

Ein fester Druck auf die Klinke, die schwere Tür öffnet sich wie von selbst, und ich trete über die Schwelle nach draußen. Helles Sonnenlicht treibt meine Vorfreude über die lange Einfahrt zum weit geöffneten Hoftor. Ich trippele gerade so schnell, wie es die rutschige Schneedecke, in der Kälte einer winterlichen Nacht erstarrt, eben noch zulässt. Jetzt glitzert die Fläche; und inmitten des strahlenden Weiß sehe ich Dich, liebe Leserin, lieber Leser, ich sehe Dich vor mir. Ein schönes Bild! Ein tiefer Blick in Deine Augen, mein beherztes Einatmen, dann komme ich mit leicht geöffneten Armen auf Dich zu. „Möchtest Du an dieser Stelle mein „Hallo" lesen?" Wie auch immer. Vor uns liegt ein Teppich aus unberührtem Schnee, auf dem wir erste Schritte gemeinsam zu meinem Haus gehen. Vorauseilend stößt meine Hoffnung mit weiter Geste die Türe auf. „Komm herein!"

Beim Drücken der Schalter leuchten winzige Lichter auf. Zahlreiche farbige Fotos schmücken die Wände. Porträts sind es, Modeaufnahmen und dezente Aktfotos. Es duftet nach frisch gebackenem Apfelkuchen. Klavier- und Kontrabassklänge erklingen - leise Jazzmusik.

Von meiner Zuversicht ermutigt, bitte ich Dich durch eine, von der Wintersonne lichtdurchflutete Diele hoch in die erste Etage. Zwischen Erker und Kaminofen steht ein gemütlicher Sessel, in dem es sich genial entspannen und, dank einer punktgenauen Lichtquelle, konzentriert lesen lässt. Nimm bitte Platz und mach es Dir gemütlich.

Ich hoffe, bei mir fehlt es Dir nicht an Wärme, Freude und geistiger Beweglichkeit. Meine Fantasie hast Du bereits kennengelernt. Meine Hoffnung schweigt. Ich habe sie darum gebeten, denn die gedankliche Verbindung zu Dir erscheint mir noch unwirklich. Für Zweifel allerdings, ist jetzt nicht die Zeit. Zuversicht ist die Kraft, die den Tatendrang entfacht.

Mit Deinem Eintreffen hat sich hier, im Norden unseres Landes, das Leuchten der Sonne beharrlich durch die Wolkendecke geschoben. Immer noch herrscht eisige Winterkälte, jetzt. am Ende des zweiten Monats im Neuen Jahr.

Wie jeden Morgen warteten vor Deinem Besuch auf mich zahlreiche Lebewesen, prachtvolle Tiere, denen ich vor Jahren Pflege und Fütterung versprochen habe. Klingt Dir der Satz zu schwärmerisch? Nun, es ist so: Die Tiere sind freundlich, sanft und geduldig. Ohne meine Fürsorge müssten sie Hunger und Durst erleiden.

Als im Morgengrauen meine Stiefel die Eisschicht durchstießen, die sich auf dem verschneiten Weg zum Stall über Nacht gebildet hatte, wieherten die Pferde hell auf. Sie trampelten, schüttelten mit den Köpfen, bis das aufgeschüttelte Heu seinen Duft vor ihren geöffneten Nüstern entwickelte. Sofort stießen sie ihre Mäuler schnaubend in dichte Büschel aus feinen Halmen. Währenddessen öffnete ich eine hölzerne Klappe. Sofort kamen mir laut gackernd, mit schlagenden Fügeln zahlreiche Hühner entgegen, dieaus der Enge ihres Stalles, durch die Pferdebeine hindurch, ins Freie eilten.

Trotz des sorgsam gewählten Schutzes meiner Hände drang die eisige Kälte an meine Finger. Eilig verrichtete ich meine Arbeit, so flink, dass sich mein Körper unter Jacke und Weste erstaunlich erhitzte.

Wieder im Haus zurück, öffnete ich den Reißverschluss mit steifen Händen, um hinter der Badezimmertür zu ver-schwinden. Man hätte das Rauschen des Wassers vernehmen können. Doch zu der Zeit war ich allein im Haus.

Jetzt dufte ich nach Seife und mildem Shampoo. Die zehn farbenfrohen Hühner picken die Körner aus dem Schnee. Die Pferde, kompakt gebaut, in ihrem dichten Winterfell, Tiere von der Insel aus Feuer und Eis, bohren schnaubend ihre Köpfe ins Heu. Vor dem Fenster tollen zwei Hunde- der dicke Braune und der gefleckte Terrier unter den kahlen Eichbäumen zwischen welken Blättern und Schnee. Und was mache ich? Ich sitze an meinem Schreibtisch und genieße. Du bist im Raum und Du liest, was ich schreibe. Vor mir befindet sich eine hoffnungsvolle Zukunft. Deshalb treffe ich eine Entscheidung, die sich weder aus den Seiten dieses Buches, noch aus meinem Leben radieren lässt. Ich schreibe und freue mich, wenn Du meine Zeilen auch weiterhin liest.

„Sophie, pass auf!", warnt mich meine innere Stimme. „Beachte genau, ob Du Deinen Gast gut unterhältst. Ländliche Idylle kommt nicht bei jedem gut an. Ein Moment der Unlust, und schon verliert der sensible Leser das Interesse – schlechtesten Falles für immer. Das wäre fatal."
Vielleicht fragst Du, wie ich einem solchen Unheil begegnen möchte? Meine Antwort: „Wenn mein Wissen, meine Fantasie und meine Freude am Erzählen Dein Interesse wecken, entwickelt sich zwischen uns ein stiller, vielleicht sogar engagierter, geistiger Austausch. Hier ist es genauso, wie im wirklichen Leben: Engagement, Begeisterung und gegenseitige Einfühlung machen das Miteinander lebendig.
Doch auch in dieser medial geführten Beziehung ist jeder für sein eigenes Wohlbefinden verantwortlich. Ich, Sophie, bin die Gastgeberin und bevor ich weiterschreibe, halte ich inne, um Dich mit freunlichem Lächeln anzusehen:„Sei ganz herzlich willkommen!"

Ob ich willkommen war, als Mutter endlich bemerkte, dass sich in ihrem Leib einiges entscheidend veränderte, weiß ich bis heute nicht sicher.

„Eine Sternschnuppe warst Du!", versicherte Mutter mir freundlich lächelnd viele Jahre später.

Ihren Gesichtsausdruck interpretierte so: „Du kleine Sophie warst kein Wunschkind. Aber deine Anwesenheit stürzte deine Familie auch nicht in tiefes Leid." Also, ich kam unerwartet aber nicht plötzlich und blieb, wie Du richtig schlussfolgerst, bis heute.

Damals habe ich mich zwischen Rückgrat und Bauchdecke unter dem schlagenden Herzen einer Person entwickelt, die ich erst viele Monate später meine Mutter nennen konnte. Das ist sicher.

Die Monate, in denen ich nur als wachsende Rundung zu sehen war, empfand Mutter als anstrengend. Das Stehen fiel ihr schwer. Das Bücken machte ich ihr, im Verlauf der Schwangerschaft, unmöglich. Denn zwischen ihren Rippen und ihrem Becken bildete sich ein Wesen mit Schädel, Rippen und Gliedmaßen heran. Ultraschallbilder kannte man damals, am Anfang der Sechzigerjahre noch nicht. Aus diesem Grund wurde mein Geschlecht erst in jenem Moment ermittelt, in dem ich Mutters Körper endgültig verließ.

Einen Moment lang möchte ich innehalten. War es nun Zufall oder Schicksal, dass mein Geburtsjahr zwei Jahrzehnte nach dem Ende einer grausamen Zeit lag, die über unser Land eine tiefe Dunkelheit gebracht hatte? Ich nenne es jedenfalls Glück, das meine körperliche und seelische Entwicklung einer Person anvertraut war, die während der Schwangerschaft weder Hunger noch Not erleiden musste. Mutter befand sich in einem Land, dessen Einwohner weder kriegerische Konflikte noch Katastrophen durchlebten. Es herrschte Frieden. Mutter, Vater und mein großer Bruder wohnten zusammen in einer

Etagenwohnung. Wir hatten eine Zentralheizung, fließend kaltes und warmes Wasser, Strom, einen Kochherd und eine Waschmaschine - um nur die wichtigsten Dinge zu nennen.

Heute erlauben mir Frieden und Wohlstand in unserem Land, mich mit Werten zu befassen, die unbezahlbar sind, kostbar, doch zugleich unsichtbar. Mit einem wachen Verstand gefühlvoll, nicht aber mit den Händen lassen sich diese Werte greifen. Es sind feine, menschliche Werte, die wertvoll genug sind, um von ihnen einen Mehrwert zu erwarten. Welche Werte ich meine, fragst Du?
Nun es sind positive und heitere Gedanken, freundliche Worte und gute, anständige Taten. Schaust du mich gerade fragend an?
Ich habe eine Idee, und wie ich finde, eine gute. Eine Idee ist ein Gedanke, nach dem man handeln kann. Eine Idee kann auch ein Leitbild sein, an dem man sich orientiert.
Meine Idee ist folgende: Mut, Ehrlichkeit, Selbstdisziplin, Toleranz, Fairness, Liebe und Freundschaft sind Werte, die gleichmäßig und wahrhaftig gelebt, jedem von uns hohen Gewinn bringen können. Der persönliche Gewinn kann so hoch sein, dass Menschen, die in Banken und Börsen tätig sind, froh wären, solche Werte anpreisen zu dürfen.

Entschuldige bitte! Ich habe mich soeben in meine Gedanken eingesponnen. Das könnte dazu geführt haben, dass Du Dich von mir alleingelassen fühlst. Bitte glaube mir, ich nehme Dich wahr! Ich fühle, dass Du mir Mut machst. Deine gedankliche Nähe stärkt mich.
Oh ja, fast hätte ich vergessen, dass der Duft von Apfelkuchen immer noch durch die Räume zieht. Als Gastgeberin biete ich Dir, neben dem frischen Gebäck, ein Getränk Deiner Wahl an. Solltest Du andere Köstlichkeiten vorziehen? Ich gehe gerne auf Deine Wünsche ein. Solltest

Du Dich ausruhen mögen, Deinen Oberkörper in die Kissen des Sessels kuscheln wollen, dann tue es! Ziehst Du vor weiterzulesen, so freue ich mich.

Schon einige Zeit vor Deinem Eintreffen habe ich eine kleine Sammlung von Wertvollem angelegt. Um mich herum liegen nun zahlreiche Zettel, auf denen ich Gefühle und Eigenschaften niedergeschrieben habe. Da gibt es gute Eigenschaften, schöne Gefühle. Auf jeden Zettel schrieb ich jeweils ein Gefühl oder eine Eigenschaft.

Diese guten, angenehmen Werte legte ich wie folgt zusammen: Den Mut schob ich nah an die Hoffnung. Die Lebensfreude legte ich neben die Liebe. Wie von selbst ordneten sich die Selbstdisziplin, die Zuverlässigkeit, der Respekt und das Vertrauen zu der, von mir mit feinen Lettern geschriebenen Güte. Nicht vergessen habe ich die Verantwortung. Ganz oben platzierte ich die Freundschaft, die sich genauso gut unten einordnen ließe, da die Freundschaft in der Tiefe und in gefühlvollen Höhen ihren Wert voll entfaltet.

Dann blickte ich auf einen schönen Stapel, den ich mit Feinsinnigkeit und Herzlichkeit ergänzte. Die Geduld hätte ich überall einschieben können, genauso die Toleranz und das liebevolle Streben nach Gleichwertigkeit.

Plötzlich sah ich sie vor mir, groß, voll heiterer Kraft, die Weltoffenheit. Sie landete wie von selbst bei der Freude am Erforschen des Unbekannten. Darüber platzierte ich das feinfühlige Interesse an Menschen.

Kaum hatte ich die Großzügigkeit zu Dankbarkeit und Fleiß gelegt, erschien sie leuchtend vor mir, die Würde. Sie zeigte sich mit riesigen, geschwungenen Lettern auf einem viel zu kleinen Zettel. Diesem feinen, hart umkämpften menschlichen Wert wollte ich meine besondere Aufmerksamkeit schenken. Deshalb platzierte ich die Würde über die Liebe und beide großartigen Werte zur Güte.

Vervollständigt habe ich meine Sammlung mit den positiven Lebenserfahrungen. Sie können ein Schatz für Menschen sein, die eigene Gedanken und Handlungen gerne hinterfragen und das Tun anderer Menschen aufmerksam beobachten.

Zufrieden sah ich zu Boden. Da entdeckte ich vor meinen Füßen einen weiteren Zettel. Als ich ihn hochhob, las ich darauf „Ehrlichkeit". Fast hätte ich die Ehrlichkeit unter den Teppich geschoben. Nun aber legte ich sie zum Anstand, direkt neben die Wahrhaftigkeit und alle zusammen zu der Integrität und der Loyalität.

Zufrieden lächelnd lehnte ich mich weit zurück in den Sessel. Vor mir lag eine feine Sammlung von positiven Gefühlen und edlen Werten. Meine Augen hätte ich nun genüsslich schließen können, um zufrieden vor mich hinzuträumen, hätte ich nicht gehofft, dass Du mehr von mir erwartest, als eine Aufzählung von guten, ideellen Werten.

Wie bewertest Du meine kleine Sammlung von angenehmen Gefühlen und guten Eigenschaften? Wirken die Begriffe auf Dich nostalgisch, weit entfernt von unserer alltäglichen Wirklichkeit? Mir jedenfalls geht es so. Das bedaure ich sehr, denn immer öfter denke ich: „Die Zeit ist gekommen!" Viele Menschen lassen positive Gedanken in gute Taten einfließen. Sie lassen sich nicht von Intoleranz und Abwertungen beirren. Gute Taten sind ihnen wichtig. Kriegerisches Geschehen lehnen sie ab. Das es leichter ist, in einer fairen Gemeinschaft Gutes zu bewirken, zeigen die Beispiele aus der jüngeren Geschichte. Da fiel eine Mauer, weil Menschen friedlich zusammen den Mut aufbrachten, das Trennende zu überwinden.

Für ein angenehmes Leben in Beruf und Freizeit, sammeln Menschen gute Ideen, mit denen sie sich couragiert und aufmerksam in unsere Gesellschaft einbringen. Mut zur

Freiheit, Freude an der Gleichwertigkeit und die Hoffnung auf mehr Lebensfreude treiben sie an. Klasse, nicht wahr? Positive Gedanken, gute Taten - wie gut das klingt!

„Sicherlich fragst Du mich, ob ich es schaffe gutmütig, heiter und ehrlich zu bleiben, egal, was mir geschieht?" Mein Blick drängt sich hinein in den üppigen Flor des Teppichs unter meinen Füßen, muss ich gestehen. Kleinlaut antworte ich:„Gleichmäßig heiter zu denken, höflich zu sprechen und zu handeln, fällt mir in manchen Situationen schwer. Wenn ich beleidigt werde oder mich abgewertet fühle, neige ich zu trauriger Verärgerung. Mein Blick verdüstert sich und eine eilige, manchmal voreilige, nicht gerade freunliche Bemerkung rutscht mir heraus. Wenn ich abgelehnt werde oder mich einsam fühle, befällt Unsicherheit oder Ungeduld. Oft genug wird sie für mein Gegenüber sichtbar. Da bin ich sicher.

Immer wieder muss ich mich also ganz bewusst auf meinen Willen zu anständigem Benehmen konzentrieren. Sonst -."

Jetzt weiß ich, Du erwartest von mir, dass ich Dich ansehe, mutig und aufrichtig, während ich mit Dir spreche.

„Ja, gerne. Das hast Du verdient!"

Mit freundlichem Blick in Deine Augen ergänze ich: „Ehrlich und fair, mutig und zuverlässig zu bleiben, unter dem Eindruck innerer oder äußerer Widerstände, ist ganz schön anstrengend. Negativen Gedanken und bösen Worten gleichbleibend höflich und gutmütig zu begegnen, verlangt Disziplin. Aber ich verspreche Dir, ich bleibe dran. Das Gute zu denken und anständig zu handeln, ist mir wichtig! Inzwischen bin ich sicher, dass ich nur mit positiven Gedanken und guten Taten das Gute erreiche. Vielleicht nicht bei anderen, aber in mir!"

Wirken meine Überlegungen zu theoretisch auf Dich? Das wäre nicht verwunderlich, denn eine Theorie ist ein System von Aussagen, das dazu dient, Ausschnitte der Wirklichkeit zu erklären und Prognosen über die Zukunft zu erstellen.

Du aber hattest erwartet, einen Roman zu lesen? Spannende Handlungen möchtest Du lesen. Theorien findest Du langweilig? Leben möchtest Du spüren?
Mit liebevollem Lächeln bitte ich Dich um ein wenig Geduld. Schon bald entfaltet sich hier Lebendigkeit. Kurzum: Es wird laut, kurios, fröhlich, jammervoll–

Zuvor noch dies: Vor Dir auf dem Tisch breiten sich allerlei feine Speisen aus. Nimm Dir bitte so viel, wie Du magst, wenn Du magst. Da ich Deine Wünsche nicht kenne, bitte ich Dich herzlich: Setze Dich aktiv und unverzüglich für Deine Interessen ein. Medial vorgegeben sind meine Möglichkeiten, Dich zu erfreuen, begrenzt.
Der Vorteil unserer Beziehung: Jeder von uns hat jederzeit die Chance zu tun und zu lassen, was sie - oder was er will. Unseren Ideenraum schützt uns vor Eindringlingen. Keiner von uns stößt plötzlich auf abwertende Gesten. Niemand belästigt den anderen mit traurigen Blicken oder bösen Fratzen. - Störungsarm möchte ich unser Verhältnis nennen. Nicht schlecht, oder?
Das bedeutet für Dich: Du öffnest das Buch, siehst hinein, liest und schon bin ich da. Hast Du genug von mir, dann schließt Du das Buch. Weg ist die Sophie! Und Du kannst die leise, ja stille Lektüre lässig aus Deiner Hand legen.

Ich aber möchte nicht dauerhaft fortgelegt bleiben. Vielmehr wünsche ich mir, dass Du mir nah bleibst, während ich erzähle.
Ich biete Dir– verdammter Mist! Da ist sie, die Anspannung unter der ich leide, wenn ich bedenke, was Du von mir erwarten könntest.
Ich spüre Deine Erwartung. Ein seltsamer Druck breitet sich, von der Magengegend kommend, in meinem Körper aus. Erregung? Mehr noch. Hier, unmittelbar vor Deinen Augen fürchte ich, zu versagen. Das Gefühl von

Hilflosigkeit sticht, spitzen Nadeln gleich, in meine Haut. Oh nein! Das auch noch! Ich spüre, dass der Ärger über meine Hilflosigkeit in mir aufsteigt. Nervöse Hitze. Bevor ich diesen Ärger mit großen Lettern auf einen meiner kleinen, farbigen Zettel bannen kann, packt mich die Wut gegen den Ärger. Ich schreibe „Wut", schiebe sie rasch zum Ärger und beides über den Zettel mit dem „Zweifel", während mein Fuß heftig auf den hölzernen Boden stampft. Rums. „Au! Hau ab!", ertönt meine Stimme zu laut, zu blechern. Da haben wir es. Meine Wut fühlt sich abgeschoben und gedemütigt. Recht hat sie. Ich will die Wut loswerden! Ich will sie zur Seite schieben, um mich auf das Gute– auf unsere mediale Beziehung zu konzentrieren. Eifersüchtig ist die Wut- oder neidisch? Neidisch ist sie auf meinen Einsatz für das Gute oder auf Dich? Puh! Wie ärgerlich, direkt vor Deinen Augen kann ich meine Wut nicht bändigen. „Ich bin wichtig!", herrscht meine Wut mich an. „Ich will hier bleiben!", schreit sie noch lauter.

Das gibt es doch nicht! Jetzt will die Wut sich hier, zwischen unseren Zeilen ausbreiten, um Dich und mich zu beherrschen. Ich denke gegen sie an, ein wenig hilflos lächelnd. Ich will denken, verdammt noch mal! Da haben wir es. Ich bin wütend auf die Wut. Sie verunsichert mich. Ich gegen mich? Das ist doch zu dumm– oder ist es verrückt? Ich wüte, aber worüber und warum? Wo bin ich? Scheiße! Verdammt noch mal! Ich bin nicht allein. Du bist hier und die garstige Wut ist mir peinlich, zum Grausen, sie raubt mir die Konzentration; und ich fürchte, meine Wut raubt mir Deinen Respekt. „Roman", denke ich, „spannende Erzählungen", „Lebensfreude", aber ganz sicher keine Wut will ich hier ausbreiten.

So, jetzt reicht es! Ich muss mich beherrschen, sonst beherrscht die Wut mich. „Disziplin und Mut Sophie! Einmal tief einatmen Sophie!" Jetzt packe ich die trotzige Wut und schiebe sie, mitsamt ihres knitterigen Zettels, unter den Zorn. Und sogleich lege ich den Zettel mit dem Gefühl von Ohnmacht neben die Angst. Weil ich gerade so entschieden bin, schiebe ich den Neid über die Eifersucht und alles zusammen unter das Misstrauen. Immer noch rumort die Wut. Verdammt verärgert, aber entschieden stecke ich nun die Wut unter den Zettel mit der Hoffnungslosigkeit, wohl wissend, dass sich Groll und Zorn auch dort nicht verbergen lassen.

„Egal. Weiter, Sophie! Kämpfe gegen deine negative Stimmung an!", befehle ich mir.

Ach je! Fast hätte ich wuterfüllt den zettel mit dem Hass vergessen, der draußen in der Welt sein Unwesen treibt, um jederzeit, durch jede Ritze einen von uns beiden doch zu erfassen, schnell und tobend. Mir ist mulmig zumute, während ich den, mit großen Lettern niedergeschriebenen Hass ergreife, diesen wilden Gesellen, der Angst, Terror und Zerstörung verbreitet. Kein trauriger, wütender Mensch, kein angstvoller Feind ist vor dem Hass sicher. Wenn der Hass zupackt, verbündet er sich schnell mit der nicht weniger gefährlichen Selbstzerstörung. Grauenvoll!

Entschieden und mutig muss ich sein, um die üblen Formen von Feindseligkeit in den Griff zu bekommen und dort einzuordnen, wo sie nichts Böses anrichten können. Hier zum Beispiel, in meiner Sammlung von Zetteln, die übereinander sortiert, genauso harmlos wirken, wie meine wohl geordneten Zettel mit den guten Gefühlen und den feinen Charakterzügen.

Ich kann es spüren, noch immer hat mich der Hass im Visier. Die Wut grinst schadenfroh und hinterhältig. Ich weiß, der Hass ist mir ganz und gar feindlich gesonnen, denn ich verurteile ihn als die schlimmste aller negativen Emotionen. Ich verurteile auch die Angst, ertappe mich aber zeitweise dabei, der Angst auszuweichen. Dann schweige ich oder belüge mich selbst, was unserer jungen Beziehung ganz sicher nicht gut tut.

Aus! Schluss mit dem Grauen. Negative Gedanken schwächen. Meine negative Stimmung schiebt sich allmählich zwischen Dich und mich. Ich bekomme ein schlechtes Gewissen Dir gegenüber, was auch nichts Gutes bewirken kann!

Erstaunlich schwer hebe ich an der Anhäufung fataler Begriffe. Mir ist heiß, und mir wird übel. Bevor mir die Kraft aus den Gliedern weicht, lasse ich den Stapel aus schlechten Empfindungen sinken.

Und nun? Nun fühle ich mich traurig. Die Traurigkeit, Quelle böser Gedanken und Taten, lege ich auf die Angst. Angst und Traurigkeit gehören für mich eng zusammen. Beide lösen negative Gedanken und Gefühle aus. Oh je! Nun muss ich langsam und bewusst ausatmen. Doch die Angst bleibt, hat sich an mich geheftet, lässt sich nicht ausatmen, nicht so leicht.

Also gut, dann muss ich handeln. „Aufstehen Sophie!", befehle ich mir. „Putze die Fenster, schaue in die Ferne, sieh hinaus in den Schnee! Selbstdisziplin! Fleiß hilft, Mut und Hoffnung, um endlich klare, gute Gedanken zu fassen."

„Hallo Sophie!", rufe ich. Sieh mal genau hin. Hier ist er! Glasklar und rein ist er, dieser eine, beste Gedanke von allen: Allein bin ich nicht mehr! Ich erlebe Nähe, Verständnis, menschliche Wärme und Aufmerksamkeit. Ich fühle mich nicht mehr allein, denn meine Fantasie hat Deine Nähe entdeckt. Du liest. Wunderbar!

Siehe da, schneller als ich es erwartet habe und eindeutiger erkenne ich eine Ordnung. Eins, zwei, zähle ich, die beiden Stapel intensiv betrachtend, und ich weiß, dass ich nicht die Erste bin, die bemüht ist, das „Gute" vom „Bösen" zu trennen.

Trennung! Während Du mich lesend begleitest, wage ich es wieder an Trennung zu denken. Ich denke über die erste

Trennung in meinem Leben nach, die dazu führte, dass ich einen eigenen Namen erhielt.

In der Erinnerung der Person, deren Körper neun Monate lang den meinen umhüllt hatte, war es ein eiskalter Winterabend, an dem Mutter sich dem heftigen Druck der Wehen hingeben musste. Von medizinischen Düften erfüllt, weiß gekachelt aber warm war der fensterlose Raum, in den ich hineingeboren werden sollte. Wir waren zu dritt, Mutter mit ihrem dicken Bauch, in dem ich heftig rumorte und die Hebamme. Mutters Schreie drohten die strikten Anweisungen unserer Geburtshelferin zu übertönen. Und ich?

„Sophie, du wolltest nicht gerne heraus!", erzählte Mutter. „Es war keine schöne Umgebung, so ein Krankenhaussaal zu Beginn der sechziger Jahre. Helle, künstliche Beleuchtung und diese steril wirkenden Kacheln."

Damit brach Mutters Erzählung einen Moment lang ab. Sie räusperte sich: „Ich spreche nicht gerne darüber. Früher ertrug eine Frau die Schmerzen der Wehen und schwieg! Es gehörte zu ihren Aufgaben zu gebären. Alles, was damit verbunden war, hatte eine Frau auszuhalten und damit gut!", ergänzte Mutter mit gespitzten Mund, gesenkten Kopfes.

Im nächsten Moment hob sie ihren Kopf wieder und versicherte mir, dass sie nicht wirklich traurig gewesen sei, als ich endlich ihren Körper verlassen hatte. Ich soll geröchelt haben, ganz leise, als die Geburtshelferin mich kopfüber hielt. Mutter hatte ein leises Gurgeln, dann lauteres Krächzen, und endlich den lang anhaltenden Schrei gehört, der meine Kehle schließlich befreite. Dann legte mich die Hebamme auf die Wickelkommode, um die Funktionen meines Körpers zu untersuchen. Danach hüllte sie mich in großes, weißes Tuch. Kurz darauf lag ich, wie Mutter mir versicherte, vom Trubel um mich herum sichtlich ermattet aber mit geöffneten Augen, zum ersten

Mal in Mutters Arm. Meine Gesichtshaut soll rot und extrem runzelig gewirkt haben, was mir einen besorgten Gesichtsausdruck verlieh. Wobei ich bis heute bezweifle, dass ich mich direkt nach meiner Geburt tatsächlich sorgen konnte. Wohl eher nicht, bedenkt man, dass mein Gehirn durch den Geburtskanal eingeengt worden war.

Sicher ist nur: Die engste menschliche Beziehung, die ich jemals erleben durfte, war an jenem Samstagabend um neun Uhr, am Ende des Januar für immer getrennt worden. Selbstverständlich war es von diesem Moment an nicht mehr, dass ich gewärmt und ernährt wurde. In dieser Lage, von den Gittern meines Bettchens umschlossen, unfähig mich selbstständig zu drehen, bestand für mich das erhöhte Risiko, in irgendeinem Raum vergessen zu werden.

Vergessen habe ich nicht, dass Du einen Raum mit mir teilst! Die Fenster geben den Blick in eine weiße, vom Schnee bedeckte Weite frei.

Darf ich Dir einen frisch aufgebrühten Tee, heißen Kaffee oder Kakao anbieten? Möchtest Du lieber ein Glas Wein, Saft oder sprudelndes Wasser trinken? Was Du wünschst, ich reiche es Dir gerne. Vielleicht ein paar schmackhafte Häppchen, entweder süß oder herzhaft? In meiner Vorstellung steht alles auf dem runden Tisch, der mit seinem hölzernen Charme, seidig glänzend, klein aber stabil, von nun an einem besonderen Menschen zur Verfügung steht. Dir!

Mich zieht es an den Schreibtisch zurück. Vor mir liegen noch immer zwei ungewöhnliche Stapel. Ich freue mich, dass es mir gelungen ist, die guten Werte und sanften Gefühle von den negativen Emotionen und bösen Eigenschaften zu trennen. Nach einer kurzen Pause, in der ich mehrfach tief einatme (ich atme auch wieder aus), konzentriere ich mich auf die von mir, unter Deinen

Augen, sortierten Begriffe. Besonders die Würde des Menschen und dessen Selbstvertrauen– dessen?

Was schreibe ich da, mein Selbstvertrauen möchte ich erobern und, wenn Du es mir erlaubst, möchte ich Dein Selbstvertrauen spüren. Du hast doch Selbstvertrauen- oder? Selbstvertrauen ist sehr nützlich, für Dich und für mich. Dein Selbstvertrauen ist wichtig, damit Du Dich traust, mir jetzt zu vertrauen. Und mein Selbstvertrauen?

„Kopf hoch, Schultern zurück Sophie! Es ist überhaupt kein Wagnis dort oben in deiner Kammer unter dem Dach bedeutsame Werte, in Form von Begriffen zu sammeln und zu ordnen", murmele ich vor mich hin. „Das kann jeder, der über einen gewissen Sprachschatz verfügt und das „Gute" vom „Bösen" trennen möchte.

Ich weiß, wenn ich Mut beweisen will, muss ich mich Dir jetzt zuwenden, offen und ehrlich". Hoffnungsvoll schaue ich auf den Sessel, in dem vor meinen Augen lesend, ein Mensch Platz genommen hat, einen Platz in meinem Leben.

Klick macht es in den Windungen meines Schädels, in denen sich meine Ideen entwickeln. Klick, klick drücke ich auf die quadratischen Tasten des technischen Wunderwerkes, das vor mir auf dem Schreibtisch darauf wartet, Signale aufzunehmen.

Ich schreibe das Wort „Freundschaft", groß, mit einer zeitgemäßen Schrift für Monitoranwendungen. Es erscheint sofort auf dem leuchtend weißen Grund. Darunter schreibe ich: „Ich suche Freundschaft."

„Darf ich mich Dir näher vorstellen? Sophie. Nenne mich einfach Sophie! Ich würde mich sehr freuen, wenn Du mich weiterhin begleitest! Natürlich entscheidest Du, ob sich Dein Blick von einer Lektüre abwendet, in der bislang wenig mehr zu lesen ist, als ein Sammelsurium romantisch angehauchter Begriffe."

Klar ist, philosophische Werke und psychologische Sachbücher beschreiben das Gute und das Böse umfangreicher und wissenschaftlicher und sicherlich präziser als eine Person, die sich nach Freundschaft sehnt.

Freundschaft wünschen sich viele Menschen im Zeitalter des weltweiten Netzes.

Freund: Das ist ein häufig angeklicktes Wort, mit dem es sich trefflich werben lässt. Freund: Dieses Wort verbreitet sich heute noch viel schneller, als das alt bekannte Lauffeuer? Datenübertragung!

Ich denke, dass für eine Freundschaft mehr nötig ist, als das eine oder andere Klick, klick? Vielleicht fragst Du: Wie soll Dich eine fremde Schreiberin, mithilfe des Mediums Buch, freundschaftlich begleiten?

Ich versichere Dir, um Stil und Niveau bin ich bemüht. Meine Fairness Dir gegenüber behalte ich im Blick. Solltest Du Dir freundschaftliche Unterstützung von mir wünschen, bitte ich Dich ganz herzlich, Dir zu vertrauen und mir zu trauen. In Deinen Augen bin ich so feinsinnig und charakterfest, wie Du mich für anständig und fair hältst.

Dieses Buch ist für Dich so interessant, wie Du es als lesenswert empfindest. Meine Gedanken sind für Dich nur wertvoll, wenn Du sie offenherzig und gütig bewertest.

Solltest Du die Liebe, den Mut, die Hoffnung und den Anstand für unzeitgemäße Worthülsen halten - ich bedauerte es. Ich aber bleibe bei meinem Vorhaben, über diese Begriffe nachzudenken.

Ich behaupte: Gutes und böses Handeln, heitere und traurige Gefühle haben es in sich. Sie bestimmen das Leben des Einzelnen und das Wohl der Weltgemeinschaft.

Erlebnisse, auch die traurigen, die mich von den ersten Lebensjahren an bewegt haben, kann ich weder weglegen noch kurzerhand durch den Schredder schieben. Selbst ein munteres Feuerchen, im Kaminofen züngelnd, befreit mich nicht von meiner Vergangenheit. Ich nehme alle Eindrücke mit, jederzeit, überall hin, solange der Speicher von Informationen in der Höhle meines Schädels mir den Dienst nicht versagt.

Doch nun folgt kein Stöhnen und Ächzen! Ich weine keine heiße Träne, während sich mein Kopf langsam zur Seite neigt. Das wäre ebenso albern wie vermessen!

Schließlich teile ich mein Schicksal mit allen Wesen aus der Gattung Homo sapiens, also auch mit Dir: Wir nehmen unsere Erinnerungen und unsere Erfahrungen mit, jederzeit und an jeden Ort! Manch ein Erlebnis lässt sich später aus dem Gedächtnis wieder abrufen, andere nicht. Nicht alle Eindrücke sind heiter, nicht alle Erlebnisse empfinden wir als positiv.

Doch alle mündlichen Überlieferungen stimmen darin überein, dass meine Entwicklung in den ersten Monaten des Lebens, dem Werdegang der anderen gesunden Nachkommen unserer großen Menschengemeinschaft glich. Das bedeutet, das Sprechen, die Artikulation bei der Sprachlaute erzeugt werden, musste die kleine Sophie erst erlernen. Sie konnte sich noch nicht mit anderen Menschen präzise austauschen.

Doch bis dahin blieb ich nicht stumm. Vielmehr sprudelten zahllose Laute aus meinen Mund. Es waren Laute, mit denen ich international, was schreibe ich da, global hätte kommunizieren können- wenn meine Familienmitglieder mit mir in die Ferne gereist wären. Sie taten es nicht. Standortnähe war angesagt. Dabei bin ich sicher, dass ich genauso gut in Asien, Afrika oder Amerika verstanden worden wäre.

Mit eigener Stimme, doch ohne Stimmrecht, blieb ich zu Hause. Dort kamen meine Eltern, mein großer Bruder und wenige Gäste in den Genuss, herrliche Laute zu hören, die mit jedem neuen Tag freier aus meiner Kehle kamen.

In Windeln liegend, quietschte ich, schrie, jammerte und jaulte in derselben Weise, wie alle anderen Säuglinge auf unserem Erdenrund. Dabei liefen dicke Tränen über meine Pausbacken. Ich glotze grunzend oder ich lächelte prustend. Für meine Gefühle fehlten mir, in den ersten Monaten meines Erdendaseins, die Worte. Es fehlten mir Begriffe und Erklärungen– ein Umstand, der meinen Betreuern den verständnisinnigen Umgang mit mir erschwerte. Dann schauten „die Großen" zu mir herunter und rätselten, ob ich unter Bauchweh, Hunger oder Hitze litt, wenn ich strampelte, mich stöhnend krümmte oder jammervoll schrie. Mir wurde erst in späteren Jahren zugetragen, dass sich alle redlich bemüht haben, mich friedlich zum Schweigen zu bringen. Viel Einfühlungsvermögen und Geduld mussten sie aufbringen, um mich zufrieden und fröhlich glucksend zu erleben, um mich schlafend betrachtend zu können.

Vielleicht denkst Du: Was soll das hier? Ein schreiendes Baby, gesund und munter. So ein kleines Wesen ist natürlich ziemlich anstrengend. Aber ist ein menschlicher Winzling die passende Hauptfigur für einen zeitgemäßen Roman– fragst Du Dich?
Ich gebe zu, Menschen wie Du und ich, die über einen lebendigen Sprachschatz verfügen, empfinden das Geschrei und Gejaule eher störend, zumindest in einem Roman. Verzeih die unmelodischen Töne, das wortlose Gebrüll.
Gewähre mir bitte einen Blick auf runde, zu groß wirkende Köpfe, winzige Nasen und Münder, aus denen säuselnd rührende, aber auch grausig schrille Laute kommen. Trotz des Lärmes aus ihren kleinen Kehlen, friedlich sind alle Babys. Sie sind sanft, auch wenn ihr Schreien von manch einem Mitmenschen als kämpferisch empfunden wird. Ich bin sicher, Babys schreien im ersten Jahr ihres Lebens nicht gegen andere, sondern für ihr Wohlbefinden.

Oh, da habe ich eine Idee. Für ein paar Minuten verlasse ich Dich und laufe hoch auf den Dachboden. Gleich bin ich wieder zurück.

Bis dahin noch kurz: Tee und Kaffee befindet sich, dampfend heiß in dickwandigen Kannen auf dem Tisch. Kühle Getränke stehen ebenfalls dort. Geht es Dir gut? Oh, wie unbedacht von mir! Warum frage ich Dich? Schließlich weiß ich, Du könntest in diese Seiten hereinrufen, sie anschreien, vor ihnen jammern; leider, die Töne aus Deiner Kehle, sie erreichen nicht mein Gehör.

Da! Wie vermutet. Hinten rechts unter der Dachschräge steht der große Wäschekorb, den ich mithilfe eines Staubsaugers hüstelnd von einer dicken Staubschicht befreie.

Das Flechtwerk ist noch immer gut erhalten. Doch das ist nicht der einzige Grund, warum sich Mutter von dem Korb nicht trennen wollte. Mit entschiedenem Ton: „Die Sachen bleiben!", verteidigte sie vor Jahren vehement ihren Besitz. In dem Korb lagen zwei winzige Kleidchen, eine Jacke, gehäkelt und hellgrün, die angebissene Stoffkatze und ein laut aufjaulender Teddy. Eine Fellbursche, der nörgelte, wenn man ihn überkopf hielt.

Er und die anderen Sachen haben mich durch jene Tage begleitet, in denen ich meine Umgebung mit der oben beschriebenen Vielzahl von Tönen erfolgreich dazu bewegen konnte, mir eifrig zu dienen. Eine Anforderung, die meine Familienmitglieder angenommen haben, zu meinem Glück!

Später berichteten sie mir, dass damals in den Räumen unserer Wohnung hier oder da leises Stöhnen zu hören war, murmelndes Geschimpfe und weinerliches Jammern. Diese Töne kamen nicht aus meiner Kehle.

Was Dich jetzt bewegt, das kannst Du mir leider nicht mitteilen. Meine Fantasie behauptet, dass Du mich magst. So wird es in unserer mediengestützten Beziehung bleiben. Wir sind uns hier so nah oder fern, wie ein jeder von uns die Nähe zum anderen zulässt.

All das kennen wir aus unserem täglichen Leben, nicht wahr? Was wissen wir schon von der Sehnsucht, der Hoffnung oder dem Liebesgefühl des Nächsten? Wann fühlen wir die Angst oder die Traurigkeit des anderen?

Du wünschst, dass ich mich Deinen Bedürfnissen achtsam nähere. Zugleich erhoffe ich, dass Du mich wahrnehmen magst. Sollte jeder von uns den anderen feinfühlig wahrnehmen, werden wir uns an unserer ungewöhnlichen Beziehung erfreuen.

Einen entscheidenden Vorteil hat der Kontakt über dieses zuverlässige Medium: Keiner lärmt, während der andere in sich hineinhorcht- Du lesend, ich schreibend. So kann jeder von uns der eigenen Fantasie einen stillen, aber auch weiten Raum öffnen. Keiner unterbricht den anderen. Jeder besinnt sich auf die eigenen Gefühle und Gedanken.

Ich muss ungefähr ein Jahr alt gewesen sein, da musste mein über zehn Jahre älterer Bruder Sebastian sich auf Buchseiten konzentrieren, die schwarz auf weißem Papier, dicht an dicht, in sturer Reihenfolge, die richtige Lösung mathematischer Gleichungen von ihm forderten. Er stöhnte. Er holte tief und laut Luft. Dann stöhnte er erneut, raufte sich die Haare - und ich?

Aus Ermangelung an Platz in der kleinen Stadtwohnung, stand mein Wäschekorb in Sebastians Zimmer. Mutter hatte mit Stoff und Federkissen ein komfortables Kinderbett hergerichtet und vor den schweren Vorhang aus grünlicher Wolle platziert.

Heute stelle ich mir vor, dass sie mich an jenem Nachmittag in den Korb einschweben ließ, um genüsslich aufatmend, den Raum sofort zu verlassen.

Und nun? Endlich, nach langen Wochen in denen ich verdammt gewesen bin, im Liegen zu strampeln, saß ich aufrecht, von einem dicken Kissen gestützt. Natürlich hockte ich nicht starr und stumm herum, auch wenn Fotografien aus jenen Tagen meine Bewegungen fixiert haben. Tatsächlich bemühte ich mich, mit beiden Händen den Rand des Korbes zu greifen, um derart stabilisiert, das Geheimnis hinter den hängenden Stoffbahnen in Sebastians Zimmer endlich zu lüften. Warum? Neugier oder Interesse.

Heute noch üben geschlossene Vorhänge und Türen einen enormen Reiz auf mich aus. Ich liebe es, wenn der Vorhang zur Bühne sich öffnet, bediene zu gerne Drehtüren zu Hotels und luge durch die winzigen Schlitze fest verschlossener Tore. All das tue ich, um attraktive Entrees zu bestaunen, um kunstvolle Säle zu erobern und die Gestaltung moderner Räume zu genießen. Ungemein reizt es mich, mein Körpergewicht gegen riesige Türen zu stemmen. Was für ein befreiendes Gefühl erfasst mich, wenn ich nach der Kraftanstrengung in unbekannte Kirchen, Burgen oder Verließe eintrete.

In dieser Eroberungsstimmung muss ich gewesen sein, als Sebastian seine ganze Aufmerksamkeit den mathematischen Gleichungen widmete.

Leise vor mich hin soll ich gegurgelt haben, während Sebastian feststellte, dass für ihn eine Gleichung der nächsten glich. Er stöhnte, ich gurgelte und brabbelte vor mich hin. Ich gluckste und murmelte. Er jammerte. Ich hüstelte und würgte. Blitzschnell drehte sich Sebastian um. Seine Hände ergriffen meinen Kopf. Er drückte rechts und links auf meine Kieferknochen und presste gleichzeitig meinen Schädel nach unten. Mit geschickten Fingern angelte er unzählige, spitze Nägel aus meinen Wangentaschen.

Leicht machte ich es ihm nicht. Schließlich hielt ich einen mühsam eroberten Schatz mit Lippen, Zunge und Kauleisten fest. Orale Phase nennt man das. Mein Bruder nannte mich: „Einen Hamster!"

Wenn Sebastian mir später das abenteuerliche Geschehen vorspielte, wenn er seine Wangen aufblies, laut gluckste, hüstelte und würgte, entlockte er mir ein frohes Lächeln. Mit diesem Lächeln sehe ich in diesem Augenblick zu Dir herüber.

Möglicherweise fragst Du: „Warum habe ich nun schon wieder eine „Kindergeschichte" gelesen?"

Vielleicht bezweifelst Du, dass Sophie Dir mehr bieten kann, als Kinderkram? Dich interessieren Eindrücke und Überlegungen von erwachsenen Persönlichkeiten, die präziser durchdacht, sich erwachsener präsentieren, als die Erlebnisse einer minderjährigen Abhängigen. –

Abhängigkeit, ein anstrengender Begriff, nicht wahr? Wie unwohl fühlt man sich, wenn die Abhängigkeit mit der Unterwürfigkeit, der Hörigkeit oder der Unfreiheit verbunden ist.

Tatsächlich sind die Kleinsten unter uns abhängig. Sie sind auf die Hilfe der Großen, der Starken und Erfahrenen angewiesen- zu Beginn ihres Erdenlebens sogar rund um die Uhr. Sie werden getragen, gefüttert, gepflegt und vor Gefahren bewahrt, wenn - ja wenn die Verantwortung konsequent und gleichmäßig zuverlässig getragen wird. Währenddessen lernen die Kleinsten, ihre Sinne zu nutzen. Sie üben zu lachen, zu sprechen, sich zu bewegen und vieles andere mehr.

Leider heften sich die frühen Bilder und Erlebnisse nur bruchstückhaft in das Gedächtnis der Kleinsten. Noch können sie ihre ersten Eindrücke nicht mit ihren eigenen

Lebenserfahrungen abgleichen. Babys und Kleinkinder können nicht bewerten und sie können nichts besprechen.

Gute, positive Eindrücke vermögen sie nicht, von negativen und bösen Momenten, zu trennen. Noch sprachlos, können sie mutmachende gute Erlebnisse nicht, präzise durchdacht von Leiden und Angst, von Eifersucht und Verantwortungslosigkeit trennen. Ihnen bleibt die Wahr-nehmung mithilfe ihrer Gefühle. Bilder, Worte und Stim-mungen der Umgebung verinnerlichen sie dennoch sicherlich viel intensiver, als die erwachsenen Begleiter es wahrnehmen.

Der geringe Sprachschatz der Kleinkinder verwehrt es ihnen, Ereignisse und Eindrücke zu hinterfragen und mit früheren Erlebnissen abzugleichen. Sie können nicht erzählen, nicht fragen oder besprechen.

Das Geschehen, dem jeder von uns in früher Kindheit ausgesetzt war, wird in den späteren Lebensjahren vielleicht bruchstückhaft, oft gar nicht besprochen und hinterfragt. Nur wenige Menschen nehmen sich die Zeit, ihre kindlichen Eindrücke näher zu beleuchten und mit dem Erleben der Eltern und Betreuer abzugleichen.

Ich behaupte, dass die frühen Wahrnehmungen, die ersten intensiven Gefühle kindlicher Seelen einen großen Raum in allen Erwachsenen einnehmen. Dieser Seelenraum kann dunkel und traurig sein, angstvoll, fremd und böse.

Denn nicht selten schimpfen und weinen Erwachsene vor kleinen Kindern. Viel zu oft riechen die Räume nach Drogen. Viel zu oft sehen Kinder in düster dreinblickende Gesichter. Viel zu oft sind Zimmer, in denen Kinder dauerhaft unordentlich, dunkel oder schmutzig. Nicht selten ist das kindliche Gehör lautem Gezänk ausgesetzt, begleitet von jammern und weinen. Diese negativen Eindrücke werden im Gedächtnis des physisch gesunden Kindes gespeichert. Keine frohen und stärkenden Eindrücke.

Der Gedächtnisraum kann aber auch hell sein, rein und fröhlich. Menschen lachen in der Nähe des kleinen Kindes, es säuselt milder Sommerwind oder die Strahlen der Sonne beleuchten Zimmer und Garten, die sauber und gepflegt das Kind umgeben. Es gibt angeregte Unterhaltungen und eine heitere Stille in wohlriechenden Räumen.

Ich, die erwachsene Sophie behaupte: „Kindheitserlebnisse und frühe Eindrücke als naive Vorkommnisse abzutun, dient nicht dem Zugang zu der eigenen Seele. Aus Erlebnissen, Worten, eigenem Handeln und vielen Gefühlen in den Kindertagen, entwickelt sich der Charakter des Erwachsenen.

Deshalb bitte ich Dich herzlich, lass Dich noch einige Seiten lang auf kindliche Entdeckungen ein.

Was die kleine Sophie betrifft: „Ich kann Dir versichern, wie alle Kinder, wuchs auch sie schnell heran!"

Und noch eine Bitte habe ich: Verzeih mir das hier und da aufblitzende „Du", eine Anrede, die ich anders nicht wählen möchte. Auch wenn Dir das „Du", so schwarz auf dem weißen Grund unangenehm ins Auge stechen sollte: Ich neige nicht zu plumpen Vertraulichkeiten, möchte mich Dir nicht aufdrängen.

Bitte erlaube mir das „Du" als feinen Steg zwischen Dir, als Leserin oder Leser und mir als Schreiberin. Ich betrachte das „Du" und das „Ich" als eine Verbindung zwischen zwei kreativen Menschen, die einen gemeinsamen Gedankenraum ausgestalten.

Das gelingt, wenn jeder von uns darauf bedacht ist, die fragile Beziehung mit Respekt und Achtung zu schützen. Gelassenheit und Güte helfen uns, das rege Interesse am Denken und Handeln des anderen zu bewahren. Spät bitte ich Dich um Erlaubnis zum „Du"-, das weiß ich. Aber für gutes, höfliches Verhalten ist es nie zu spät, nicht wahr?

„Übernimmst Du die Rolle des „Du", so behalte ich weiterhin die Rolle des „Ich."

Wohl wissend, dass der Ersten Person Singular der Makel der Eigennützigkeit, ja der Selbstsucht anhaftet, entschied ich mich für die Rolle.

Von einer Hauptfigur erzähle ich, die jeder von uns in seinem Leben spielt. Und damit befinden wir uns, Du und ich, auf derselben Augenhöhe. Trotz unterschiedlicher Erfahrungen, die bis heute unseren Charakter geprägt haben, trotz verschiedener Rollen, die wir auf unserem Planeten spielen, wir sind gleichwertig.

Für mich ist es sicher, dass ich Dich achte, Seite für Seite. Das verlangst Du von mir. Natürlich! Aber leider, selbstverständlich ist die Achtung vor der Persönlichkeit des anderen im allgemeinen Miteinander nicht.

Wie oft scheitern freundschaftliche Beziehungen daran, dass sich der Wert des einen nicht im Bewusstsein des anderen widerspiegelt? Was geschieht, wenn die Achtung vor den Gedanken, Handlungen oder den Gefühlen des anderen ausbleibt? –

In solch einem Fall könntest Du denken: „Du, Sophie bist nicht so gut, so schön, so intelligent, so beweglich oder fit wie ich es mir hier wünschte. Du wirkst auf mich langweilig, egoistisch oder dumm. Außerdem denkst Du vielleicht, wenn Du meine Induvidualität nicht achten magst, ich sei arrogant oder rechthaberisch, stolz oder besserwisserisch, nervend oder unmodern."

All das sind negative Gedanken, die sich schnell als Urteile festsetzen. Häufig bündeln sich Vorurteile in Phrasen wie: „Ich weiß, wie Du bist! Ich kenne Dich! Immer bist Du so!" Gruselige Sprüche, nicht wahr?

Sicherlich geriete unsere, ganz allein von Deinen und meinem Gedanken getragene Beziehung, in eine ernste Krise.

Was geschähe in solcher Situation? Kaum hieltest Du mich für gedanklich unbeweglich oder rechthaberisch, für dumm oder langweilig, dann ließe Deine Lust nach, hier weiterzulesen.

Statt Dich an meinen Überlegungen zu erfreuen oder Dich an ihnen gedanklich zu reiben, wüchsen in Dir Misstrauen und Zweifel. „Was schreibt sie denn da für einen Blödsinn?"

Die Folge wäre: Ich säße da und schriebe für – besten Falles schriebe ich für mich selbst. Schöner Mist! Eine Schreibende ohne Leserin oder Leser. Eine blöde Sophie ohne gutmütige, interessierte Begleitung."

Ähnlich Trauriges erlebt jeder von uns im wirklichen Leben, wenn negative, kritische Gedanken die Stimmlage, die Gesten oder die Mimik von Gesprächsteilnehmern beeinflussen.

Ablehnung, Abwertung, Misstrauen, Unsicherheit, diese negativen Stimmungen trennen viel zu schnell, meine ich, den einen Menschen vom anderen. Sie trennen den Leser vom Schreiber, den Vater vom Sohn, die Freundin vom Freund. Negative und böse Gedanken trennen Familien, Stämme und Völker.

„Möchtest Du vielleicht eine kleine Kostprobe unangenehmer Äußerungen von mir hier lesen? Magst Du an dieser Stelle die unhöfliche Sophie kennenlernen? Möchtest Du spüren, wie unanständig diese Sophie auf Dich wirken kann?", frage ich Dich.

Aber halt! Wen soll ich, verdammt noch mal, als faules Wesen ohne Verstand beschimpfen? Mich?" Das wäre, angesichts der Tatsache, dass ich fleißig nachdenke und meine Finger wendig über die Tasten tanzen lasse, unpassend.

„Was meinst Du? Soll ich Dich als faule, untätige Leseratte enttarnen?" Nein! So dumm kann ich nicht sein! Wenn ich Dich schädige, schade ich mir. Wenn ich Dich abwerte, wirst Du Dich zurecht schützen oder verteidigen. Und das wäre richtig - und gut so.

Du hältst das aufgeschlagene Buch unserer Beziehung in den Händen. Dich zu beschimpfen ist, fein ausgedrückt, unserer freundschaftlichen Beziehung abträglich. In groben Worten: „Dich anzupöbeln, wäre saublöd von mir!" Freundschaft entwickelt sich, auch in unserer Beziehung, aus gegenseitigem Vertrauen und Zuverlässigkeit. Freundschaft ist gefühltes Erleben. Dazu bedarf es einer höflichen Sprache, der respektvollen Gedanken und einem jederzeit beidseitig fairen Handeln. Beschimpfungen schwächen. Abwertungen rufen Misstrauen hervor. Jede Demütigung läsest Du hier schwarz auf weiß. Plötzliche Angriffe von mir, trieben Dich fort.

Auch ohne dieses Medium, ohne Beweismaterial, sozusagen von Angesicht zu Angesicht kann Dein Gedächtnis jede Beschimpfung eine lange Zeit, ja auf Dauer speichern.

Negative Äußerungen gleichen „einem Biss mit scharfen Zähnen tief in die Haut". Sie sind schmerzhaft für die Seele und rufen negative gefühle hervor.

Doch im Gegensatz zu den körperlichen Verletzungen bleiben die seelischen Wunden, entstanden durch Abwertungen und verbale Angriffe, unsichtbar.

Keine Salbe, kein Verband, keine Narbe macht die verborgenen seelischen Wunden, entstanden durch Abwertungen, sichtbar.

Nur mit viel Geduld und gleichbleibender Güte heilen Entwürdigungen und seelische Verletzungen auch in einer Freundschaft. Abwertungen dringen schnell und tief in das Bewusstsein und in das Unterbewusstsein ein.

Hingegen überhören viele Menschen Komplimente und die lieben Worte von anderen. Manche Menschen lehnen positive Äußerungen sogar ab oder schieben sie von sich. „Sie will mich nur rumkriegen! Was will er von mir?", erklingt dann.

Ob diese Menschen den guten, feinen Worten aus dem Munde anderer, nicht trauen? Ob sie sich vor Erwartungen anderer oder der eigenen Hoffung auf Gutes fürchten, die mit positiven Äußerungen einhergehen könnten?

Tadel, negative Kritik und abwertende Bemerkungen nehmen viele Menschen ganz genau wahr. „Was meinst Du, geschieht das aus Angst oder zum Selbstschutz?"

Zurück zu Dir und mir. Strikt untersage ich mir, Dich anzuherrschen. Nach einer Kostprobe meiner spontanen Unhöflichkeit glaubst Du mir sicherlich, dass ich über ein umfangreiches Repertoire höchst unhöflicher und unangenehmer Ausdrücke verfüge, wenn ich das möchte? Ich will aber nicht!

Liebe Leserin, lieber Leser, wer auch immer Du bist, Deinem Interesse an meinen Zeilen möchte ich besonnen und leise begegnen. Deine Freundschaft möchte ich gewinnen, denn Du bist für mich ein wertvoller Mensch. Höflich, aber entschieden betone ich: Dir gebührt meine Achtung, im Sinne von Wertschätzung.

Schließlich gehörst Du zu den Menschen, die mich nicht nach meinem Äußeren bewerten. Das ist sicher! „Warum?", fragst Du.

Nun, innerhalb dieses in die Jahre gekommenen, immer noch hochaktuellen Mediums, bleibt Dir „die Außenansicht", der direkte Blick auf meine Erscheinung verwehrt. Da Du auf einem Sessel im Raum meiner Fantasie Platz genommen hast, siehst Du auf eine Menge von schwarzen Lettern auf weißem Grund. Mich siehst Du nicht.

„Und wer bist Du?" In meiner Vorstellung könntest Du Harry Potter sein, Rapunzel, Scheherazade- oder James Bond? So abenteuerlich und zeitlos sich diese Figuren präsentieren, ich ziehe eine lebendige Schreib- und Lesefreundschaft mit einem leibhaftigen Menschen vor.

Wache Augen, interessierter Blick. Gemeinsamkeit- bei Offenheit für unsere jeweiligen Lebensweisen.

Solltest Du zur Gestaltung Deines Lebens gutmütige, großzügige Gedanken bevorzugen, dann wäre ich erfreut. Bist du ernst und oft traurig, so hoffe ich dich erfreuen oder gar ermutigen zu können, heitere Aspekte des lebens zu betrachten.

Zuversichtlich bin ich, dass wir uns aufmerksam und neugierig wahrnehmen. Und da ich eine freundschaftliche Vorstellung von Dir habe, bist Du eben ein interessanter Mensch. „Mich freut es! Dich auch?"

In den folgenden Zeilen gebe ich Dir einen Eindruck von meiner äußeren Erscheinung. Mein Körper, gemessen vom Scheitel bis zu den feinen Linien unter den Fußsohlen, dieser Körper ist zwanzig Zentimeter länger als eineinhalb Meter. Die Länge verwehrt mir vom dreizehnten Lebens- jahr an, den Beruf des Fotomodells. Mein Gewicht hindert mich daran Jockette, weiblicher Jockeys zu werden, obgleich meine Beine genau den Bogen beschreiben, der sich zum Reiten eignet.

Die leicht gekrümmten Beine entsprechen meinen gebogenen Rippen. Genau genommen sind die Rippen verbogen. So, wie sie meinen Brustkorb bilden, haben sie nicht auszusehen - nicht für die Fachleute der Anatomie, die sich ansonsten mit meinem Knochenbau nicht länger beschäftigen wollten. Warum? Nun, mein Tragwerk wirkt unauffällig, ja langweilig auf sie, was mich letztendlich erfreut, da mir weitere Untersuchungen erspart blieben.

Ich glaube, nun habe ich genügend Details beschrieben, von einem Skelett, dass eben noch der Norm entspricht, wenig über mich aussagt und Dir den Eindruck von Mittelmaß vermittelt, nicht wahr?

Ein Image, das ich weder gut heiße noch akzeptiere, weil Du zu Recht von mir mehr erwartest, als Norm und Mittelmaß.

Eventuell ändert sich das Bild, wenn ich mich zu meinem Kopf vorwage, von dem ich behaupte, dass er individuelle Züge aufweist.

Vielleicht entdeckst Du zuerst meine linke Ohrmuschel, die sich geringfügig anders verbiegen lässt, als die rechte - was mein Lebensgefühl nicht im Geringsten beeinflusst. Anders verhält es sich mit meiner Nase. Obgleich sie nahezu die Mitte des Gesichtes prägt, weist sie im Profil eine leichte Auswölbung auf, die ich schon in meinen Kindertagen lieber nicht entdeckt hätte. Wobei ich hervorheben möchte, dass mir meine Nase weder zu klein noch zu groß erscheint: Nur die Oberlinie entspricht nicht meinen Wünschen. Doch ich nehme sie hin.

Zu den Kurven, die mein Körper eher zu viel aufweist, gesellen sich meine Haare, die ich nur mit Mühe glatt föhnen kann. Das gelingt, wenn ich nach etlichen Fehlversuchen, eine Locke nach der anderen um die Rundbürste ziehe, während der Föhn mir, trotz unzähliger Übungsstunden, aus der Hand gleitet. Ungeschickt nennt man das, jedenfalls beim Styling der eigenen Haare.

Glaube mir bitte, das glättende Trocknen im künstlichen Wind ist Unsinn, zumindest wenn ich vorhabe, das Haus zu verlassen. Schon bei geringer Luftfeuchtigkeit drehen und wenden sich die, hauptsächlich aus Keratin bestehenden Hornfäden. Was meinen Kopf geordnet zieren sollte, treibt ein widerspenstiges Spiel, das mich eigenwilliger präsentiert, als ich erscheinen möchte.

Sei es drum. Mal füge ich mich, mal tun es die Locken; und im großen Ganzen freue ich mich über das abwechslungsreiche Geschehen um meinen Kopf.

Wie Du wohl aussiehst? Ob Du groß gewachsen bist, kräftig oder zierlich? Würdest Du Dich als eitel bezeichnen oder bist Du eher an anderem interessiert, als an Deiner äußeren Erscheinung? Von hier aus, hinter dem Monitor, sehe ich vor allen Dingen Deinen Kopf vor meinem inneren Auge. Dieser Kopf ist in unserer, eng auf unsere Gedanken bezogenen Beziehung besonders wichtig. „Und sonst?"

„Sophie, eine dümmere Frage kann Dir gerade, während sich alles um den Kopf dreht, nun wirklich nicht einfallen!", tadele ich mich und entferne sie doch nicht.

Deine Augen sähe ich zu gerne, Deinen Mund auch und, ja Du darfst lächeln. Sehr schön fände ich es, Deine Stimme zu hören. Sage mir, was Dir jetzt über Deine Lippen kommt. Ich werde Deine Worte vertrauensvoll hüten, das ist sicher! Schweige, wenn Du die Stille genießt. Dann schreibe ich leise weiter.

In den Jahren, in denen ich bewusst und in vollem Umfang auf das Volumen meiner Stimme setzte, empfand ich die Pflege meiner Haare als pure Quälerei. Das Ziepen, ausgelöst von den engen Zinken eines Kammes in Mutters Hand, war noch harmlos. Viel anstrengender war die all-wöchentliche Prozedur des Haarwaschens, die Mutter, als „Badevergnügen" ankündigte. Mit diesem Wort rief sie, fast beiläufig, angstvolle Not aus.

Kaum saß ich aufrecht in der riesigen, weißen Badewanne, da starrte ich leise quietschend auf eine riesige Flasche in Mutters Händen. Dann geschah es! Langsam tropfte süßlich riechende Masse in die Innenfläche von Mutters Hand. Sofort formte ich meine Hände zu einer winzigen Haube über meinem Kopf. Der Versuch misslang, und zwar gründlich! Der dürftige Schutz nahm Mutter nämlich die Chance, die flüssige Seife punktgenau zu platzieren. Mit spitzen Nägeln bekämpfte sie meine fuchtelnden Hände.

Dabei rutsche sie von meinem Haar ab, verbog mir ein Ohr, entglitt auf meine Stirn, bis das eklige Zeug aus Wasser und Seife mir in die Augen floss. Dank üppiger Tränenflüssigkeit lief das beißende Gemisch weiter in mein quengelnd, quietschendes Mundwerk.

Angewidert stieß ich kurze, heftige Schreie aus. Dabei wedelte ich mit den Armen. Doch Mutter ließ nicht ab von ihrem Tun. Noch heftiger drang die bitter beißende Flüssigkeit mir in Augen und Mund, während Mutter meine Kopfhaut kratzend massierte.

Ich schrie auf und fuchtelte wild um mich her. Schließlich geriet ich in solche Panik, dass sirenenlaute Töne erschallten. Schluchzend schlug ich mit den Fäusten ins Nichts. Nun stemmte ich mich hoch, um den Versuch zu wagen, kopfüber in Mutters Plastikschürzentasche zu entfliehen. Dabei schrie ich mich derart in Rage, dass die akustischen Barrieren zwischen unserer Wohnung und der Nachbarwohnung brachen. Diese Tatsache bestand ganz sicher, als es lange und andauernd an der Haustür klingelte!

Während ich eingehüllt in ein Badetuch, ermattet auf einem Stuhl hockte, übergab Mutter mir eine Dose mit Bonbons. „Zum Trost für das arme Kind!", nuschelte Mutter ebenso peinlich berührt wie unwillig. „Von der Nachbarin.", ergänzte sie mürrisch.

Hitze brach aus dem wirbelnden Föhn hervor. Zitronengeschmack lag mir auf der Zunge.

An die süßliche Säure der Bonbons erinnert sich meine Zunge noch heute. Und ich frage mich schmunzelnd, ob der „Badespaß" anders verlaufen wäre, wenn sich Mutter auf die Säuberung ihres molligen Kindes gefreut hätte. Vielleicht wäre ihr das kreischende Minimonster erspart geblieben, wenn sie mehr Geduld gehabt hätte, um weniger Shampoo zu nutzen.

Wichtiger für mich ist die Frage, ob Gedanken, die sich aus meinem Locken-Dschungel befreien, die unsichtbaren Pfade zu den Wunderwerken Deines Inneren finden? Mich bewegt, ob es mir gelingt, Deinen Verstand und Deine Seele anzusprechen, ob ich Dein Herz, allein mit Worten berühren kann?

Lass mich raten! Der Eindruck, den die Zeilen bis hierhin auf Dich gemacht haben, dieser Eindruck hat längst darüber entschieden, ob Du mich auf die folgenden Seiten begleiten wirst?

Nun sei so gut und nicke. Nicke, auch wenn Du meine Gedanken kritisch beäugst. Ich mag die bejahende Kopfbewegung, weil diese, in unserer Kultur gebräuchliche Form der Zustimmung, oft mit einem Lächeln einhergeht. Ich möchte mir vorstellen, dass Du lächelst. Gerne darfst Du gutmütig, aber auch mitleidig lächeln. Einen Anflug von Heiterkeit jedenfalls, sähe ich als gutes Zeichen. Das Bild vom „Heiteren Leser", auch wenn meine Fantasie es nur zeichnet, macht mir Mut. Heiterkeit öffnet, macht frei und geht oft einher mit Gelassenheit. Als vergnügt lesender Mensch wirst Du die folgenden Seiten lockerer lesen, nicht wahr?

Ich lasse mich von meinem Optimismus leiten, den Du als kindliches Wunschdenken bezeichnen darfst.

Schon tanzen meine Finger noch schwungvoller über die Tasten. Es gibt sie nämlich, die fröhlichen Anfänge, die magischen Augenblicke erster Begegnungen. Sekunden setzen sich hoffnungsvoller in Szene, als Jahre. Stunden vergehen so rasch, als seien es nur Minuten. Das Leben sprudelt frisch durch die Adern, immer neue Gedanken frei spülend.

Derart begeistert, wandelt sich der felsbrockenschwere Gedanke: „Ich muss gute Ideen einbringen!", wie von selbst in ein blütenstaubfeines: „Ich darf Dir schreiben." Dein Interesse darf ich wecken. Deine Begeisterung, für die lebendige Gestaltung unserer originellen Beziehung, darf ich entfachen.

Welcher Schriftsteller träumt nicht von einer feinsinnigen Verbindung zwischen– ja, wie darf ich unsere Beziehung nennen? Ich und Du? Sender und Empfänger? Schreiberin und Leserin oder Leser?

Du weißt, was ich meine. Doch bevor Du im Nebel süßlicher Beliebigkeit einen Hustenanfall bekommst, ziehe ich mich zügig in die Nachdenklichkeit zurück.

Es gibt nämlich auch jenes anstrengende, ja dramatische erste Aufeinandertreffen, bei dem Gedanken der schreibenden Person im Leser spitze Funken schlagen.

Kaum konzentriert sich die lesende Person auf erste Zeilen, da steigt eine knisternde Hitze in ihr - oder in ihm auf. Ein falsches Wort noch, eine Behauptung in der kommenden Zeile: Die Augenbrauen der lesenden Person ziehen sich eng zusammen, die Pupillen bohren sich, scharf wie geschliffener Stahl, zwischen die Lettern. Genug! Du weißt, wie einem Menschen zumute sein kann, wenn glühende Ablehnung von ihm Besitz ergreift.

Was ich Dir vermitteln möchte: Stört Dich meine Wortwahl, versetzen Dich meine Gedanken in unangenehme Zustände, so halte bitte inne. Quälen Dich, ausgelöst durch das Lesen, böse Gedanken, so ändere bitte sofort die Umstände.

Kämpfe nicht mit Dir und kämpfe nicht gegen mich. Lass los! Lass mich mit diesem Buch aus Deinen Händen gleiten.

Ein Narr ist, wer sich ganz ohne Not, auf Kämpfe einlässt. Kämpfe sind kraftaufwendig, zerstörerisch und niemals wirklich erfolgreich. Ein Narr bist Du nicht! Ich bin keine Kämpferin, schon gar nicht gegen Dich! Weder ziehst Du einen Vorteil aus zerstörerischem innerem Feuer, noch gewinne ich Dein wohlwollendes „Prima!", wenn Du Dich lesend peinigst. Zumal ich Deine Beachtung und Deinen

Respekt, als eine Form der Wertschätzung, gewinnen möchte.

Es ist also hier, in unserer modernen Fernbeziehung, wie im richtigen Leben. Wollen wir beide, in diesem Fall mediengestützt, unser Leben bereichern, gelingt das nur, im fairen Miteinander. Jeder Kampf endet mit mindestens einem Verlierer. In unserem Fall gäbe es mindestens eine Verliererin.

Kein gutes Ende - da wir uns erst am Anfang befinden. Dein Einverständnis vorausgesetzt, zeige ich in den kommenden Zeilen mehr von mir, als meine äußere Erscheinung.

Die Nervenzellen meines Gehirnes verknüpften sich, nach meinem zweiten Geburtstag, immer schneller, so erschien es meiner Umwelt. Meine Muttersprache kam mir noch immer nicht selbstverständlich über die Lippen.

Quietschend riss ich meine kneiffesten, rundlichen Arme in die Höhe, als Vater, nach langem Arbeitstag schweren Schrittes, endlich mein Zimmer erreichte. Das muntere Kullern seiner Augen genau im Blick, gluckste ich vor Vergnügen. Ich gurrte und kicherte so, dass der aufmerksame Beobachter die Zähne hätte zählen können, die aus meinen Kauleisten hervorgebrochen waren.

Nein, ich erinnere mich nicht! Auch wenn ich es sehr bedaure. Ich verfüge nicht über ein Gedächtnis, das mühelos bis in meine ersten drei Lebensjahre zurückreicht.

Zugetragen hat man mir, dass ich mithilfe kräftiger Speckarme, meinen pummeligen Bauch auf krumme Beine stellen konnte. Glucksend vor Freude trippelte ich zum bodenlangen Spiegel, wo ich meinem rundlichen Konterfei zurief: „Da! Da! Puppe Soso!"

Natürlich lässt sich meine kindliche Begeisterung beweisen. Vater konnte, einer technisch nur dürftig ausgestatteten Kamera schwarz-weiß Fotos entlocken, Abbildungen eines

Kleinkindes in akrobatischen Posen. Sogar die Spiegelszene ist dokumentiert. Ein ballrundes Köpfchen, schief gelegt, mit wilden Locken. Kulleraugen erforschen das Spiegelbild. Zahlreiche quadratische Ablichtungen meiner Lebensfreude befinden sich immer noch in Alben, vor Licht und Staub geschützt, in Mutters Schränken. Besonders stolz bin ich auf die inzwischen neunzig Jahre alte Zeitzeugin, die mir, immer wenn ich es wünsche, für kleine Erzählungen zur Verfügung steht.

Damals hat Mutter genau beobachtet, wie sich meine Lippen zu einem schmollenden Rund formten, wenn Vater seinen Zeigefinger nicht zielgenau auf meinen Bauchnabel gerichtet hielt. „Pieks!" Entkommen konnte er, wie meine Mutter schmunzelnd betonte, diesem Ritual nicht.

Nur das entschiedene Hochheben meines molligen Körpers bewahrte die Mitbewohner vor anhaltendem Quietschen. Trug Vater mich auf dem Arm, beruhigte ich mich sofort. Trug er mich durch die Wohnung, konnte mir jeder das Vergnügen einer kostenlosen Besichtigung von Kopf bis Fuß ansehen. Während ich die Räume genau betrachtete, drehten sich meine Füße immer wilder. Mit beiden Zeigefingern zeigte ich von einem Gegenstand auf den nächsten- unermüdlich spitze Schreie ausstoßend, die von Tag zu Tag mehr, durch Worte ersetzt wurden. Oft trieb ich es so wild in Vaters Armen, dass er schwitzend, mit heiterem Stöhnen dem Sofa zustrebte. Schwungvoll ließ er mich ins Sofakissen sinken, was mein gackerndes Jubeln zur Folge hatte.

Nein, keine Angst! Ich zerre Dich nicht immer weiter hinein, in das Prinzessinnenreich einer kecken Haustyrannin. Ich zerre überhaupt nicht, an nichts, an Dir schon gar nicht. Jede physische Annäherung ist zum Scheitern verurteilt, bedenkt man den Rahmen, der uns vom Medium vorgegeben ist. Körperliche Berührungen sanfter Natur bleiben uns verwehrt. Doch zugleich sind wir vor gegenseitigen Handgreiflichkeiten sicher.

Zudem verspreche ich Dir, schütze ich Dich vor groben Worten. Meine Gedanken äußere ich gerne und bewusst, im Gegensatz zum sogenannten Zeitgeist, indem ich die Feinheiten unserer Sprache sensibel bedenke.

Sorgfältig formulierte Sätze geben genau über Gefühle und Gedanken Auskunft, so denke ich. Eine gewählte Sprache ist wertvoll und unabdingbar für eine Freundschaft. Denn mit passsenden Worten lässt sich erklären, verfeinern, bestätigen und korrigieren. Sollten sich von meiner Seite Gedanken ergeben, die negative Gefühle mit sich bringen, so lässt sich mit präzisen Formulierungen das „Böse" sachlich beschreiben. So vermeide ich Missverständnisse. Verbale Waffen, wortgewandte Angriffe gehören nicht in unsere Beziehung. Und ich hoffe, dass Dir meine Entschiedenheit an dieser Stelle zusagt.

Vielleicht bewegen Dich folgende Fragen: Wie kann diese seltsame Sophie es wagen, Dich unmittelbar anzuschreiben? In Deinen Händen hältst Du einen Roman, ganz sicher keinen Brief! Hat sie das Medium verwechselt? Ist diese Person vielleicht verwirrt? Oder fehlt Sophie der Sinn für seriöse Distanz, die sich beim Lesen eines Romanes so trefflich wahren lässt? Normalerweise!

Nun, ich versichere Dir, die Distanz, die Du Dir als Leserin oder Leser wünschst, sie wird bestehen bleiben. Denn an Dir liegt es, Dich meinen Gedanken zu näheren, bei mir zu verweilen, oder-

Ach bitte, bleibe. Ich erzähle von einer Begebenheit, die sich in den frühen Tagen meiner Kindheit zugetragen hat und verspreche, dass der Inhalt mehr bietet, als naive Gedanken und kindliche Handlungen.

Schreiben konnte ich noch nicht. Nur einzelne Buchstaben presste meine rechte Hand mithilfe eines Bleistiftes auf das Papier. Beim Aufzeichnen zackiger Strichmonster krallten sich die Finger so fest um den Stift, dass sich alle Muskeln meines Armes, bis hinauf in die Schulter, verkrampften. Meine Hand zitterte, was mir den sanften Übergang von der unteren zur der oberen fein gedruckten Linien erschwerte.

Stunden hat es gedauert, bis sich alle Buchstaben des Alphabets auf einer, für mich riesigen Seite brav wiederholten. Kaum ließ ich den Stift neben das weit geöffnete Heft sinken, packte ich mit meiner Linken das steif gewordene Handgelenk der Rechten. Ich schüttelte kräftig, schüttelte viel länger, viel wilder als Mutter ihr kariertes Staubtuch.

Es war inzwischen Abend geworden, und Mutter schüttelte weder unsere Betten noch Staubtücher. Sie deckte den Tisch. Fein säuberlich sortierte sie Tassen und Brettchen, Gabeln und Messer rundum die Arbeitsfläche, die sie für meine Fleißübung zugewiesen hatte.

Die schnelleren Schritte, das lauter werdende Klappern des Geschirres, das waren Hinweise auf Mutters Ungeduld. Ich fügte mich und räumte meine kostbare Arbeit ab. Mutter schob bereitgestelltes Geschirr an seinen Platz. Dann stöhnte sie laut auf, fasste sich an den Rücken und rief mit kratziger Stimme: „Kommt bitte zum Abendessen! Die Kleine ist fertig!"

Ja, ich hatte es geschafft! Drei Wochen vor meinem ersten Schultag. Freiwillig. Meine Hand zitterte immer noch, als ich zwischen der Tischkante und der Zimmerwand an die ich meinen Rücken lehnte, eingeklemmt auf einer schmalen Bank hockte.

Es war ein stolzes Zittern, das mit einem klangvollen:„Gut, meine Kleine, weiter so!", von Vater mit verschmitztem

Lächeln belohnt wurde. Sebastian nickte, kniff mir sanft in den Oberarm: „Das sieht ja fein aus!"

Mein Nacken schmerzte, aber das milde Licht der Stoffleuchte über dem Küchentisch beschien die Gesichter meiner Familienmitglieder hell, heller als sonst, so glaubte ich. Der Duft von Wurst und Käse stieg mir in die Nase. Die ausgeblichen gelbe Tischdecke war frisch gewaschen und glatt gemangelt. Sie wurde gebraucht, verhüllte sie doch die zerkratzte Oberfläche des hölzernen Küchentisches.

Wie an jedem Abend starrten mich Käsebrothappen an. Mutter hatte sie sorgsam geordnet, eng beieinander gelegt, direkt vor mich auf das hölzerne Brettchen. Eine Tomatenhälfte und zwei Gurkenscheiben lagen daneben.

Ich sollte essen, alles! Diese anstrengende Botschaft übermittelte mir Mutter auch an diesem Abend, leider. Sebastian legte mit geschickten Fingern eine Scheibe Wurst auf sein Brot, dann zog er leise schnalzend ein kleines Heft unter dem Kissen seines Stuhles hervor. Sofort öffnete er das Büchlein und hob ein Lesezeichen mit den Anfangsbuchstaben seines Namens, geschickt aus den Seiten.

Lektüre nannte er das knitterige Heft in fahlem Beige, das sich problemlos in einen nicht allzu großen Briefumschlag hätte stecken lassen. Vater schaute zu Sebastian herüber, tief einatmend: „Na, dann bin ich mal gespannt!"

Mit weit geöffneten Augen, ernstem Blick und sonorer Stimme fragte mein Bruder: „Was meinst Du, ist der Faust nun gut oder böse?"

„Was sagt er da" - dachte ich. „Habe ich richtig gehört? Bassi hat „der Faust" gesagt?" Und tatsächlich! Wieder fragte er mit ernster Miene: „Der Faust hätte es doch als gelehrter Mann besser wissen müssen?"

„Die Faust, ich habe die Faust gelernt", dachte ich so laut, dass die anderen meine Gedanken hätten hören müssen.

Die anderen hörten nichts, nichts von mir. Sie schwiegen, dachten nach. Niemand korrigierte meinen Bruder.

Als aus Sebastians Mund erneut „der Faust" ertönte, wurde ich unruhig. Ich rieb die Finger der Linken unermüdlich gegen die Finger meiner rechten Hand. Zugleich überlegte ich, warum der Große, der es niemals ausließ mich streng, fast strafend zu korrigieren, wenn ich „mir" und „mich" verwechselte, „der Faust" sagen durfte. „Zehn Jahre älter als ich, und so ein dicker Fehler?– dachte ich.

„Iss bitte!", bohrte sich Mutters Stimme in mein rechtes Ohr. „Essen?",dachte ich - wie langweilig! Ich konnte nicht essen, während so etwas Unerhörtes geschah. Ohne ein Häppchen zum Mund zu führen, sah ich zu Vater herüber. Zu meinem Erstaunen nickte er lächelnd und sagte:„Oh je! So schnell werde ich deine Fragen nicht beantworten. Schließlich ist „der Faust" ein ausgesprochen komplexes Werk!"

Komplexes Werk?, dachte ich. „Was ist das denn?" dachte ich.

Die folgenden Erklärungen von Vater verstand ich nicht, begriff aber, dass es mit „dem Faust" seine Richtigkeit haben musste. Denn auch Vater sprach beharrlich, und mit besonders feierlicher Betonung, über „den Faust". Und ich? Ich wusste, dass ich klein und dumm war. Meine rechte Hand schmerzte, Buchstaben konnte ich hübsch malen, aber was half mir das hier, hier am Tisch?

Was ich im Verlauf des Abends begriff: „Der Faust" war oder ist ein höchst seltsamer Mann. Mal nannte mein Vater ihn einen guten Menschen. Dann bezeichnete Sebastian „den Faust" als dümmlich, während Vater darauf bestand, dass er kluge und weise Gedanken hatte. Gänzlich verwirrt war ich, als beide schließlich begeistert von einem Herrn Goethe sprachen."

Der Herr Goethe schien geschrieben zu haben. Viel muss er geschrieben haben. Und wie es mir erschien, hatte er auch noch sehr viel darüber nachgedacht. „Ob dem armen Herrn Goethe beim Schreiben auch die Hand so wehgetan hat, wie mir?" , dachte ich. Zugleich wusste ich, wenn ich jetzt eine solche Frage stellen würde, bewies ich nur, wie dumm und klein ich noch war.

Trotzdem verstand ich nicht, was Vater dazu brachte, ohne zu lächeln, nachzudenken. Vater lächelte fast immer. Ich verstand nicht, warum mein Bruder, anders als sonst, genauso wenig aß wie ich. Schließlich aß er doch so gerne!

„Ein brillanter Denker!", behauptete Vater und Sebastian nickte eifrig.

Immer wieder nannten beide den Herrn Goethe einen Schriftsteller und einen - Viel? Das Wort begann mit „viel" und endete so komisch, dass ich es bei bestem Willen nicht verstehen konnte. Aber es klang spannend. Vater und Sebastian sprachen es so klangvoll aus, dass es großartig sein musste.Das Wort wirkte auf mich so eindrucksvoll wie der Herr Goethe, den alle begnadet fanden, auch wenn Mutter gähnte. „Ob sie auch nicht versteht, was die beiden meinen?", fragte ich mich.

Irgendwann bohrte sich Vaters Blick tief in seine Teetasse, auf deren Boden eine Rose gemalt worden war. Lange starrte er hinein, bis Mutter das dampfende Getränk nachschenkte.

Plötzlich hob er seinen Kopf. Sein Zeigefinger schnellte in die Höhe: „Große Literatur!" Das Wort ist mir in Erinnerung geblieben. „Literatur", „ein klangvolles Wort", dachte ich. Dann schob ich mich müde unter dem Tisch, krabbelte durch die Beine der anderen und lief in mein Zimmer. Ausziehen, Nachtsachen anziehen, tief unter die Bettdecke. - „Gute Nacht!", sagte mir keiner.

Distanz: Mir, Sophie fehlt es nicht an Distanz! Distanz zu Menschen habe ich oft erlebt. Mir reicht es! Ich habe so viel Distanz erlebt, dass ich inzwischen bei dem Thema ungnädig bin. Verzeih mir bitte!

Räumliche Distanz zu anderen Menschen hätte ich ab und zu gerne überbrückt. Aber es kam anders. Mal musste ich Menschen verlassen, bei denen ich gerne geblieben wäre. Ein anders Mal entfernten sich Menschen von mir, deren Nähe mir lieb war. Einige geliebte Menschen gingen für immer. Andere Menschen kamen gar nicht erst auf mich zu. Schade, denn nach ihrer Nähe hatte ich mich gesehnt.

Es gab Leute, deren Gedanken und Gefühle mir rätselhaft geblieben sind. Auch wenn ich mich danach gesehnt hätte, sie gewährten mir keinen Einblick in ihre Gedanken. Sie gewährten mir keine Nähe, stattdessen blieb der gedankliche Abstand. Anderen Menschen fühlte ich mich eng verbunden, doch leider, sie fühlten sich mir nicht nah.

In all diesen Fällen blieb mir nichts, als innere Leere, in die ich verträumt hineinsah, wie in einen tiefen Bergsee bei Windstille. Doch so ein Blick ändert nichts.

Eines kann ich sicher sagen: „Nach vertrauensvoller Nähe zu Menschen, die ich sympathisch finde, habe ich mich schon früh in meinem Leben gesehnt!"

„Was versteht die Sophie wohl unter vertrauensvoller Nähe?", denkst Du vielleicht? Ich antworte Dir gerne: Natürlich ließe sich ein freundschaftliches Miteinander mit jeder gewünschten Person erträumen. Dazu könnte ich mich auf mein Sofa legen, die Maserung der Deckenbalken mit den Augen abtasten und meine Hände unter einer Wolldecke wärmen. Alle Muskeln ließen sich dabei entspannen, während ich mich dem Geschehen im Inneren meines Kopfes hingäbe. Arbeit bliebe mir dabei erspart. Viel Arbeit. Ohne konzentriert denken zu müssen, stellte ich mir vor, dass Du hier bist. Freundschaft. Und schon ist alles klar. Eine gute Idee! Komfort pur, und das total unkompliziert!

Alles wäre so einfach, wenn ich mir Dich als hübschen Schrank vorstellte, der neben meinem kuscheligen Sofa genauso lange stünde, wie ich es wünschte. Mit einem winzigen Knopfdruck entfaltete eine Lampe ihr Licht. Ja, ich liebe Komfort, ich mag schöne Gegenstände, aber die Freundschaft zu einem Menschen ersetzen sie für mich niemals. Du bist kein Gegenstand, den ich in die Ecke stellen kann. Freundschaft leuchtet nicht auf Knopfdruck, sie entwickelt sich aus kreativem Miteinander.

Für eine gelungene Freundschaft muss auch ich mich erheben, muss denken, fühlen und mich aktiv eingeben. Stimmt es? Freundschaft entsteht aus einem heiter, interessiertem Kennenlernen, gedeiht beim füreinander Dasein und verbindet sich durch das zuverlässige Miteinander.- Ich bin bereit.

Und du? Möchtest Du einen Blick auf den vorderen Teil meines Kopfes werfen, auf jenen Bereich, den wir als Gesicht oder Antlitz bezeichnen?

Bislang wandert Dein Blick über die Zeilen einer Sophie mit individuellem Profil, einigen körpernahen Kurven und Wuschelhaaren.

Schön und nett, aber welchen Wert hat der menschliche Körper ohne das Leuchten im Spiegel der Seele? Lebenskraft und Verstand vermitteln aufmerksame Augen? Ich hoffe, dass es mir gelingt, ein stimmiges Porträt in dieses gedruckte Einerlei einzufügen.

Wobei ich zu bedenken gebe: Das Bild aus den zu Zeilen zusammengefügten Worten, entspricht nicht dem, was ich lebendig und in Farbe darstelle. Bleibt also die Möglichkeit, dass ich mich schmunzelnd in Deine Fantasie zeichne, ok?

Wenn ich mir spiegelnah in die Augen sehe, stelle ich fest, dass die Farbe meiner Iris changiert. Beeinflusst von den Lichtwellen, die auf die Augen treffen, wirken sie grün oder grau. Diese Veränderung kann sich für interessierte

Beobachter als spannend erweisen. Ich mag Veränderungen, ziehe den Wandel der Eintönigkeit vor. Ich bemühe mich durch Veränderung zum Guten, unangenehmen unangenehme und angstvollen Situationen in positive Eindrücke zu verwandeln.

Zurück zum Augen-Blick. Glücklicherweise kann ich gut sehen. Was nicht bedeutet, dass ich mich als scharfsichtig oder gar weitsichtig bezeichne. Gut wäre es, wenn ich meine Umgebung noch präziser wahrnähme. Zu meinem Bedauern tue ich mich schwer, jederzeit aus unmittelbarer Nähe klare Konturen auszumachen. Seltsamerweise gilt das nicht für Schriftzeichen, Fotos oder Gegenstände. Vielmehr verschwimmt das Profil so manch eines Mitmenschen, unabhängig vom Licht, das auf sie fällt mal mehr, mal weniger vor meinen Augen. Dadurch sehe ich nicht, was ich sehen müsste. Ich nehme wahr, was mich interessiert und das, was ich mir von Menschen erträume, Güte, Sanftheit oder Freundlichkeit.

Dieses Phänomen stellte sich bereits in den frühen Jahren meines Lebens ein, obwohl der Facharzt für Augenheilkunde damals keine Fehlsichtigkeit feststellte. Meine Fehlsichtigkeit - oder nenne ich es Fehleinschätzung liegt also an etwas anderem, als an biologisch physikalischen Prozessen.

Heiter ist mir bei diesem Thema nicht zumute. Denn das Fehlsehen führt dazu, dass ich von Zeit zu Zeit über charakterliche Schärfen meiner Mitmenschen stolpere. Andererseits umreiße ich manch einen weichen Charakter zu scharf. Was dazu führen kann, dass ich mich vor einem solchen Menschen ganz zu Unrecht fürchte.

Inzwischen erkläre ich mir das so: Mein Blick fällt auf Details, auf eine schöne Nase, auf ausdrucksvolle Augen, auf einen fein geschnittenen Mund. Zugleich übersehe ich kritische Falten auf der Stirn, heruntergezogene Mundwinkel, kurzes, heftiges Aufblitzen der Augen, eine

54

gerümpfte Nase oder eine bewusst aufgeworfene Lippenpartie.

Äußerlich haben solche Beobachtungsunschärfen keine Wunden bei mir geschlagen. Wegen dieser Fehlsichtigkeit haben ich mir niemals einen Knochen gebrochen.

Anders wirkte sich die punktuelle Falschwahrnehmung auf meine Seele aus. Oft genug bin ich traurig oder verunsichert von dannen geschlichen, wenn ich mal wieder wichtige Details in der Mimik oder bei den Gesten eines anderen Menschen übersehen hatte.

Zurück zu dem Gesicht, das ich Dir angefangen hatte zu beschreiben: Mit schwarzer Wimperntusche färbe ich die Wimpern meiner Augen. Ein feiner, dunkler Rahmen hebt das heitere Leuchten hervor, mit dem ich meinem Lieblingsspiegel einen forschen Blick zuwerfe.

Meine schwarz-braunen Augenbrauen zeigen sich immer dann als dunkle Balken über den Augenhöhlen, wenn ich nicht mit schmerzhaftem Zupfen einen edlen Bogen ausHaar forme. Doch was bedeuten geschwungene Augenbrauen? Nichts, wenn sich meine Mundwinkel, die sich jederzeit schmerzfrei nach oben ziehen lassen, beim Blick in den Spiegel senken? Dann zeichnen sich nämlich skeptische, traurige Züge in mein Gesicht. Die Lachfalten in den Winkeln meiner Augen glätten sich.

Der heitere Ausdruck der Augen, auf den ich stolz bin, weicht gefühlsfernem Schauen. So starre ich ins Leere. Da helfen mir auch keine zart rosa Wangen. Sie stellen eine, von meinen Jochbeinen konturierte, fleischige Fläche dar - Wangen, die farblich leicht changieren.

Mein Fazit: Ohne positive Gedanken, ohne Heiterkeit gleicht der Ausdruck meines Gesichtes dem einer Puppe. Ich meine diese, von geschickten Händen sorgfältig dekorierten Schaufensterfiguren, zum Tragen von Mode wiederholt verurteilt. Leer und sinnlos starrt so ein blödes Ding an all dem vorbei, was lebendig ist. Na wunderbar!

Hier, vor Deinen Augen ist mein Äußeres soeben erstarrt – was meinem Temperament so gar nicht entspricht. Aber diese Feststellung kann ich mir nun auch sparen. Jetzt hilft nur eines: Ich wechsle das Thema - und zwar schnell!

Schön, dass Du hier bist. Deutlich fühle ich, wie sich Deine Persönlichkeit zwischen diesen Zeilen entfaltet. Mehr noch, Dein aufmerksamer Blick ermutigt mich, eine Türe zu öffnen, hinter der sich eine steinerne, viel zu steile Treppe in den Keller befand.

Es gab eine Zeit in meinem Leben, in der Mutter regelmäßig beschloss, dass ich nicht allein in der Wohnung bleiben sollte. Aufsichtspflicht, nannte sie ihre klare Entscheidung.

Ich muss fünf Jahre alt gewesen sein und wenn wir in den Keller gingen, schloss sich Mutters Hand fest um die meine. Die Knochen meiner Mittelhand schienen aneinander zu reiben. Jeder Schritt, der mich tiefer in den steinernen Untergrund brachte, verringerte für mich die Gefahr in die Tiefe zu stürzen. Jeder Schritt hinab erhöhte aber auch meine Angst. Ich war nämlich sicher, dass der Tag kommen würde, wo mich „ein Fremder", plötzlich aus dem Dunkel hervorspringend, packen würde.

Mutter balancierte den schweren, mit dreckiger Wäsche gefüllten Korb. Ihre freie Hand umklammerte meine Finger.

Im Keller angekommen beleuchteten einzelne Glühlampen nur dürftig die weiß gekalkten Gänge. Das wäre nicht so schlimm gewesen, hätte nicht aus jedem der hölzernen Verschläge, eine fremde Hand nach mir greifen können. „Hier ist nichts!", befahl Mutter mit einer, für mich grausamen Härte, während der große Korb ihr aus der Umklammerung zu entgleiten drohte. Stöhnend nahm sie Schwung, um die Last anzuheben.

Wir näherten uns den dunklen Nischen am Ende des Ganges, kurz vor der Ecke zu dem einen schwarzen Rachen, dem stockdunklen Waschraum. Plötzlich durchfuhr ein scharrendes Klicken meinen Körper. Der helle Aufschrei von Mutter. „Oh, nein! Kaputt!" Wir standen im Dunkel. Ich zitterte. Nur die Ahnung von dem Licht oberhalb des Treppenaufganges drang in den riesigen Keller. Der Atem stockte mir, und das Pochen meines Herzens, das wusste ich, würde mich jetzt endgültig verraten.

„Nun habe mal keine Angst, Sophie. Ich finde die Taschenlampe gleich", erklang Mutters Stimme von Ferne. Sie ließ meine Hand los genau an jener Stelle, die mir auch bei Licht am gefährlichsten erschien. In diesem Moment wusste ich, dass mir der grausame Fremde ganz nah war. Mutter rief:" Ich habe sie!" Das Licht der Taschenlampe leuchtete in den Sicherungskasten. Ich stand da, erstarrt. Kalt war mir. Meine Zähne klapperten. In meinen Handflächen sammelte sich Schweiß. Und endlich, das Licht ging an.

Ist Dir kalt? Kälte ist für Lesende nicht gut. Die Konzentration lässt nach, wenn die Thermoregulation der Haut einsetzt, um den Wärmeverlust auszugleichen. Dabei schätze ich die freundlich gelassene Aufmerksamkeit von Dir sehr..

Um die milde Wärme in unserem Raum zu erhalten, lege ich einige getrocknete Buchenscheite in die Glut des kleinen Kaminofens. Ein feiner Duft breitet sich vom aufflammenden Feuer aus. Gut so?

Nun, dann möchte ich noch einmal auf die unerwartete und mir unangenhme Erhitzung der Innenflächen meiner Hände zurückkommen.

Die Innenflächen meiner Hände benetzen sich wie von selbst mit winzigen Schweißperlen, wenn ich ohne

Begleitung, also allein, auf eine Gruppe von Menschen zugehe, die ich als „Bekannte" bezeichnen darf. Ich meine damit jene Menschen, die meine äußere Erscheinung meinem Namen zuordnen.

Es sind Leute, die mit mir weder über meine Wünsche, noch über meine Erfahrungen gesprochen haben. Ihre Kenntnisse über meine Person begrenzen sich auf das, was sie über mich gehört, von mir gesehen oder über mich gelesen haben. (Ich betone lächelnd, was sie über mich gelesen haben, nicht, was sie von mir gelesen haben!)

Wenn Bekannte mich gerne mögen, interessieren sie sich vielleicht für meine Leistungen, mein Aussehen, mein Wissen oder meine Hilfsbereitschaft. Das finde ich in Ordnung, natürlich. Doch auch wenn sie mich anlächeln, bin ich nicht ganz sicher, ob sie mir wohlgesonnen sind.

Betrete ich einen Raum mit mir bekannten Menschen allein, treibt eine Menge von offenen Fragen mir den Schweiß in die Handinnenflächen: Kann ich leisten, was die anderen von mir erwarten? Will ich wissen, was sie über mich denken? Kann ich auf alle unverkrampft, ja gelassen zugehen? Störe ich vielleicht? Erkennen sie mich wieder? Kenne ich mich überhaupt? Halt, Stopp!

Zu viel Schweiß in den Handflächen stört beim leichten Spiel der Finger auf die Tasten des Rechners. Anderes Thema: Gegen Halt und Stopp, gegen Begrenzungen aller Art wehre ich mich! Ich wehre mich gegen den schulmeisterlich strengen Blick bei steil aufgerichtetem Zeigefinger.

Demzufolge wehrte ich mich standfest bis zur Sturheit, gegen alle Warnungen dieses Buch, so wie es vor Dir liegt, zu schreiben.

Wobei ich sogleich lächelnd betone: Meine Abwehr war rein defensiver Natur. Was bedeutet, ich sah verlegen herunter und schwieg, als ich die Worte vernahm:

„Welcher Leser von einem Roman möchte persönlich vom Autor angesprochen werden? Wo bleibt des Lesers Recht auf die eigene Privatsphäre?"

Ich schwieg ebenso auch beharrlich, als mir jemand erklärte: „Deine Idee, liebe Sophie, Freundschaft mithilfe eines Buches zu führen, ist zum Scheitern verurteilt! Das ist doch lächerlich! Du siehst den Leser nicht! Du weißt nicht mal, ob eine Frau oder ein Mann dein Buch liest. Das Alter des Lesers kennst du ebenso wenig, wie die Herkunft! Du kennst keine Vorlieben, nicht die religiöse Ausrichtung und weißt noch nicht mal, was sie oder er vorzugsweise isst! Sophie, du bist ein Fantast!"

Fantastin, murmelte ich in mich herein, so leise, dass ich meine Korrektur kaum selbst hören konnte. Dann lächelte ich und dachte: „Alle Autoren kennen die Leser ihrer Werke nicht! Soll ich deshalb lieber im Internet eine Freundschaft erfragen? Energisch schüttelte ich bei diesem Gedanken meinen Kopf.

„Nein!", dachte ich. Ich werde ganz bestimmt nicht meine intimen Daten, meine Lieblingsfarbe, mein Sternzeichen und mein Leibgericht ins Netz stellen. Ich werde nicht mein Porträt in das virtuelle Fotoalbum einer Kontaktbörse einstellen!

Spitzbübisch lächelnd fügte ich hinzu:„Käme ich einer Freundschaft näher, wenn ich mein Profil in eines der sozialen Netzwerke einstellte? Unbekannte fände ich sicherlich bald. Ja, ich gewänne in kurzer Zeit so viele Freunde, dass sich ihre Namen nur in alphabetischer Reihenfolge einordnen ließen. Und ich wäre sicher, dass die Internetfreunde mich nicht als Fantastin ansähen. Denn die meisten sind Freunde im Netz.

Aber in eben diesem Netz kann alles sehr schnell unsichtbar, unbekannt, unerreichbar, ungewiss sein.

Ich möchte für meine Worte und für meine Gedanken Verantwortung übernehmen. Ich möchte Zuverlässigkeit dokumentieren, meinen Stil jederzeit überprüfbar halten und den Mut haben, dass nicht ein einziges Wort aus diesem Buch, mal eben so verloren geht. Zudem fühle ich mich einer guten, alten Tradition verbunden, die geordnet nach Seitenzahlen, dreidimensional eingebunden, daherkommt.

Deshalb schreibe ich, was Du, liebe Leserin, lieber Leser, nach Hause tragen kannst. Dort legst Du oder stellst Du mein Wirken dorthin, wo ich mich nicht, mit einem winzigen „Klick" still und leise verdrücken kann.

Ich kann buchgebunden Dir nicht entrinnen, wie einige der „unheimlichen Freunde" im Internet. Sie entziehen sich dem sozialen Netzwerk, wenn ihnen, weshalb auch immer, das Miteinander plötzlich zu heiß wird. Klick, klick: Bild weg. Text weg. Name weg. Für immer!

Hier, in diesem Medium bleibe ich sichtbar und jederzeit einsehbar, so wie Du es möchtest. Meine Gedanken wähle ich sorgsam. Ich hüte mich davor, oberflächlich ansprechend zu wirken, und ich respektiere Dich auch, wenn Dein Denken und Handeln nicht meinen Vorstellungen entspricht. Deine Entscheidungen achte ich, auch wenn Du mir das Buch vor der Nase zuschlägst!

Sollten die Seiten dieses Buches nun immer noch geöffnet vor Dir liegen, lade ich Dich ein, Dir die Hände am knisternden Feuer zu erwärmen. Ich speise es schnell mit neuen Scheiten.

Wie am Anfang des Buches bereits erwähnt: Ein erstaunlich kalter Winter reduziert alles Wirken auf dem Hof und in den Wiesen auf ein Mindestmaß. Also füttere ich die Tiere, dichte den Stall gegen den Wind ab, sammle Kaminholz, befreie die Wege vom Schnee und leere den Briefkasten täglich.

Nordwind fegt über die Ebene. Das Land, das sich im Sommer bis zum Horizont in sattem Grün ausbreitet, ist heute vom Schnee bedeckt.

Schnee lag auch an jenem Tag des Januars, an den ich mich sehr gerne erinnere. Ungefähr sechs Jahre war ich alt, als ich neben Großmutter durch die, im Sonnenlicht gleißend helle Neuschneepracht stapfte. Wir gingen zu dem kleinen Haus mit seinen riesigen Dachfenstern, welches die Erwachsenen „Das Atelier" nannten.

Sie nannten das Gebäude, das von Baumgruppen und einer weiten Terrasse umrahmt war so, weil Großvater innerhalb der Wände des einen, hohen Raumes, nahezu täglich, seine Arbeit verrichtete.

Alle Wände waren dicht behängt mit Gemälden, Zeichnungen und Drucken. Großvater malte Bilder, von denen einige deutlich größer waren, als ich. Andere waren winzig klein, kleiner als mein erstes Schulheft. Dennoch ließ sich auf ihnen eine vollständige Landschaft entdecken.

Großvater war Kunstmaler. Während er nachdenklich vor der Staffelei stand, schrieb er seine Gedanken auf winzige Zettel, die er in die Schublade seiner größten Staffelei steckte. Gesehen habe ich das nur einmal, als ich Großvater, während seiner Arbeit, besuchen durfte.

Als ich eintrat, trug er eine schwere Wanne mit stinkender Brühe. Kaum hatte ich das Tablett mit Obst und Kuchen auf den runden Metalltisch aus Messing gestellt, gab Großvater mir eine metallene Platte in die Hände. Die Druckplatte war so schwer, dass ich sie kaum halten konnte. „Radierung", das Wort habe ich gut behalten, weil all das, was Großvater mit der Metallplatte machte, so rein gar nichts mit einem Radiergummi zu tun hat.

Als er Pause machte, tanzten winzige Lichtpunkte durch das weit geöffnete Fenster. Es war ein warmer Sommertag.

Jetzt war es Winter und es hatte in den vergangenen Tagen viel geschneit.

Vor mir stieg Großmutter bedächtig die vier hohen Stufen herauf. Ein riesiger, vom Rost angefressener Schlüssel, steckte im Schloss. Ein grobes Holzschild hing an der Tür. Mit lockerem Pinselstrich geschrieben, stand darauf „Atelier". Großmutter musste fest auf die eiserne Klinke drücken, um die schwere Tür knarrend zu öffnen.

Sanfte Klänge drangen an meine Ohren. Als ich behutsam die nächste Tür öffnete, blickte ich in einen hell erleuchteten, riesigen Raum. Unzählige brennende Kerzen standen auf den mächtigen Kommoden.

Mein Blick heftete sich an ein Ölbild. Mächtige, braune Segel trieben hölzerne Torfkähne über eine Wasseroberfläche. Sie schienen auf mich zuzukommen. Wie dunkle Geister lösten sich die Segel aus dem geheimnisvollen Abendrot, das sanft in ein weiches Lilabraun überging. Erst jetzt sah ich Großvater, der auf einem breiten, mit Samt bespannten Schemel saß, in aufrechter Haltung, vor der Tastatur seines Flügels. Einen grauen Tweetanzug trug er mit Hosenbeinen, die über engen Wollstrümpfen unterhalb der Knie fest verschnürt waren. Eine weinrote Fliege zierte den weißen Kragen seines Oberhemdes.

Großvater spielte ein Klavierkonzert von Beethoven, wie Sebastian mir später zuflüsterte. Er spielte, um der festlichen Runde einen klangvollen Rahmen zu verleihen. Weit herunter zu den Tasten neigte er sich, um sich im nächsten Moment weit zurückzulehnen. Wie muntere Kobolde tanzten seine Finger über die Tastatur.

Warme Schauer strichen über meinen Rücken, als ich auf Zehenspitzen durch den Raum trippelte, um Platz zu nehmen, auf einem mit grobem Leder bezogenen Hocker. Ein duftendes Gemisch aus frischen Blüten, Parfüm und aufgebrühtem Tee stieg mir in die Nase, betörend und völlig anders als die Gerüche, die ich zu Hause wahrnahm.

Wieder heftete sich mein Blick an eine großformatiges Sommerlandschaft, das über der Nussholzkommode mit den ausladenden Beschlägen hing.

Das schwere Möbelstück war mit Blumensträußen und silbernen Kerzenleuchtern dekoriert worden. Auf dem Ölbild schienen sich die feinen Äste der Birken im Winde zu wiegen.

Langsam verklangen die Töne. Das alte Instrument war ganz still. Großvater hatte beide Hände von den Tasten gehoben und richtete sich auf. Dann stand er langsam auf, verneigte sich tief, tief hinein in die Stille.

Dann plötzlich! Lachen und Klatschen erfüllte den Raum. Großvater schritt ein wenig steif auf uns zu, gab Großmutter, die dankbar lächelte, einen Handkuss und setzte sich neben sie. Tee wurde eingeschenkt. Die Teller, prall mit Kuchen und Keksen gefüllt, wurden herumgereicht.

Gespannt saß ich da, in meinem dunkelblauen Faltenrock mit weißer Bluse und beobachtete das muntere Treiben. „Goldene Hochzeit" nannte Mutter das Fest. Ich erinnere mich genau, wie sie mit leiser Stimme und tiefem Blick in meine Augen erklärte: „Fünfzig Jahre lang sind deine Großeltern nun ein Paar."

„Fünfzig Jahre", dachte ich. Was für eine unvorstellbar lange Zeit.

Darf ich Dich bitten aufzustehen, nur kurz? Ich möchte Deinen Sessel so geschickt drehen, dass Du ebenso aus dem Fenster in die Ferne, wie auf das flackernde Feuer im Kaminofen und direkt zu mir herüberschauen kannst.

Hinter mir befindet sich ein Regal aus Kirschholz, raumhoch, bestückt mit zeitgenössischer und klassischer Literatur. Vor gesammelten Werken bedeutender

Schriftsteller beiderlei Geschlechtes, steht eine kaum zehn Zentimeter hohe, vergoldete Buddhafigur aus Thailand. Den Blick nach vorne gerichtet, in meditativer Haltung, wirkt die kleine Statue so, als mache sich die in Bronze gegossene Persönlichkeit bereit, für eine weltoffene Zukunft in Würde.

Sollte Dein Blick sich wieder von der Figur lösen, so entdeckst Du, im feinen Licht eines Strahlers auf meinem Schreibtisch, einen griechischen Jüngling aus Bronze. Mit seinem athletischen Körper hält er einen Bogen gespannt. Im Glanz der massiven, geschwärzten Plastik modelliert sich jeder Muskel, mit dem der „Heldenhafte", so nenne ich ihn, das starre Material beweglich– ja geschmeidig erscheinen lässt.

Zu meiner Freude habe ich in einem Karton auf dem Dachboden, die winzige Bleistiftzeichnung einer liegenden Schönheit mit wallendem Haar gefunden. Diese Miniatur steht so nah vor mir, dass die feinen Striche, die ein mattgoldener Rahmen in Szene setzt, aus unmittelbarer Nähe zu sehen sind. In ihrer selbstverständlichen Losgelassenheit strahlt die zarte Figur Leichtigkeit und sinnliche Freude aus.

Die Farbe der Wände meines Raumes blitzt hier und da zwischen zahlreichen Landschaftsbildern und Blumenstillleben auf. Mithilfe von Pinseln und Schwämmen habe ich Flächen von intensiver Leuchtkraft geschaffen. Das strahlende Gelb einiger Wände verleiht dem Raum, an grauen Tagen, eine sonnige Frische.

Erker und Decke sind weiß getüncht. Das Weiß in den Ecken und Winkeln wirkt optisch vergrößernd, verleiht dem Raum zeitgemäße Linien und strahlt rein und hell. Eine Messingleuchte in schlichtem Design steht auf dem kirschholzfarbenen Schreibtisch so, dass die Tastatur meines Laptops gut beleuchtet wird.

Aber Halt! Schönes verliert in den Augen eines bedürftigen Betrachters rasch an Anziehungskraft. Es wird schon wieder kühl in unserem Zimmer unter der Dachschräge. Längst ist es an der Zeit, einen neuen Kaminanzünder in der Feuerstelle zwischen den Scheiten so zu fixieren, dass alles Brennbare genüsslich Feuer fängt. Gesichert durch eine dicke Glasscheibe, beginnen die Flammen erneut zu züngeln. Eine wohlige Wärme breitet sich in dem Raum aus.

Es ist wunderbar, dass Du hier bist, so nah bei mir. Ich fühle mich wahrgenommen, kritisch aber auch wohlwollend beobachtet.

Inzwischen ist ein neuer Tag angebrochen. Mein Blick strebt hinaus aus dem Erkerfenster, in die Weite. Schwere Schneewolken ziehen heran, verdecken das hier und da aufleuchtende Rötlich der aufgehenden Sonne. Das Weiß der verschneiten Wiesen reflektiert die leuchtende Botschaft des langsam erwachenden Tages.

Ich sitze am Schreibtisch. Eine Decke liegt um meine fröstelnden Beine. Nachdenklich öffne ich den Deckel meines schwarz glänzenden „Helfers". Gezielt drücke ich auf einen der zahlreichen Knöpfe, bis leises Rauschen aus dem Inneren neue Aktivität signalisiert.

Meine Erfahrung sagt mir: Der Apparat macht sich, dank gleichmäßiger Zufuhr von elektrischer Energie bereit, weitere Gedanken in sich zu speichern. Noch läuft sich der Rechner leise tickend warm. Das Firmenlogo eines Weltkonzerns für Hardware wird abgelöst von dem Softwarelogo, bis Usernamen erscheinen. Ich gebe mein Passwort ein, „FreundesZeit", während sich schwarze Punkte im weißen Rechteck zeigen. Noch einmal singt die Maschine ein kurzes, helles Lied. Schon leuchtet, vor weidendem Pferd im Nebel, ein winziges Piktogramm auf. Klick!

Endlich ist es soweit. Die Technik gibt auf Druck passender Tasten eine neue Seite frei. Weiß ist sie, strahlend! Eine helle Pracht. Und nun? Oh je!

„Was möchtest Du lesen?" ein heißes Knistern hinter meiner Stirn und vor mir breitet sich eine strahlend helle, nichtsnutzige Wüste aus. - Durst. Ich habe Durst! Du auch? Ich schenke Dir gerne ein Glas mit Wein, Bier, Saft oder Naturquellwasser ein. Prost!

Entschuldige bitte. Beim Gedanken, dass Du etwas völlig anderes von mir erwarten könntest, als das was mich bewegt, habe ich meine Sicherheit total verloren.

Ich gehe jetzt kurz vor die Tür um Luft zu schnappen und kann dabei gleich nachsehen, ob die Tiere Wasser haben. Und ich verspreche Dir, bevor ich wieder die weiße Seite aufschlage, ändere ich mein Foto auf dem Desktop. Die Pferde im Nebel tausche ich aus mit -.

Auf dem Desktop erscheinen nun spielende Pferde im Sonnenschein mit wilder, dicker Mähne und kullernden Augen.

Mein Leben erscheint mir am lebendigsten, wenn ich ohne Konzept, aber mit Freude meine Ideen verwirkliche. Vielleicht habe ich Glück. Dann magst Du die ungeordnete Lebensfreude lieber, als eine straffe Organisation und durchdachte Pläne- wenigstens hier, während Du meine Zeilen liest.

Ich versuche es mal. Meine Gedanken lasse ich jetzt herüberspringen zu dem Thema Freundschaft. Mein Lieblingsthema, wie Du weißt.

Mit der Annäherung zweier Menschen auf geistiger Ebene kann sich eine Freundschaft entwickeln. Für ein kreatives Miteinander sind positive Gefühle beider sehr wichtig. Sie verbinden. Verbindlichkeit ist der Wert, der sich durch Pünktlichkeit, faire Absprachen, Höflichkeit und gegenseitigen Respekt zeigt. Freundschaft entfaltet sich beim Einhalten von Regeln, die beide in gleicher Weise beachten.

Zugleich aber sollten die Freunde bedacht mit dem bedürfnis nach Freiheit und innerer Unabhängigkeit umgehen. Freundschaft wächst, wenn die Freiheit des einen, die Freiheit des anderen nicht einschränkt.

Aus einer herzlichen Neugier entwickelt sich die Freude am anderen. Freude ist eine oft übersehene Energie, die jede Freundschaft stärkt. Freude am Miteinander, Mitgefühl und positive, ja kreative gegenseitige Unterstützung geben der Freundschaft positive Impulse. Ich behaupte aber auch, dass sich Freundschaft ohne die Freude beider, leider verliert.

Den roten, nagelneuen Schulranzen auf meinem Rücken, stieg ich die Stufen aus gegossenem Beton langsam herunter. Vor mir Gehsteigplatten, sorgsam verlegt, quadratisch, grau, gerade so groß, dass sie zum Hüpfen einluden. An diesem Tag hüpfte ich nicht! Ich überquerte die Straße aus grauem Asphalt. Mutter hielt mich an der Hand, zog mich vorwärts. Dunkelgrauer Asphalt. Die Bordsteinkante war hoch.

Auf der anderen Seite der Straße lagen dieselben Gehwegplatten. Sieben Platten nebeneinander. In der nächsten Reihe sieben steinerne Quadrate versetzt. An der Bordsteinkante war jede zweite Platte nur halb so breit.

Meine Schuhe glänzten frisch geputzt. Die Strumpfhose blitzte weiß durch winzige Löcher. Ein Blumenmuster war aus dem lackschwarzen Leder ausgestanzt worden.

„Nimm den Kopf hoch!", forderte mich Mutter leise zischend auf, als wir durch das weit geöffnete Eisentor gingen, das sich zweihundert Meter entfernt von unserem Hauseingang befand. Senkrecht standen die Vierkantstäbe. Einer sah aus, wie der nächste. So sieht er also aus, mein

Schulhof von innen, dachte ich, betrachtete die Menschen, die den Platz bevölkerten.

Die Meisten schienen sich zu kennen. In kleinen Grüppchen standen sie eng beieinander und lachten. Manche riefen sich irgendetwas zu, begrüßten sich, gingen mal hier, mal dorthin. Mutter und ich standen allein. Ich griff mit beiden Händen nach Mutters Hand. Klebrige Enge drückte sich druch meine Kehle, schob sich in den Magen, schnellte plötzlich nach oben, schoss hinein in meine Augen, die feucht wurden.

Sei bitte nachsichtig mit mir, liebe Leserin, lieber Leser. Jenes bedrückende Gefühl, das mich am Morgen meines ersten Schultages umklammerte, verwehrt mir die Erinnerung an weitere Details. Trotz intensiver Bemühungen, die Erinnerung an die erste Schulstunde meines Lebens, habe ich verloren. Weitere Erzählungen entsprängen nur meiner Fantasie.

Also beschränke ich mich darauf, Dir ein Foto zu zeigen, wenige Zentimeter groß, quadratisch, aber in Farbe, mit einem feinen, weißen Rand.

Oh, Entschuldigung! Längst ist es an der Zeit Dich zu fragen, ob es Dir gut geht? Ich frage Dich mit ehrlichem Interesse und von Herzen kommender Höflichkeit.

Auch wenn ich mir eine Freundschaft mit Dir vorstelle, nichts, ja rein gar nichts darf ich von Dir erwarten. Das wäre störend - auch in unserer Beziehung. Die Erwartung an andere Menschen ist eine strenge, innere Haltung. Sie beengt. Die Erwartung an andere Menschen kann schnell zur Enttäuschung führen. Denn in Erwartung binden wir uns gedanklich schnell an Bilder an Ereignisse, die so, genauso - und bestimmt nicht anders uns erfreuen sollen. Trifft das Erwartete nicht ein, befallen uns allzuleicht negative Gedanken und Gefühle. Schluss! Lieber greife ich jetzt zu einem Foto mit weißem Rahmen. Es wurde direkt nach meinen ersten Schulstunden aufgenommen.

Mit beiden Händen umklammert auf dem Abbild die kleine Sophie ihre Schultüte. Mit dünnen Beinen steht sie auf einer grauen Betonsteintreppe. Die Stufen führten zu dem Haus, in dem wir wohnten.

Ich trug eine weiße Bluse, langärmelig und faltenfrei. Mein karierter Faltenrock war knielang.

Oh! Was ich gerade mit Erstaunen feststelle: Ich lächelte nicht in der mir eigenen Art, bei der beide Zahnreihen aufblitzten. Vielmehr pressten sich meine Lippen fest aufeinander, puppenhaft. Ein süßliches Lächeln, was Mutter nicht mochte, das erinnere ich genau. Auf dem Foto glänzt die Schultüte metallisch im Sonnenlicht. Rote und goldene Streifen zieren das konisch zulaufende Gefäß aus Pappe, das zu groß wirkt in den kleinen Händen.

Auf dem Foto steht mein Bruder direkt hinter mir. Seine Hand liegt auf meiner Schulter. Er ist nicht groß, sein Haar ist dunkelblond und wellt sich. Einen besonderen Schwung beschreibt die kantige Oberlinie seiner Oberlippe. Sie findet eine harmonische Entsprechung in der vollen, stark geschwungene Unterlippe. Sein Lächeln scheint in der Ferne keinen Halt zu finden.

Mutter steht neben Sebastian. Ihre Lippen presst sie fest aufeinander, was sie Jahrzehnte später damit begründet, dass ihre Zähne nicht ansehnlich genug gewesen seien. Nicht jeder Behauptung von Mutter glaube ich. Denn sie weiß, dass Fotos Auskunft darüber geben können, was verschwiegen werden soll. So eine Ablichtung zeigt dem geübten Auge die Stimmung der abgelichteten Person- es sei denn, es handelt sich um einen Profi vor der Kamera. Aber Fotomodelle waren wir nicht.

Zurück zu dem Foto. Vater steht hinter uns. Die vielen Lachfalten um seine Augen verraten mir, dass er sich an jenem Tag sehr freute. Ich interpretiere sein Lächeln so: „Wie schön meine Kleine! Jetzt darfst du in die Schule gehen und lernen. Endlich bist du nicht mehr so lange Zeit zu Hause und Du wirst Dich bald mit deinen Mitschülern wohlfühlen!" Die Eingangstüre des Hauses hinter ihm, sie steht weit offen. Sein Lächeln ist sanft, viel zarter als seine kräftige, fast etwas rundliche Statue.

Dir und mir bereite ich jetzt einige Häppchen mit köstlichen Zutaten zu - wenn es Dir recht ist? Darf ich Dir eine Tasse Tee oder Kaffee anbieten? Begeisterst Du Dich für diesen, in unseren Tagen häufig angebotenen, Latte Macchiato? Ein wunderbares Getränk, finde ich. Ich kann mich nicht sattsehen an den feinen Nuancen von Braun, die entstehen, wenn der dunkle Kaffee in einem feinen Strahl die aufgeschäumte Milch durchfließt. Nimmst Du Zucker?

Wenn ich nur erahnen könnte, was Dich bewegt, dann- ach Unfug, selbstverständlich nehme ich die Grenzen an, die mir das Medium setzt. Jede bemühung Deine Vorstellungen tiefer zu ergründen, birgt die Gefahr in sich, dass ich unzufrieden auf Dich wirke. Unzufriedenheit kann Traurigkeit auslösen. Schon wieder negative Gedanken. Mein bedrücktes Gemüt könnte unser Einverständnis schwächen. Nur wenn wir beide uns für das heitere Miteinander öffnen, senden und empfangen wir kreative Gedanken. Davon bin ich überzeugt.

Mit sechs Jahren wusste ich nichts von positiven und negativen Gedanken. Heiteres Erleben konnte ich aber von den Eindrücken trennen, die mich traurig stimmten. Nun aber schnell zurück zur Lebensfreude! Dafür nutzte ich einen drei Meter langen Teppichläufer, der für mich eine Bühne im Zimmer meines Bruders war.

Während Sebastian eine in Vinyl geprägte Rille mit der Oper „Carmen" auf den Plattenteller legte, verneigte ich mich tief und würdevoll. Als die herrlichen Melodien aus riesigen Lautsprecherboxen erklangen, begann ich, zu tanzen. Immer schwungvoller drehte ich mich, sprang verwegen in die Höhe und ließ meine Arme mit großer Geste sinken, als der Torero seine Arie sang. Die Sprache in der er sang, verstand ich nicht. Aber vom Rhythmus erfasst, gab ich mich dem Gefühl hin, eine große Tänzerin, ein Weltstar zu sein– oder zumindest zu werden.

Das seltsame Schmunzeln meines Bruders ließ mich er-ahnen, was sich tatsächlich vor seinen Augen abspielte. Egal. Ich tanzte weiter. Er lächelte immer noch, während er mit dem Ausklingen der Arie die Platte wechselte. Jetzt wählte er Beethoven, und ich denke Du möchtest erfahren, welche Sinfonie er mir vorspielte. Ich drehte mich noch fröhlicher, sprang noch höher und sang: „Freude schöner Götterfunken"!

Natürlich entscheidest Du, ob diese kindliche Lebenslust Dich erreicht. Wenn ja, dann heißt es für mich, Du liest diese Zeilen. Das ist gut so – für mich! Was schreibe ich da? Für mich ist Dein Lesen meiner Zeilen hervorragend. Schließlich kann man diese Tätigkeit als durchaus anstrengend und zeitraubend empfinden, und mir fehlen im Moment die Argumente, Dir diese Konzentrationsleistung schmackhaft zu machen. Aber will ich das überhaupt? Nein! Ich respektiere, dass allein Du entscheidest, was Dich interessiert.

Schließlich bevölkern Milliarden Menschen unseren Planeten. Du bist beweglich und weltoffen. Und ich bin darauf gefasst, dass Du mich, in Form dieses Verlagserzeugnisses beiseite legst. Eine zarte Staubschicht bedeckte irgendwann den farbigen Deckel unseres Mediums.

Nun ist es raus! Ich kann es vor Dir nicht mehr verbergen. Ich befürchte, hier und jetzt vor Deinen Augen zu versagen. Das wäre ungünstig, denn ich allein bin für die Qualität unseres Mediums verantwortlich.

Wobei- vielleicht bist Du an vertrauensvoller Gemeinsamkeit mit mir interessiert? Ohne Dein gütiges Interesse an den Zeilen dieses Buches, besteht keine Verbundenheit zwischen uns.

Dieser Gedanken lässt mich hoffen, dass Du über meine Schwächen hinwegliest. Das wäre klasse und nähme mir jene Unsicherheit, die der Qualität jeder guten Arbeit schadet. In unserem Falle verliere ich als Unsichere die Leichtigkeit und der Kontakt zu Dir wird brüchig. Schlimmsten Falles reißt er ab.

So nun reicht es! Stimmt´s! Um dem abgelegten Schmöker, im Rahmen meiner derzeitigen Möglichkeiten, entgegenzuwirken, hilft nur eines: Ich denke positiv, danke Dir für Deine Geduld und erzähle.

Meine schulische Ausbildung war inzwischen soweit vorangeschritten, dass mir die sinnvolle Aneinanderreihung von Worten endlich auch schriftlich gelang. Allerdings tummelten sich unzähligen Fehler in meinen Niederschriften. Wohlwollend betrachtet, zog die kleine Sophie den Inhalt der Form vor.

Heutzutage sitze ich vor einem leichtgewichtigen Mobilrechner, der punktgenau jeden Schreibfehler anzeigt und in die rechte Schreibweise umwandelt, bevor ich auch nur einen Finger heben oder senken konnte. Praktisch ist das und für eine aufmerksame Schreiberin sehr lehrreich.

Meine Schulzeit begann in den Jahren, die wir heute „als die Jahre des „Wirtschaftwunders", bezeichnen. Damals wohnten meine Eltern, mit Sebastian und mir in einer Wohnung im zweiten Stock eines der vielen, eng aneinander gebauten Stadthäuser, die in der Nachkriegszeit gebaut worden sind.

Wir besaßen ein großes Wohnzimmer, in dem eine riesige halbrunde Couch stand, die von zwei mächtigen Sesseln umrahmt war. Eine runde Marmorplatte, eingefasst in poliertes Profilholz, zierte als Tisch die Mitte des Raumes. Schwer war das Möbelstück und nahezu unverrückbar. Seine glänzende, grün-weiß marmorierte Oberfläche wurde regelmäßig von Mutter frisch aufpoliert. Dabei breitete sich ein übler Geruch im Raum aus, chemisch, beißend und für mein Gefühl unpassend für das Wohnzimmer. Auch die Deckenbeleuchtung empfand ich als ungeeignet für das gemütliche Beisammensein. Meine Eltern fanden das auch. War sie angeschaltet, stach helles Licht über dem Tisch in die Augen, während die Ecken des Raumes im Dunkel lagen. Also blieb sie ausgeschaltet.

Am Tisch stand hilfsweise eine hölzerne Stehlampe mit integrierter Ablagefläche. Zu gerne hätte ich mich im pompösen Sessel ausgebreitet, um Bilderbücher zu betrachten oder zu lesen, wenn ich es gedurft hätte.

Aber nein. Eine total abwegige Idee. Ein Kind lesend im Wohnzimmer, dazu noch allein? In jenen Jahren war das nicht angebracht, nicht denkbar vor allen Dingen für Mutter. Alles im Wohnraum musste ordentlich und sauber sein und bleiben. Denn jederzeit hätte Besuch kommen können.

„Echt" nannte Mutter die beiden großen Teppiche, die sie immer dann heftig beschimpfte, wenn es ihr nötig erschien, ihr gemustertes Gewebe einzurollen. Stöhnend zog und schob sie die staubige Last auf den Balkon, um sie dort, noch lauter ächzend, über das Geländer zu hieven.

Nun verschwand ich, so schnell wie ich konnte in meinem Zimmer und schloss leise die Tür. Mein Zimmer war klein. Die Tür sollte ein langes Fenster aus undurchsichtigem Glas zieren, das mir dazu diente, mit den Fingernägeln durch die senkrechten Riefen zu fahren. Die Klinke fühlte sich zu leicht an. „Aluminium", nannte Vater das Material, aus dem der Türgriff bestand.

Zwei Regale standen in meinem kleinen Zimmer. Sie waren gefüllt mit Büchern und allerlei Spielkram. Zudem besaß ich einen Schrank und ein Bett. Auf der Tapete meines Zimmers hüpften Meckis, Mickis und Teddys herum.

„Die Gestalten sind ja ganz drollig", dachte ich dmals nahezu allabendlich vor dem Einschlafen. „Aber eine schlichte Tapete würde ich dem munteren Treiben vorziehen. Schließlich bin ich kein Kleinkind."

Nachmittags liebte ich es, aus dem Fenster meines Zimmers zu sehen. Um den Blickwinkel entschieden zu verbessern, musste ich über die Sitzfläche meines Schreibtischstuhles klettern, um auf der Fensterbank aus Marmorbruch Platz nehmen zu können.

Endlich blickte ich von oben auf die schmale Asphaltstraße, die Fußwege und den hohen Metallzaun jenseits der Straße, der von mächtigen Buschwerk begrenzt wurde.

All das befindet sich noch heute in einem ruhigen Wohngebiet einer großen deutschen Stadt, im Westen unseres Landes.

Hinter unserem Haus duckte sich ein winziger Garten zwischen steinerne Wände, Zäune und Mauern. Neben einem der wenigen Büsche befand sich mein Sandkasten, der von dem Moment an, in dem ich zur Schule ging, von Ameisen erobert wurde.

In meiner Straße wohnten viele Kinder. Einige von ihnen kamen aus fernen Ländern, aus Japan und Indien, aus Israel und aus England.

Ich spielte am liebsten mit vielen Freunden und meinen Stofftieren verreisen. Das war herrlich!

Eifrig packten wir unsere Decken, Mützen, Schals und Kissen in Rucksäcke. Dann legten wir Taschenlampen,

Bücher und einen kleinen Kompass in den roten Koffer. In der Proviantkiste verstauten wir Schokolade, Erdnussflips und Gefäße mit Saft. Unter den Arm klemmte sich einer von uns die riesige Flasche mit Cola. „Nur für den Fall, dass ihr eine besondere Kräftigung braucht!", hatte Mutter mit hoch aufgerichtetem Zeigefinger erklärt und hinzugefügt: „Hier, aus den Gläsern könnt ihr nippen".

Bevor das kindliche Abenteuer beginnt, muss ich Dir etwas gestehen. Wie Du Dir denken kannst, bin ich, nach dem Deutschen Recht, schon einige Jahre lang nicht mehr ein Kind. Mit dem Erreichen des 14. Lebensjahres war auch bei mir die Lebensphase der Kindheit abgeschlossen.
Die Kinderkonvention der Uno gestand meinen Alters-genossen und mir noch weitere vier Jahre zu. Wobei ich nicht verbergen möchte, dass mich eine erquickliche Anzahl von Lebensjahren inzwischen von meinem 18. Geburtstag trennt.
Um das Zählen von Jahren hier abzukürzen: Alt genug bin ich inzwischen, um die kindliche Traumwelt von der Realität auseinanderzuhalten. Richtig? Deshalb sollte ich jetzt unverzüglich handeln!
Ich bedaure es, aber ich muss Dir gestehen: In die Zeilen des voranstehenden Absatzes hat sich eine Lüge eingeschlichen!
Auch wenn sich meine Lüge als nebensächliche Unwahrheit bezeichnen lässt, habe ich mit dieser Unehrlichkeit den Anschein erweckt, ich wolle etwas vor Dir verdecken.
Es ist mir peinlich und ich befürchte, dass sich meine Lüge zwischen uns schiebt. Und was kann die Folge sein? Erst trennt uns meine Lüge, dann trennt uns Dein Misstrauen. Mist!
Sei gerne offen zu mir! Es stimmt Dich höchst nach-denklich, dass die Schreiberin schon nach wenigen Seiten

eine Unehrlichkeit zugeben muss. Wahrscheinlich bist Du verärgert oder bist Du sogar verunsichert? Beides verstünde ich gut.

Kaum habe ich begonnen aus meinem Leben zu erzählen, da fehlt es mir an Ehrlichkeit! Ganz unerheblich ist jetzt, ob ich log, weil ich mir dadurch einen Vorteil erhoffte, oder ob ich nur eine Schwäche verbergen wollte. Lüge bleibt Lüge! Wem dient es, wenn ich die Unwahrheit als soziale Lüge einstufe?

Schluss, aus! Keine Ausreden! Lügen sind nicht gut, denn sie zerstören das gegenseitige Vertrauen. Lügen rauben zudem die eigene Sicherheit. - Auf wen kann man sich verlassen, wenn man sich selbst lügend eine Wahrheit vorspiegelt, die eine Unwahrheit ist.

Ich, Sophie, habe mir eine gute, freundschaftliche Beziehung zu Dir gewünscht. Besonders anständig und vertrauensvoll wollte ich sein. Unabdingbar dafür ist, dass ich aufrichtig bin.

Und nun? Nun nehme ich meinen Mut zusammen, schaue Dir in die Augen, entschuldige mich und schreibe die Wahrheit: Zu gerne hätte ich damals viele Freunde gehabt. Natürlich wollte ich mit den indischen, den englischen und den israelischen Kindern, die in unserer Straße wohnten, spielen. Aber ich traute mich nicht.

Demzufolge befanden sich außer mir, nur zahlreiche Stofftiere, einige Puppen, der Rucksack, ein Köfferchen und die Proviantkiste in meinem Zimmer. Stolz besaß ich ein Zelt, das ich aus einer alten Decke, von einem Stuhl zum nächsten und über einen Bettpfosten gespannt hatte.

Gemütlich war es unter dem Zeltdach, denn ein orientalischer Läufer und samtene Kissen boten mir kuschelige Wärme. Eine Lampe mit einem geschnitzten Fuß und einem prunkvollen Schirm aus rötlicher Faser hatte ich endlich, nach vielen vergeblichen Bettelversuchen, von Mutter geliehen. Der milde Lichtschein faszinierte mich, während ich dem Lachen der Kinder, da draußen vor meinem Fenster, lauschte und dachte: „Ich muss mir etwas ausdenken!"

Die Sommerferien hatten begonnen. Die Luft flimmerte über dem grauen Asphalt der Straße. Hoch stand die Sonne am Himmel, als ich beschloss mich, nah an das Geländer auf die oberste Stufe der Treppe vor unserem Haus, zu setzen. Die Haustür war angelehnt. Mein Rückzug blieb offen.
Ich lugte mit gesenktem Kopf durch die Strähnen meiner Haare. Nichts geschah. Die Kinder spielten weiter miteinander und niemand beachtete mich. Ich musste handeln. Raschelnd und knisternd öffnete ich eine Tüte mit Erdnussflips.
In diesem Moment warf ein kräftiges Mädchen mit hell leuchtenden Augen einen raschen Blick zu mir herüber. Noch tiefer griff ich in die raschelnde Tüte. Sogleich schien sich der Hals des Mädchens zu verlängern. Ihr Blick fixierte mich. Im Nu stand sie vor mir. „Was hast du da?", fragte die kleine Person, mit spitzem Finger auf die raschelnde Tüte zeigend. Kaum hielt ich ihr das knisternde Behältnis entgegen, griff sie so tief herein, dass ich dem Druck ihrer wühlenden Finger nur mit Geschick standhalten konnte.
„Wohnst Du hier?", fragte sie mit schräg geneigtem Kopf und richtete ihren Blick genau an mir vorbei auf unsere Eingangstüre. Meine Kehle verschloss sich, während ich eifrig nickte.
„Ja, ja!", stieß ich hervor und ergänzte zaghaft: „Magst du mit in unsere Wohnung kommen? Ich zeige dir etwas ganz tolles!"
Das Mädchen mit den vielen Sommersprossen starrte mich mit ihren hellen Augen an und drehte sich zu den anderen um. Keine Reaktion. Noch einmal griff sie tief in die

knisternde Tüte. „Mutter gibt uns auch Schokolade und Cola!", versprach ich.

„Na dann komm!", befahl sie, ergriff meine Hand und zog mich mit einem kräftigen Ruck auf die Beine! „Lisa." stieß sie mit erstaunlich tiefer Stimme hervor, während sie eiligen Schrittes durch den Hausflur strebte.

Wenige Minuten später waren wir angekommen, oben auf dem Felsenplateau, wo Indianer ihre Wigwams unter einem hohen Himmel aufgestellt hatten.

„Schau her, Lisa, das Feuer brennt!", rief ich aus, während das Mädchen mit dem wilden Haar die große Colaflasche, wie eine Jagdtrophäe, in die Luft hob. Dabei hüpfte sie mit schwankendem Oberkörper von dem einen auf das andere Bein. Mit steiler Falte in der Stirn beschloss sie: „Adlersonne ist der Größte!" Natürlich war sie der Häuptling, und ich war die Squaw. Breitbeinig stellte sie sich in der Mitte des Zimmers auf. Den Besenstiel in der Hand, sah das Indianeroberhaupt gen Himmel, als Mutter die Türe einen Spalt breit öffnete.

„Pst!", zischte Mutter. „Ihr müsst leiser sein. Die Nachbarn!" Als sie die Tür wieder schloss, zog der Häuptling Adlersonne eine furchtbare Grimasse.

„Dumme Kuh", flüstere der mächtige Indianer. Ich wusste, dass Mutter nur in das Reich der Sioux eingedrungen war, um uns vor kriegerischen Auseinandersetzungen mit den Untermietern zu schützen. Doch der Häuptling ärgerte sich.

„Keiner darf in unsere Jagdgründe eindringen!", erklärte sie, missmutig den Federkranz schüttelnd.

Eilig musste ich handeln. Ich öffnete eine weitere Tüte mit krossen Flips und hielt sie dem großen Häuptling unter die Nase. Dann legte ich den Zeigefinger auf den Mund und flüsterte: „Lass uns dort vorne, hinter dem Gebüsch, durch die Schlucht schleichen. So können wir die Indianer vom Stamm der Irokesen in einen Hinterhalt locken!"

Häuptling Lockenhaar - Adlersonne griff in die raschelnde Tüte und schüttelte unwillig mit dem Kopf. Längst hatte der große Indianer einen anderen Feind ausgemacht. Dann geschah es: Ein weiterer strafender Blick meiner bleichgesichtigen Mutter drang durch den Türspalt.

Mit wildem Kullern der Augen und heftigen Verwerfungen der Lippen schnaubte „Adlersonne". Von ihrem wuscheligen Haupt riss sie die Federpracht und schleuderte den Schmuck verächtlich in die Ecke. Den üppig verzierten Gürtel warf sie hinterher. Einen langen Besenstiel-Speer ließ sie fallen und entschied: „Ich gehe! Deine Mutter mag mich nicht! Hier darf man ja überhaupt nichts!", wütete sie und verließ mit kraftigen Schritten mein Zimmer. Ich lief hinterher. Und schon fiel vor meinen Augen mit einem lauten Knall die Eingangstüre ins Schloss. Mein Atem stockte. Schlagartig verengte sich meine Kehle. Die Türe war grau, grau und glatt und fest geschlossen. Getroffen sank ich in mir zusammen.

Nur eine Stunde war seit dem Augenblick vergangen, in dem mein Herz vor Freude die Frequenz verdoppelt- wenn nicht verdreifacht hatte. Sonnenstrahlen hatten jeden Winkel meines Zimmers erhellt. Die Prärie hatte nach Gras gerochen, nach den verkohlten Ästen des Lagerfeuers und nach dem seidigen Fell unserer halbwilden Pferde. Mit leisem Wispern war lauer Wind über die Zeltplane gestrichen.

Die wilden Locken des starken Häuptlings hatten im Wind geweht, der über die Steppe strich. Eine riesige Bisonherde hatte jenseits des wilden Flusslaufes gegrast.

Und nun das: Ein blödes Indianermädchen hockte schluchzend in der Einöde. Ein übler Geruch stieg mir in die Nase. Die letzten Krümel der salzigen Flips hatten sich tief in meine Zahnlücken gepresst. Teppichfasereinerlei verschwamm vor meinen Augen. Die Tränen verursachten grausame Spuren auf den Wangen, juckend und kratzend. Der Boden, auf dem ich hockte, war steinhart.

Aus der Ferne vernahm ich irgendwann lautes Stöhnen, den traurigen Widerhall aus meinem Inneren, lauter und lauter werdend: „Was ist mit dir?", vernahm ich Mutters Stimme. Antworten wollte ich nicht. Zu tief hatte sich der Schmerz in meine Kehle gegraben. Jedes Wort wäre zur Qual geworden.

„Weine nicht! Die Kleine war sowieso zu frech.", erklang Mutters Stimme plötzlich hinter meinem Rücken. „Komm steh auf und räume auf! So eine Unordnung kannst du mir nun wirklich nicht antun!"

Ihr nicht antun, wiederholte ich in Gedanken, jetzt, wo der Teppich grau ist, grau und sinnlos. „Ihr nicht antun.", murmelte ich schluchzend in mich hinein.

Diese scheiß Unordnung interessiert mich kein bisschen, dachte ich. Mutter stöhnte lauter. Ihre Schritte verhallten und mein Schluchzen verklang in der engen Schlucht.

„Wofür soll ich aufräumen? Kein Mensch interessiert sich für mein Zimmer! Mutter arbeitet in der Küche. Basti ist beim Freund und Papa bei Kunden", dachte ich und schob die blöden Stofftiere weit unter mein Bett. Dann löschte ich das Licht und kroch tief hinein, in meine düstere Höhle.

Doch wie sinnlos war meine Flucht, da mich Mutter kurz darauf in meinem Versteck entdeckte. Sie stöhnte schon wieder. „Ich brauche jetzt Hilfe beim Abtrocknen. Räume bitte auf!", flehte sie mit schmirgelnder Stimme.

Missmutig wühlte ich mich aus den Kissen hervor und zerrte an den Bändern des Zeltes, bis alles in sich zusammenfiel.

In den Haufen von Gelumpe starrend, beschlich mich ein Gefühl, das ich bis heute als die Demütigung schlechthin bezeichne. Nicht genug, das die „blöde Gans" mich grausam verlassen hatte. Nun stand ich auch noch vor einem gigantischen Haufen aus Decken, Koffern, Stoffgetier und Krümeldreck. Kopfdrücken, Kehle zu, Arme lahm, Beine schwer.

„Hallo! Wie geht es Dir?" Wenn ich traurig bin, mache ich mir gerne Musik an. Ich bin in Deiner Nähe nicht wirklich traurig, aber Musik mache ich trotzdem an, wenn es Dir recht ist. Sanft tippe auf den Knopf der unscheinbaren Musikanlage. Lautlos zieht der Träger eine silbrig glänzende Scheibe ein. Ganz leise erklingt die vibrierende Stimme eines bedeutenden Sohnes der Dakota. Als die Töne seines tragenden Gesanges lauter werden, erklingt von Ferne der Schrei eines Adlers. Von dumpfen Klängen der Trommeln begleitet, lockt der Hall seiner klaren Stimme mich an das, von hellem Sonnenlicht durchflutete Fenster, zum klangintensiven Schauen. In fantastischer Ferne tut sich das Panorama einer kargen Bergwelt auf. Hoch oben am blauen Firmament kreist, auf weiten Schwingen mühelos, der König der Lüfte. Immer klarer erklingt der Gesang aus der Weite, befreit meine Gedanken. Über den Dingen schwebend, lausche ich Tönen, die nachhallend in sanftem Frieden in mir verklingen.

Irgendwann scheint es mir so, als richtete sich auch Dein Blick aus dem Fenster unserer Kammer unter dem Dach in den Himmel. Im wortlosen Einklang finde ich zurück an meinen Schreibtisch. Ganz langsam schweben meine Finger herunter auf die Tasten und in die Wirklichkeit.

Die Tage nach dem misslungenen Indianer Pow-Wow im Kinderzimmer, waren zu meinem Leid Ferientage. Heiß war es immer noch in den Straßen der Stadt. Am wolkenlosen Himmel zog die Sonne ihre Bahn. Auf unserem Balkon, der von der Straßenseite abgewandt war, hatte ich einen Tisch und Stuhl voreinander gestellt. Auf einem großen Block zeichnete ich Blumen und Seen, Bäume und winzige Vögel, die auf den Zweigen prächtiger Bäume hockten. Schmetterlinge flatterten über die Bilder. In der Zeit saugte, rührte, kochte und wischte Mutter. Dann befahl sie: „Du begleitest mich jetzt zum Krämer!" Ich antwortete kurz und entschieden: „Ich muss weiter malen, sonst kann ich Großmutter den Brief nicht schicken!"

„Sophie, sei nicht so widerspenstig! Du kommst mit! Schließlich habe ich schwere Taschen zu tragen!" Mutter fragte nicht, warum ich eine Ausrede nach der anderen erfand, um im Haus zu bleiben. Und ich wahrte mein Geheimnis, wusste ich doch allein, dass draußen, zwischen den Häuserzeilen furchterregende Gestalten nur darauf warteten, mich zu erschrecken. Diese Wesen huschten umher, wilde Grimassen ziehend, mit kurzen Hosen, Fußbällen und Gummitwist. Ihre Zöpfe flogen. Wilde Locken wehten. Unnahbar waren sie, böse und gefährlich! Ganz sicher war ich, dass das Mädchen mit den „bösen Locken" die vergangenen Tage längst genutzt hatte, um mit den anderen über mich zu lachen. Mit gehässigem Ton in ihrer Stimme hatte sie ihnen erzählt, was für eine schreckliche Mutter dort vorne im Haus nichts anders im Sinn hat, als die blöde, kleine Squaw-Tochter anzumeckern. „Kinder!", befahl der rotgelockte Häuptling. „Seht die dusselige Gans nicht an!"

Wie schön, dass Du hier bist! Mich freut es umso mehr, als ich mich langsam daran gewöhne, Dir zu vertrauen. Keine Angst! Ich habe keine Erwartungen an Dich. Ich vertraue Dir auch, wenn Du dieses Buch vor meiner Nase restlos unspektakulär, schließt. So etwas kann passieren. Täglich werden täglich unzählige Bücher von Lesern geschlossen. Warum sollte ich Dir aus diesem Grund nicht vertrauen?

Du allein weißt, was für Dich gut ist. Also, lass mich Dir versichern: Du musst nichts leisten, und ich vertraue Dir dennoch.

Meine Überzeugung ist es, dass Erwachsene (dazu zähle ich mich) sich selbst trauen sollten. Selbstwertgefühl, Mut Aufrichtigkeit und Selbstdiszplin mit Fleiß bieten Halt für das Selbstvertrauen, denke ich. Also mutig und dankbar, dass es Dich gibt, vertraue ich Dir. Ich sehe Deinen kritischen Blick. „Nein, ich vetraue nicht jedem!"

Du bist nun wirklich nicht jeder. Du bist eine interessierte Person, die mehr lesen möchte, als Titelzeilen und kurze Artikel, mehr als SMS und Kurznachrichten.

Du interessierst Dich für sprachlich ausgestaltete Schriften. Du lässt Dich auf jenes gedankliche Mitschwingen ein, das beim Lesen von seitenlangem Mengentext nun einmal nötig ist.

Zurück zum Vertrauen. „Magst Du mir trauen?"

Nun, dazu müsste ich eine vertrauenswürdige Persönlichkeit sein. Das bedeutet: Ich verhalte mich jederzeit integer, höflich und wahrhaftig. Auch wenn ich traurig, gereizt oder unsicher bin, ist es wichtig, dass ich seriös und souverän bleibe. Meine Mimik sollte freundliche und gütige Züge aufweisen.

Glaube mir bitte, das fällt mir nicht leicht. Ich übe. Ich übe gleichmäßig sanft, unmissverständlich, doch höflich zu schreiben und dabei zu vermitteln, was mich bewegt. Mit den Fingern nah an den Tasten lässt sich ein unhöfliches Wort, eine unanständige Bemerkung im Nu korrigieren. Beim Schreiben dieser Zeilen kann ich nachdenken, überdenken, hinterfragen. Da sollte es mir doch leicht fallen, mich höflich und sanft zu äußern, nicht wahr?

Als ich erwachte, schob sich ein Lichtpfeil silberhell durch den winzigen Schlitz zwischen rechtem und linkem Vorhang, der mei n Zimmer verdunkelte.

Kaum hatte der feine Strahl das Fußende meines Bettes erreicht, zielte er auf meinen Kopf. Nur der entschiedene Satz aus den Federn konnte das Auftreffen des gierigen Lichtes auf meiner Nasenspitze verhindern. Im Sprung ergriff ich einen sorgsam geordneten Stapel von Kleidungsstücken. Damit huschte ich ins Bad. Zähneputzen, kämmen, schön! Rock und Bluse an, fertig! Da stand ich, sauber gekleidet auf dem schmalen Teppichläufer im Flur unserer Wohnung.

Irgendetwas stimmte nicht. Alles war still, ganz still. Nichts regte sich, bis mir das Schlagen der Standuhr den Grund verriet. Es war erst halb sieben. Um acht Uhr war Schulbeginn, und mein Schulweg dauerte knapp fünf Minuten.

„Na wunderbar", dachte ich. „Da bleibt mir ja noch genügend Zeit, um mir die gruseligen Grimassen meiner Mitschüler auszumalen, wenn sie mich sehen."

Winzige Eiskörnchen landeten auf meinem Rücken. Brennend eiskalte Funken stachen in meine Haut.

„Sophie!", schimpfte ich vor mich hin. „Heißkalter Hagel im Haus? Dazu noch im Hochsommer? Nun reicht es aber!"

Kennst Du die Situation? Ein Bild, ein Wort, ein Gegenstand, eine Geste oder ein Blick löst abrupt einen Gedanken in Dir aus. Stark ist der Gedanke, wild und eigenwillig. Alles geht blitzschnell. Du weißt, dass Du den Gedanken soeben noch bändigen konntest. Plötzlich reißt er sich los, springt ab und landet im „See Deiner Gefühle." –

Ich schreibe „im See", weil mir das „Meer der Gefühle" als Bild an dieser Stelle zu weit, zu bedrohlich, zu tief erscheint.

Ich springe also dem frechen Gedanken - Ausreißer sofort hinterher. So ein unartiger Gedanke, der ohne Erlaubnis abspringt, um in meinen Gefühlen herumzutoben, das dulde ich nicht!

Ich wünsche es nicht, dass meine Gedanken abspringen und so wie sie es wollen, in meinen Gefühlen baden, toben schwimmen, tauchen oder untergehen.

Ich bin erwachsen, und deshalb fühle ich mich zurecht verantwortlich für meine Gedanken. Ich möchte bestimmen, wo meine Gedanken hingehen, auf was sie sich einlassen und ob sie sauber und fair bleiben. Ich dulde nicht, dass sie sich von meinem Willen losreißen. Zu viel Schaden können Gedanken anrichten, in mir und gegen andere, wenn ich ihnen freien Lauf lasse.

Besonders gefährlich werden Gedanken dann, wenn sie negativ, böse und ärgerlich sind. Schlechtesten Falles stiften sie gute Gedanken zu bösen Taten an. Ein Desaster, wenn plötzlich eine ganze Horde von bösen Gedanken in den „See der meiner Gefühle" springt. Der eine oder andere schreit um Hilfe, weil er nicht schwimmen kann. Ein Drama, dem ich allein kaum gewachsen bin. Aus! Neue Szene!

Besonders beobachten muss ich die ängstlichen Gedanken. Sie gilt es zu beschützen, da sie ohne meine Hilfe am ehesten im „See der Gefühle" in Not geraten. Und die traurigen Gedanken? Sie zu begleiten und ganz sicher nicht allein im „See der Gefühle" baden zu lassen, ist klug. Sie könnten sich danach sehnen, zu ertrinken.

Du siehst, ich habe einiges zu beachten, damit meine Gedanken freundlich und gut erzogen bei mir bleiben, ohne zu murren und ohne sich loszureißen. Erst wenn sie schwimmen können, mit guten, angenehmen Gefühlen erlaube ich ihnen ein erfrischendes, beruhigendes, erholsames Bad im See, bei Sonnenschein zu nehmen.

Vom Ufer aus beobachte ich dann die Gedanken mit gutem Gefühl - den Rettungsring immer parat.

Erst wenn die Gedanken gelassen sind, souverän und verantwortungsbewusst, dürfen sie allein im See baden. Erwachsene, kluge Gedanken kennen sich aus im „See der Gefühle" aus. Gut erzogene Gedanken meiden die Gefahren.

Als die Schultore weit offen standen, näherte ich mich mit erstaunlich großen Schritten und schrecklich weichen Knien dem wilden Geschrei meiner Mitschüler. Meine Kniegelenke zittern so, dass sich meine Unruhe nicht verbergen ließ. Schließlich lugten die dummen Dinger zwischen Kniestrümpfen und Faltenrock hervor.

Zu meiner Verwunderung schien niemand die reflexartigen Bewegungen meines Körpers wahrzunehmen. Dafür interessierten sich die Kinder umso mehr für mein frisch geschnittenes Haar.

„Ganz schön kurz!", kommentierte eine Dunkelhaarige.

„Ich mag den Schnitt!", nickte eine Hellblonde.

„Langes Haar sieht immer toll aus!", kommentierte ein Mädchen mit kurzem Haar. Mein Gesicht glühte, was mir ein Mädchen hinter vorgehaltener Hand bestätigte, als sie zischte: „Schau an, die Sophie wird rot!"

In diesem Moment läutete die Schulglocke. Wir sprinteten ins Gebäude, durch die Flure, in den Klassenraum und nahmen Platz. Als die Lehrerin eintrat, riefen wir im Chor: „Guten Morgen, Frau Bahring!"

Erst in diesem Moment entdeckte ich, dass „er" neben mir saß. Direkt neben mir auf dem leeren Platz saß „er", der Neue! Pummelig erschien er mir, mit seinem kräftigen Haarschopf und den dicken Brillengläsern. Er trug ein weißes Hemd und eine speckig braune Lederhose. Seine weißen Zahnreihen grinsten mich an, als wäre ich eine Tafel Schokolade zum Anbeißen.

Ich wich zurück. Aus dem Augenwinkel beobachtete ich jede seiner Bewegungen. Er holte Heft und Federmappe aus seinem Tornister hervor, grinste, biss aber nicht zu. Nicht die geringste Lust schien er zu verspüren, mich essen zu wollen.

Stattdessen begann er eifrig, leise vor sich hin zu lesen. Ich löste mich aus meiner Erstarrung und ließ mich in die Lehne meines Stuhles zurücksinken.

Nach einer Weile stellte ich erstaunt fest, dass alle lasen. Das beruhigte mich. Endlich, zog auch ich das Buch aus der Schultasche und tat es den anderen gleich.

Soeben fällt mir auf, dass sich mein Leben damals, mehrere Jahre lang nahezu ausschließlich innerhalb einer einzigen Einbahnstraße abgespielt hat.

Kaum dreihundert Meter lagen zwischen dem Anfang und dem Ende der asphaltierten Grundlage für vorwiegend radgebundene Fahrzeuge.

Dreihundert Meter parkende Autos, sorgsam aufgereiht, einseitig. Zwei Fußwege. Einer lag diesseits, der andere jenseits der schmalen Fahrbahn.

Diesseits der schnurgeraden Strecke befanden sich, lückenlos aufgereiht, Stadthäuser im Stil der sechziger Jahre, dreistöckig, Fassaden ohne Tiefe, ohne Glanz, farblos, in weißlichem Grau, aber sauber.

Jenseits des hohen, schmiedeeisernen Zaunes, lag der Park, von hohen Büschen und Bäumen umrahmt. Am hinteren Ende der Straße befand sich das Tor, durch das Lehrkörper und Schulpflichtige, während der Schulzeit, schritten.

Der, in den Sommermonaten dicht belaubte Park, war von der Straße aus nur über einen schmalen Weg zugängig. Diesen Weg durfte ich, ohne Begleitung einer erwachsenen Person, niemals betreten.

Zu groß erschien Mutter die Gefahr! Mit ernstem Gesicht und bedrohlichem Unterton in der Stimme beschrieb sie mir Gestalten männlichen Geschlechtes, die mal hier, mal dort im Park ihr gefährliches Unwesen trieben.

In dunklen Anzügen, schäbigen Mänteln, mit schwarzen Hüten auf ihren Köpfen, in ihren Händen Pistolen und scharfe Messer haltend, stellte ich mir diese Männer vor. Versteckt hielten sie sich einzeln hinter Büschen, unter Parkbänken und richteten ihre Blicke unablässig auf kleine Kinder, besonders auf Mädchen in hübschen Kleidern.

Ängstlich bewegte ich mich allein in der Einbahnstraße, deren Fahrstrecke zu beiden Seiten in eine der viel befahrenen Trassen mündete. Dort drohte mir eine weitere Gefahr, der ich nur entkommen konnte, wenn ich den strikten Anweisungen von Mutter folgte.

„Gehe nicht an die Kreuzungen. Du weißt ja nicht, in welch hohem Tempo die Autos dort rasen! Bremsen können sie nicht so schnell, Kind!"

Nicht verboten wurde mir der Blick nach oben. Doch weder im Sommer, noch im Winter gelang es mir, an irgendeiner Stelle der Einbahnstraße in den Himmel zu schauen, ohne die Muskeln in meinem Nacken zu verkrampfen. Kopf zurück. Eine Haltung, in die ich mich nur begab, wenn sich das, vom Ruhrgebiet herüberwehende gelbliche Grau auflöste. In solchen Momenten lohnte es sich, meinen Hals zu verrenken. Die Dächer der Häuser gaben weiße Wolken frei, die hoch über die Straße hinweg wehten, um sogleich hinter den Wipfeln der Bäume zu verschwinden.

Weniger anstrengend war der Anblick des Mauerwerkes, das von Hauseingängen und zumeist verschlossenen Fenstern, unterbrochen wurde. Da sich mein Blick, in mehr oder minder weißen Gardinen verfing, schaute ich lieber auf die Gehwegplatten, die mich jederzeit zum Hüpfen einluden.

Ich umrahmte die Quadrate mit weißen Kreidestrichen, um Regeln einzuhalten, für ein Spiel, das ich regelmäßig gewann. Das war kein Sieg. Schließlich war ich meine einzige Mitspielerin, was die Spielzeit ungemein abkürzte.

Dafür blieb mir nun Zeit, den geschmiedeten Zaun, der die Straße begrenzte anzustarren.

Hinter den eisernen Stäben und dichtem Gebüsch konnte ich das Rufen und Kreischen, das Lachen und Johlen der Kinder hören. Ihre Mütter mussten nicht kochen und putzen. Ihre Mütter konnten sie zum Spielplatz begleiten.

Meiner Mutter blieb nur die Mittagszeit, um sich eine Stunde lang von der vielen Hausarbeit zu erholen. Sofort schlief sie ein, in dem großen Sessel in ihrem Wohnzimmer.

Langweile ich Dich gerade? Solltest Du mit einem herzerfrischenden „Ja" antworten, so entschuldige ich mich. Du erinnerst Dich? Ich versprach, mich an die Wahrheit zu halten. Meine Wirklichkeit erschien mir in jenen Tagen eintönig. Sie wirkte auf mich viereckig, grau, hart. Sie erschien mir zu kurz, zu gefährlich. Meine Wahrheit wirkte auf mich eintönig, roch nach Möbelpolitur oder nach schmieriger Seife.

Die dusselige Wahrheit hatte sich fest in meiner Kehle eingenistet. Ich fand es traurig, dass mein Vater in der Woche auf Reisen war. Warum mein Bruder so oft bei Schulfreunden war, konnte ich mir nicht erklären, und die Einzige, die mich hätte unterhalten können, kümmerte sich um den Haushalt.

So, weil ich gerade so viel Wert auf die Wahrheit lege: Seit Anfang dieser Seite, befinde ich mich in Weimar. In meinem Hotelzimmer steht kein Kaminofen. Hier prasselt kein Feuer aber mein Blick aus dem Fenster fällt auf einen hübschen Platz. Mein Schreibtisch fehlt mir– und Du fehlst mir besonders!

Vor zwei Tagen habe ich meinen Laptop in eine Tasche unter drei Blusen und Shirts, über zwei Hosen und neben allerlei Kleinkram verstaut. Alles zusammen habe ich mit mir in einem Kraftfahrzeug nach Thüringen gefahren.

Und jetzt? Jetzt habe ich ein schlechtes Gewissen! Ich möchte mich bei Dir entschuldigen- nicht, weil ich mich hier, in dieser kleinen, aber faszinierenden Stadt auf das Leben interessanter Menschen konzentriere, deren Wirken mich bewegt. Nein, trotz neuer Eindrücke und Begegnungen, bleibe ich Dir in Gedanken nah.

Was mich beunruhigt und mein Gewissen belastet, ist die Tatsache, dass ich Dir nicht von meinem Vorhaben berichten mochte. Stattdessen bin ich, kaum wirktest Du in Gedanken versunken, verschwunden.

Warum heimlich? Nun, vieles könnte geschehen, wenn sich die Hauptfigur aus ihrem Roman plötzlich verabschiedet. Die Folge kann sein, dass dem angelesenen Werk niemand mehr Beachtung schenkt.

In unserem Fall droht der feine Faden unserer bizarren Beziehung zu reißen. Weitere Seiten mit Erlebnissen und Gedanken zu füllen, wäre dann sinnlos. Und was hätten wir erreicht? Vor uns läge ein Buch mit Anfang, aber ohne Ende? Jetzt liegt es an Dir!

Ich verspreche Dir, auf meine nächste Reise nehme ich Dich mit! - Oder? Was hältst Du davon, wenn Du jetzt sofort nachkommst?

Die Kraft der Sonne lockt hier das erste frische Laub aus den Zweigen der Bäume. Nach einem ausgiebigen Spaziergang durch den gepflegten Park an der Ilm, suchen wir auf der sanften Anhöhe, einen Platz im Schatten hoher Wipfel auf.

Wo wir sind, fragst Du? Nun, das Gartenhaus des Herrn von Goethe zieht mich magisch an. Auf dem terrassierten Gelände um das schlichte Gartenhaus dieses Meisters der Sprache, wachsen die ersten herrlichen Frühlingsblüher. Wir können nebeneinander sitzen und herüberblicken auf prächtige Bäume, in einen Landschaftsgarten mit Geschichte. Wer weiß, vielleicht gelingt es uns, vom Geist des großen Dichters angeregt, einen regen Gedankenaustausch zu pflegen.

Hätte man mich damals, als Erstklässler gefragt, ob ich mich wohlfühle, ich hätte mit einem entschiedenen „Nein" geantwortet.

Schließlich war ich verpflichtet meinen blöden Körper Morgen für Morgen, sechs Mal in der Woche, über den grauen Fußweg zur Schule zu bewegen. Manchmal zählte ich die Stäbe des Zaunes zur Rechten, bis zur gemauerten Säule. Schulvorplatz!

Jetzt galt es wachsam zu sein, die anderen im Blick zu behalten, jederzeit gefasst zu sein, auf eine Attacke von Mitschülern. Aber Morgen für Morgen geschah nichts. Unversehrt betrat ich den grauen Schuhkarton in Gebäudegröße. Meine Jacke hängte ich an den Haken. Dann schritt ich geradewegs auf meinen Stuhl zu, der in der zweiten Reihe von Vieren darauf wartete, vom Tisch gehoben zu werden.

An manchen Tagen waren die beiden Flügel der grünen Tafel geschlossen. An anderen Tagen standen sie offen. Zumeist waren sie matt dunkelgrün, also sorgfältig gesäubert. Selten war die Fläche von üblen Kreidespuren verschmiert. An wenigen Tagen im Jahr zierten herrliche Zeichnungen, aus farbiger Kreide, die riesige Tafel.

Dann wusste ich, dass ein Fest naht. Weihnachten oder Ostern, oder ein hoher kirchlicher Feiertag. Farbige Zweige schmückten die grüne Fläche, rote Kerzen oder unzählige, bunte Eier.

Der Blick aus dem Fenster hingegen, er blieb unverändert, jahrein, jahraus. Das Buschwerk vor den Scheiben war immergrün und stachelig. Dahinter ragte ein Baumstamm empor, der diese Bezeichnung eigentlich nicht verdient hat. Zu dünn war er und total verbogen.

Der Schulplatz war mit denselben langweiligen Betonstein-platten gepflastert, wie unser Gehweg an der Straße. Mit kleinen Ausnahmen! Hier, auf dem Schulhof waren ab und zu rötlich gefärbte Steine eingefügt worden.

Magst Du Betonpflastersteine? Ich finde sie eintönig. Vielleicht magst Du mich begleiten? Dann zeige ich Dir eine schöne Pflasterung in der sanft hügeligen Landschaft südlich der Alpen, wo wir, nach kurzer Wegstrecke bergan, eine mittelalterliche Klosteranlage erreichen. Schau, dort vor uns, in dem Kreuzgang wurden vor hunderten von Jahren riesige Gehwegplatten aus Sandstein verlegt. Mönche schritten über das helle Pflaster, täglich zu festgelegten Stunden zur Andacht, Jahr für Jahr in dunklen, weiten Kutten, gesenkten Hauptes, demütig und schweigend. Ihre Schritte haben den steinernen Unter-grund abgeschmirgelt. Nun führt uns die ausgetretene Spur vom Kreuzgang über die steinerne Schwelle in ein schlichtes Gotteshaus.
Draußen breitet sich jetzt, zur Mittagsstunde zwischen Säulen und Arkaden, das Sonnenlicht aus und erhellt das Gewölbe des Kreuzganges. Siehst Du dort vorne in das satte Grün des Innenhofes, dessen Mitte ein mächtiger Brunnen ziert. Federleicht wirkt dieses steinerne Rund. In zahlreichen Terrassen verjüngt es sich, bis ganz oben die Wasserfontäne als glitzernder Strahl, dem Himmel zustrebt. Zum Verweilen lädt uns eine steinerne Bank ein. Setz Dich doch bitte einen Augenblick lang neben mich.
Die Stille möchte ich mit Dir teilen, an einem Ort, der die Sinne beruhigt und angenehme Gefühle weckt. In unserer Fantasie lauschen wir dem Chor der Mönche, begleitet vom hellen Zwitschern der Singvögel.

Als ich mit Daumen und Zeigefinger den Zweig aus den Händen des Neuen übernahm, stach mich ein spitzer Dorn.

„Ich habe euch einen Akazienzweig mitgebracht. Ich fand ihn unter einem der Bäume, die in Ufernähe eines großen Sees standen.", erklärte die Lehrerin.

Inzwischen reichte ein Schüler dem anderen das scharfe Geäst mit spitzen Schreien weiter, um es zu betrachten. Heller als sonst klang die Stimme der Lehrerin: „Akazien wachsen am See Genezareth, sowie die Tamarisken. Palmen sind dort auch gepflanzt worden."

Eine Weile dauerte es, bis die letzte Schülerin langsam das dornige Gezweig auf den Lehrertisch ablegt hatte. Dann herrschte die gewohnte Stille im Klassenzimmer.

Entspannt wirkte das Gesicht der Lehrerin, als sie zu der farbenfrohen Landkarte ging, die an einem Metallständer hängend, bis fast an die Raumdecke reichte. Mit der Spitze ihres Stiftes zeigte sie uns die Grenzen eines schmalen Landes, was entlang des östlichen Ufers des Mittelmeeres verlief. Einen klangvollen Namen hatte das Land, einen Namen, den ich sofort behalten konnte. Israel, wiederholte ich in Gedanken. Die Augen der Lehrerin leuchteten.

„Dort liegt Israel!", wiederholte sie. „Wisst ihr was dort geschehen ist? Es war vor rund 2000 Jahren?"

Ich sah hoch zu der zierlichen Person, die in ihrem grauen Rock und dem unscheinbaren Wollpullover kerzengerade vor der Landkarte stand. Ihre Augen wirkten größer. Die Haut ihres Gesichtes sah rosiger aus. Froh erklang ihre Stimme, als sie den Fluss Jordan zeigte. Ihr Blick wanderte über unsere Köpfe hinweg in geheimnisvolle Ferne, während sie von dem hügeligen Land, mit niedrigen Sträuchern und bizarren Bäumen bewachsen, erzählte.

Mit klangvollen Worten beschrieb sie das ferne Land. Sie sprach von Hitze, von sandigem Boden, von fehlendem Süßwasser. Dann erzählte sie von ihrem Aufenthalt im

Kibbuz, erklärte, was „Schalom" bedeutet und zeigte die Städte Jerusalem und Bethlehem auf der Landkarte.

Irgendwann verwandelten sich ihre Sätze in mir zu einem gleißenden Sonnenlicht, aus dem ein flirrendes Abbild von innerer Größe hervortrat. Die Erzählungen beschrieben menschliche Züge von göttlicher Reinheit, die mich erfüllten.

In diesem Augenblick fasste ich einen Entschluss: Eines Tages, so beschloss ich, wollte ich am Ufer des Sees Genezareth stehen. Über die spiegelnde Fläche wollte ich die Hügel hinauf in die Nuancen von Blau sehen.

Wohlige Wärme stieg aus der Tiefe meines Rückens auf, rieselte über Nacken und Kopfhaut und mit einem Schauer über meinen Rücken zurück.

Etwas unter der sengenden Sonne zupfte an meinem Ärmel - unter der sengenden Sonne? Das Zupfen wurde heftiger. Meine Augen gewöhnten sich langsam an die Dunkelheit des Klassenzimmers. Die Brillengläser! Ich sah in die dicken Brillengläser des Neuen. Johannes lächelte verschmitzt. „Langweilig, was?", flüsterte er in mein Ohr. „Pst!", zischte ich.

Gelangweilt fühle ich mich nicht, wenn mich die Erzählungen eines begeisterten Menschen in den Bann ziehen. Im Gegenteil. Mein Blick wandert von den Augen der erzählenden Person über Nase und Mund zum Kinn. Falten beobachte ich, die sich beim Sprechen auf der Stirn bilden. Mich begeistert es, wenn die Augen aufleuchten, sich freudig oder erschrocken weiten, mich fixieren oder an mir vorbei in ein fernes Irgendwo sehen.

Bald macht mein Blick Halt auf den Lippen, die sich öffnen oder schließen, Zahnreihen freigebend, breiter wirkend, schmaler werdend.

Ich beobachte, wie sich Oberlippe und Unterlippe umeinander tummeln, wie sie sich bei einem Wort dehnen und bei dem folgenden Satz, in wilder Faltenbildung, zusammenziehen.

Immer wieder suche ich nach Spuren von Freude im Gesicht der erzählenden Person. Mal weisen Mundwinkel nach oben, dann schiebt sich das Kinn nach vorne oder Augenfalten springen hervor.

Immer mehr Details entdecke ich auf dem Antlitz, das sich, von Gedanke zu Gedanke, wandelt. Niemals kann ich sicher sein, wie die Gesichtslandschaft eines gefühlvollen Menschen im nächsten Moment auf mich wirken wird. Jeder Gedanke verändert das Spiel der feinen Muskeln des Gesichtes. Mal begeistert mich der Anblick, dann irritiert mich ein leichtes Zucken oder mimische Veränderungen erschrecken mich.

Doch, wenn ich mich auf ein Gesicht einlasse, mir Zeit nehme es staunend zu erfassen, dann hält mein Blick stand. Ich lasse mich nicht von Grimassen beunruhigen, widerstehe auch angstvoll geweiteten Augen. Zugleich werde ich eins mit der Landschaft solch eines Gesichtes, das mit jedem neuen Satz, meine Konzentration fordert und erstaunliche Gefühle in mir auslöst. Ich lasse mich auf das Fremde in der Mimik des Menschen ein und genieße die mir bekannten Gesichtszüge.

Ist dieser Mensch, nach einem solch intensiven Eindruck von mir räumlich getrennt, hat sich gar der Tod seines Körpers bemächtigt, bleibt das sorgfältig betrachtete Antlitz in meinem Gedächtnis haften. Sätze, die mir ein Mensch, den ich beobachten durfte, klingen Jahre später noch in mir nach.

Es war früh am Morgen. Mein Körper gehörte nicht mir. Steif lag er da, wie die Puppen, die adrett angezogen und sorgsam gekämmt das Fußende meines Bettes belagerten. Mit ihren halb geöffneten Lippen, ihren Wimpern klimpernden Kulleraugen starrten die Plastikgestalten ins Nichts.

Eine halbe Stunde später saß ich auf meinem Platz am Esstisch, den Rücken steif an die Wand gelehnt.

Ich wusste, dass mir ein dummer Makel anhaftete: Ich war keine Puppe. Naturgegeben musste ich mich zu den höheren Säugetieren zählen; so hatte es uns die Lehrerin erklärt. Als Wesen dieser Gattung war mein Überleben eng an die, mehr oder weniger regelmäßige, Aufnahme von Nahrung gebunden. Leider!

Leider bestimmte Mutter, was die siebenjährige Schülerin speisen sollte, damit sie fit und munter ihren Schultag antreten konnte. Mutter befahl, das Milch, ein Getränk, das ich liebte, keine vollwertige Ernährung für mich sein konnte. Nicht einmal ein wunderbar schmackhafter Apfel dazu reichte ihr. Haferflocken mussten es sein, kleinblätterig, gepresst und so lange eingeweicht, bis die Milch zu einer schleimigen Masse wurde.

Während ich an der klebrigen Matsch vorbeistarrte, holte Mutter das Brot aus der Trommel. Kaum hatte sie einige Scheiben messerscharf vom Laib abgetrennt, presste sie eine Hand in ihren Rücken und bog sich mit lautem Stöhnen so, dass sich ihr Bauch vorwölbte. „Immer diese Rückenschmerzen.", stöhnte sie genauso laut, dass ich ihre Worte genau verstehen konnte.

Mein Schlund verschloss sich. Mit jedem Löffel der klebrigen Masse, der sich durch meinen Rachen zwängte, wurde meine Kehle enger. – Raus hier!

Oh wie schön! Du bist ja da, und wir haben inzwischen beide die Freiheit zu entscheiden, was wir essen.

Heute möchte ich Dich gerne in mein Lieblingsrestaurant einladen. Es liegt im Herzen jenes Dorfes im Niedersächsischen Flachland, das sein Ansehen durch zahlreiche malende Künstler, durch Dichter und Bildhauer erlangt hat. Aus den engen Ateliers der Städte waren sie zu Beginn des zwanzigsten Jahrhunderts in die Weite der Landschaft gezogen. Warum ich jetzt, direkt vor unserem Besuch des Restaurants, die Malerkolonie im norddeutschen Moor erwähne? Weil es dem Koch des Hauses gelingt, immer neue kulinarische Genüsse kunstvoll zu kreieren.

Seine Speisekarte bietet leichte Gerichte aus köstlichen Zutaten, frisch und sehr schmackhaft zubereitet. Kein Wort zu viel steht auf der Speisekarte. Nur ein paar schöne Fotos laden zum Genuss ein.

Darf ich Dir einen Platz anbieten, von dem Du in den hellen Raum blicken kannst? Kerzen schmücken die schlicht dekorierten Tische.

Aber nun lass uns Fleisch oder Fisch, Gemüse und die feinen Gewürze auf der Zunge zergehen. Lass uns köstliche Kompositionen genießen, die keiner weiteren Worte bedürfen. In farbigen Gläsern leuchten die brennenden Kerzen dort, wo unsere Blicke sich treffen.

Noch bevor die Schulglocke läutete, stand er plötzlich vor mir. Die Ränder seiner Brille waren breit und dunkel. Seine Augen wirkten hinter den dicken Gläsern klein. Seine Haare waren pfleglich gekämmt und wie jeden Tag akkurat gescheitelt. Von kräftigen Wirbeln erfasst, standen dicke Büschel senkrecht vom Kopf ab.

Mein amüsierter Blick auf den Schopf hielt Johannes nicht davon ab, mir fest in die Augen zu sehen. Mit Schwung drehte er sich so auf der Stelle um, dass seine Hand wie von selbst auf meiner Schulter landete. Mit dieser flachen Hand schob er mich auf das Schulgebäude zu. „Komm, ich begleite Dich herein!"

Widerworte hatte ich keine. Der sanfte Druck seiner Hand gegen meine Schulter wies mir die Richtung. Im Gehen fiel mein Blick auf die helle Haut seiner kräftigen Unterschenkel, an denen grobe Strickkniestrümpfe bis auf die kräftigen Halbschuhe heruntergerutscht waren.

Als ich meine Jacke auf einen der Haken an der langen Leiste aus Aluminium hängte, zog Johannes entschieden seine Kniestrümpfe hoch. Er zupfte an den Hosenträgern seiner Lederhose und ordnete beide Hemdsärmel, bis ich meine Brottasche und ein Tuch aufgehängt hatte.

Diesmal schob er mich nicht. Aber er achtete genau darauf, nach mir den Klassenraum zu betreten. Erst als ich meinen Stuhl umständlich an die passende Stelle geschoben und Platz genommen hatte, setzte Johannes sich neben mich.

Dann zog er ein Buch, ein Heft und seine Schreibmappe hervor. Dabei beobachtete er genau aus dem Augenwinkel, ob ich dieselben Utensilien aus meinem roten Schulranzen holte. Erst jetzt nickte er mit wohlwollendem Lächeln.

Als wir in der zweiten Schulstunde die Blockflöten in den Händen hielten, die Notenblätter vor uns auf den Tischen lagen, holte ich tief Luft. „Komm, Sophie, du bist dran!", stupste Johannes mich an.

Noch einmal sog ich Luft ein, um meinen Atem mit sauberen, kleinen Stößen in das Holzblasinstrument zu pusten. Ich vernahm kein Quietschen, keine schiefen Töne, wie zu Hause, wenn Mutter laut stöhnend ihre Ohren zupresste und leise jammernd mein Zimmer verließ.

Im Klassenraum verklang der letzte Ton der Flöte. Frau Bahring klatschte und ein Raunen drang mir an die Ohren. Johannes nickte eifrig: „Spiel doch noch einmal!", jubelte er.

Als die Lehrerin ihm beipflichtete, gab ich nach und spielte noch sauberer. Eins! Meine erste Eins in der Schule.

Ist es Dir recht, wenn ich ein Klavierkonzert von Mozart auflege, um den Raum mit virtuosen Klängen zu erfüllen?

Da ich weder Dein Nicken, noch Dein Kopfschütteln ausmachen kann, wähle ich das Klavierkonzert in G-Dur KV 453.

Angelehnt an die Worte eines Musikwissenschaftlers: Es ist eines von zwei Konzerten, die Mozart für eine sehr begabte Schülerin komponiert hat. Zu der Uraufführung mietete er ein ziemlich großes Orchester an.

Du kannst eine Komposition hören, in deren freundlicher Tonart sich ein geheimes Lächeln ausbreitet, ebenso wie düstere Trauer, die wiederum von Heiterkeit übertönt wird.

Doch allen Beschreibungen von Musik mangelt es letztendlich am Wichtigsten, an den Tönen die sich, in diesem meisterlich komponierten Werk, als Klangkunst vereinen.

Vielleicht bist Du im Besitz eines dieser Notebooks, die inzwischen nicht allein bewegliche Bilder, sondern auch Töne wiedergeben.

Solltest Du das Gerät anschalten, entfernen Dich nur ein paar Klicks ins passende Videoangebot von zeitgenössischen Interpretationen dieses Klavierwerkes.

Vielleicht bekommst Du so einen Eindruck, von der feinen kompositorischen und instrumentalen Leistung. Ich lehne mich derweil zurück, um zu lauschen.

Die Melodie erinnert mich an jene Stunden, in denen sich Sebastian ans Klavier setzte, um den Saiten des alten, aber gut gestimmten Instrumentes, wunderbare Klangbilder zu entlocken.

Zu meinem großen Ärger hörte ich viel zu oft das Spiel eines Unsichtbaren. Denn Sebastian spielte, wenn das abendliche Ritual des Waschens und Zähneputzens meine Wachzeit beendete.

Am muntersten spielte er, während ich, unter dem strengen Blick meiner Mutter, meinen Schlafanzug überstreifte, um mich dem Bett leicht missmutig zu nähern. Sebastian wusste, wie ungern ich schlafen ging, wenn seine Finger über die Tasten tanzten. Er wusste aber auch, dass ich dem Spiel gerne lauschte.

Während sich Laken und Bettdecke meiner Körpertemperatur langsam anpassten, malten die Klänge in mir farbenfrohe Bilder. Die Melodien verwandelten sich, je nach Klangstimmung und Rhythmus in Bilder, die ich sofort auf die Seiten meines virtuellen Fotoalbums klebte.

Da gab es Wasserfälle und glasklare Rinnsale, an denen ich meine erhitzten Hände abkühlte. Vor mir sah ich weites Hügelland oder ein schroffes Bergland. Ich schritt durch prächtige Schlösser und Herrenhäuser, bewegte mich in wallenden Gewändern durch sonnendurchflutete Säle. Wie eine Prinzessin schwebte ich über die klaren Verläufe in Dur.

Die trällernden Klänge meines Fantasiealbums leuchteten hell. Eine wohlige Wärme breitete sich in mir aus. An blühenden Rosenbüschen vorbei, sah ich auf einen Brunnen. Aus üppigen Fontänen lösten sich goldene Tropfen und perlende Töne, die ineinander verschmolzen.

Was ist geschehen? Wo bin ich? Bin ich eingeschlafen? Bitte entschuldige!

Schön war der Blick vom Ufer auf die, im Sonnenlicht glitzernde Wasserfläche, aus deren Mitte sich virtuose Klänge entfalteten. Feine Zweige einer Trauerweide glitten über das Wasser. Fasziniert von der Idylle muss ich eingenickt sein. Mehr noch! Fest eingeschlafen bin ich. Das ist mir peinlich, sehr peinlich!

Auch wenn es mir nicht unangenehm sein sollte, im Bett meiner Kindheit wohlig einzudösen, geschah es, während Du hier bist. Da lade ich Dich ein, freue mich über Dein Interesse und schlummere selig ein. Wie magst Du Dich gefühlt haben? Allein gelassen?

„Sophie, schweige! Es ist geschehen.", denke ich und überlege, ob es Dir gefallen hat, dass ich ganz still schlief. Schließlich ist nicht jeder, der allein gelassen wird, zwangsläufig dem Gefühl der Isolation ausgesetzt.

Vielleicht hast Du beobachtet, wie sich die Schwerkraft meines Kopfes bemächtigt hat, bis schließlich eine schmale, hölzerne Fläche zwischen Rechner und Schreibtisch das Absinken meines Schädels stoppte.

Vielleicht hast Du gelächelt, wie man lächelt, wenn der Sitznachbar im Parkett, beim gefühlvollen Dialog auf der Bühne, laut zu schnarchen beginnt.

„Endlich! Da sind sie!", rief ich damals, in dem Tag, den alle Mitglieder meiner kleinen Familie herbeigesehnt hatten. Ich war gerade noch sieben Jahre alt und – aber lies weiter. Als die Türklingel läutete, sprang ich von meinem Stuhl auf, der von dem Schwung meines Körpers überwältigt, seine Standfestigkeit verlor. Nachdem ich den Sturz des Sitzmöbels mit beherztem Zugreifen abwenden konnte, segelte das Stuhlkissen an mir vorbei. Während es gelandet sein muss, stand ich bereits in der Mitte des Flures. Mit wilden Gesten winkte ich Vater und Mutter herbei, die so bedächtig auf mich zukamen, als stünde mal wieder der Milchmann vor der Tür.

Bei bestem Willen verstand ich nicht, wie zwei Menschen derart gemächlich auf eine Haustür zugehen können, hinter der so wichtiger Besuch auf Einlass wartet.

Drei Tage zuvor hatte der helle Aufschrei von Mutter unsere Wohnung in dem Moment erschüttert, in dem ich einschlief.

Beim Schellen der Telefonklingel war ich wach, hellwach. Mutters Stimme überschlug sich und vibrierte in hellen Tönen. So konnte ich vernehmen. Worte konnte ich bei dem hellen Singsang nicht ausmachen. Doch ich spürte, es muss jemand besonderes angerufen haben.

Mit weit aufgerissenen Augen tastete sich mein Blick durch die Dunkelheit, als die Türe meines Zimmers ruckartig aufging. Das Deckenlicht stach mir in die Augen.

„Was soll das, mitten in der Woche, um diese Uhrzeit?", dachte ich. Mutter ließ sich auf die Kante meines Bettes sinken; während Vater und Basti vor mir standen.

„Sie kommen! Sie besuchen uns! Alle kommen!", rief Sebastian mir entgegen, während Mutter mit den Handflächen mal rechts, mal links dicke Tränen von ihren Wangen wischte.

„Das Kind versteht nichts.", stellte Vater mit ruhiger Stimme fest und zeigte auf mich.

„Ich freue mich so!", jammerte Mutter lächelnd, was meine Verwirrung verstärkte. Auf meine Frage: „Warum weinst Du Mama?", antwortete sie: „Ich freue mich so, Sophie, ich freue mich doch so!"

Sebastian stammelte: „Sie kommen aus Amerika!"

Wieder übertönte Mutters jammervoll fröhliches Schluchzen die Worte der anderen: „Sophie, sie kommen! Alle! Sie besuchen uns."

Von diesem Moment an, bis zu dem Klingeln an der Wohnungstüre arbeitete Mutter drei Tage lang. Unermüdlich kochte sie, buk, putzte und räumte mal hier, mal dort auf. Sie trug Blumen, Tischdecken und Geschirr hin und her. Dabei pfiff sie und sang. Sie scherzte und murmelte immer wieder vor sich hin: „Das es wahr werden soll! Mein Gott, was für ein Glück!"

Am Abend vor dem wichtigen Tag waren wir alle frisch frisiert, und unsere Kleidungsstücke lagen glatt gebügelt bereit.

Und jetzt? Mutter und Vater näherten sich langsam der immer noch fest verschlossenen Haustüre.

Hoffentlich verzeihst Du mir, wenn ich, nach einem kurzen Blick zu Dir herüber, mit meiner Erzählung fortfahre.

Als Mutter endlich die hölzerne Einrichtung zum Schließen der Maueröffnung weit aufzog, traten vier unbekannte Menschen in unseren Flur.

Groß waren sie. Ich war klein. Plötzlich jubelten alle, lachten mit seltsam quietschenden und schluchzenden Lauten. Ich verstand nur die Namen. Die Gäste sprachen Englisch. Mein Bruder auch. Er brabbelte, ohne Luft zu holen; und tatsächlich schienen die Besucher sein Englisch bestens zu verstehen.

Lange umklammerte Mutter die Frau, deren Haar genauso gelockt war, wie Mutters. Irgendetwas flüsterten beide auf Englisch? Nein, plötzlich verstand ich einen Satz: „Alles ist gut!" Mutter weinte und lachte. Ihre Schwester weinte auch. Als sich ihre Körper endlich voneinander lösten, die Gesichter aus der Pracht ihrer Frisuren auftauchten, waren ihre Augen immer noch mit Tränen gefüllt. Doch beide lachten.

Vater schob mich zu dem Mädchen mit den großen braungrünen Augen, die mir ihre zarte Hand höflich entgegenhielt.

„Hello", rief sie mir entgegen, und ihr Lächeln ermutigte mich zu ihr hochzugucken.

„Hello!", antwortete ich leise. Mein Herz klopfte.

„Was soll ich sagen, was kann ich fragen in einer Sprache, die ich nicht sprechen kann", dachte ich.

In diesem Moment drehte sich der fremde Junge mit hellbraunen Kulleraugen zu mir. Seine beiden Hände legte er um meine Taille. Plötzlich hob er mich hoch, weit über seinen Kopf und hielt mich, wie eine Zirkusprinzessin hoch über das erlauchte Publikum. „Sophie!", rief er. „You are my little cousin and I am your cousin from Maine". Alle blickten zu mir hoch. Alle lachten.

Was wir danach machten, fragst Du? Es tut mir leid! Mein Gedächtnis weist Lücken auf. Es setzt erst mit dem Augenblick wieder frei, in dem unsere Väter, angezogen vom Duft des frisch aufgebrühten Kaffees, nebeneinander Platz nahmen.

Wir Jüngeren pieksten unsere silbernen Kuchengabeln, die Mutter sorgsam von Patina befreit hatte, in mächtige Tortenstücke.

Meine Unterhaltung beschränkte sich auf Gesten. Das ich mich über die fehlenden, fremdsprachlichen Kenntnisse ärgerte, ließ ich mir nicht anmerken. Schon wieder das blöde Kind zu sein, empfand ich als sehr unerfreulich.

Ob mein großer Cousin diese Gedanken lesen konnte? Jedenfalls jonglierte er vor meinen Augen mit Löffeln, zeigte mir kleine Zauberkunststücke und schnitt lustige Grimassen, sodass ich lachte, immer und immer wieder.

Nur von Ferne vernahm ich deutsche Wortfetzen, die zwei Schwestern mal flüsternd, dann wieder aufjuchzend von sich gaben. Ganz eng nebeneinander saßen sie, schwatzten und lachten.

Bitte verzeih! Meine Gedanken benehmen sich im Augenblick kindlich. Sie springen auf, hüpfen umher, streichen mir knisternd über den Rücken. Es ist meine Freude– Jahrzehnte nach dem Erleben. Mir fehlt es an Konzentration. Ich sehe zu Dir herüber, doch meine Gedanken drehen sich um Menschen, die ich einen Moment lang ehren möchte, weil sie die innere Größe bewiesen haben, Frieden zu schließen.

Wie oft haben wir in den Jahren zuvor am Esstisch gesessen. Plötzlich hatte Mutter klagend geschluchzt: „Niemals sehe ich sie wieder!"

Wie oft haben Vater und Sebastian meine Mutter mit ihren Worten nicht trösten können. Ich habe dagesessen, wortlos. Oft hat Mutter über „den Kerl" geschimpft und „die Geschichte" verflucht.

Vater hat seinen Blick in die Tischkante gebohrt und Sebastian hat mit düsterem Gesichtsausdruck geschimpft: „Das ihr nichts gegen dieses Terrorregime unternommen habt!"

In solch einem Moment wurde Mutters Schluchzen lauter und sie jammerte: „Unfassbar, was „der Kerl" uns angetan hat!"

„Ihr habt es geschehen lassen!", wiederholte Sebastian streng. Mutter schluchzte lauter. Vater schwieg. Und ich? Da hockte ich auf meiner Bank am Esstisch, klein, blöd und stumm. Was ich mit jedem Satz über „ihn" deutlicher erfahren habe: „Der Kerl" muss grausig gewesen sein. Er muss die Menschen gequält und viele getötet haben und dennoch sollen ihm andere gefolgt sein.

Auch heute noch gibt es Momente, in denen ich mich klein und dumm fühle. Das geschieht, wenn mit mir ein Spiel gespielt wird, dessen Regeln mir unbekannt sind. Der Name des Spieles: „Die liebe Sophie glaubt gerne."

Umgebung des Spieles: Irgendwo. Die Spieldauer: Unbestimmt. Spielfigur: Die liebe Sophie. Spieler: Bekannt. Geschlecht: Unwesentlich.

Plötzlich beginnt das Spiel. Unvermutet macht mir ein Spieler ein Kompliment. Vielleicht schließt sich eine Bitte an, der ich folgen soll. Natürlich bleibe ich aufmerksam. Doch bevor ich verstehe, was mir geschieht, verschiebt mich der Spieler, wie er will auf dem Spielfeld, erst ein wenig, dann entschieden.

Plötzlich soll die liebe Sophie nicht mehr die Dame, sondern der Springer sein. Springen soll ich! Nicht denken! Ich springe. Sophie soll siegen und rutscht. Aber „huch" leider ganz zufällig, kippe ich über den Spielfeldrand - und lande, "autsch", tief unter dem Tisch. „Arme Sophie!"

So, hier erlaube ich mir, das „falsche Spiel" zu beenden, bevor ich als Spielverderberin gelte, während Du kopfschüttelnd an meinem wachen Verstand zweifelst. Es sei denn, Du nickst zustimmend lächelnd, weil Dir ähnliches auch widerfahren ist.

Zahlreiche Kerzen brannten damals, am ersten gemeinsamen Abend mit den Gästen aus Amerika. Während sich das Tageslicht langsam aus der Mitte des Wohnraumes zurückzog, konzentrierte ich mich auf die bunt bedruckte Fläche eines aufregenden Spielfeldes. Fein säuberlich geordnet lag vor jedem von uns Kindern und Jugendlichen ein Stapel mit Spielgeld, gut bewacht natürlich.

Mir gelang es nur selten, eines der winzigen Häuser zu kaufen. Dann lächelte mein großer Cousin spitzbübisch und schob mir augenzwinkernd, möglichst unbemerkt von den anderen, ein paar Geldscheine herüber.

Ich jedoch verspürte nicht den geringsten Wunsch, siegen zu wollen. Vielmehr empfand ich es als Vorteil, die Jüngste im Kreise zu sein. Ohne Aussicht auf Gewinn konnte ich mich fröhlich zurücklehnen. Statt die wenigen Kubikmillimeter großen Holzhäuser zu erwerben, ließ ich die Mimik und die Gesten meiner Mitspieler nicht aus den Augen. Das Lachen meines Cousins zog mich ebenso in den Bann, wie die schlanken Hände meiner Cousine.

Mit Erstaunen hatte Mutter festgestellt, dass sie die Form und Länge ihrer Finger von unserer gemeinsamen Großmutter geerbt hatte. Verwandtschaft- neu und bislang fremd, das war ein seltsames Erlebnis für mich.

Ich gewann ein ganz neues Gefühl. „Zusammensein", nannte ich es.

Zusammen überwanden wir spielerisch die Sprachbarriere.

Zusammen saßen Erwachsene, die, wie Mutter mir zuvor ins Ohr geflüstert hatte: „Sich im Krieg verloren hatten".

Zusammen saßen Menschen, deren Eltern unterschiedliche Feste gefeiert hatten, damals, bevor der „schreckliche Kerl" sie auseinandergebracht hatte.

Der Macht dieses „Kerls" war mein Onkel im letzten Moment auf einem großen Schiff entkommen, hatte Mutter mit dramatischem Ton in ihrer Stimme mir erklärt. Seine Frau hatte er mitgenommen, nach New York. Und seine Frau; das ist Mutters Schwester.

Über zwanzig Jahre sind seitdem vergangen. Die fast gleichaltrigen Schwestern hatten nichts voneinander gehört. „Und das geschah nicht, weil uns ein Ozean trennte!", hat mir Mutter vor der Ankunft unserer Verwandten erklärt.

Nun aber saßen zwei Mütter, zwei Väter und vier Kinder in einem Raum, fröhlich plaudernd, lachend und gestikulierend.

Mein persönliches Glanzereignis dieses großartigen Abends war, dass ich so lange aufbleiben durfte, wie die anderen.

Unsere Bekanntschaft ist noch so jung, dass ein unbedachter Satz von mir, Dich nachhaltig irritieren könnte. Ein unpassendes Wort kann Dich verärgern und jederzeit zu unserer Trennung führen. Mich würde es freuen, wenn wir uns seitenlang gut verstehen. Das ist nicht selbstverständlich. Du und ich, wir wurden verschieden erzogen. Unsere Vorbilder sind andere. Unsere täglichen Erfahrungen sind nicht dieselben. Uns prägt ein gänzlich unterschiedliches Erbe. Alles, was wir erleben, wirkt auf Dich anders, als auf mich. Jeder von uns interpretiert Geschehnisse individuell. Was Dich beglückt, kann mich zur Verzweiflung treiben. Was ich langweilig finde, interessiert Dich vielleicht besonders.

Leider weiß ich rein gar nichts über Deine Wert-vorstellungen.

Selbst wenn wir aus demselben Sprachraum zu stammen, legen wir Denkweisen und Handlungen unterschiedlich aus. Da komme ich auch schon auf unseren individuellen Geschmack– den einen, der sich in Deiner und meiner allgemeinen Urteilsfähigkeit ausdrückt, und den anderen Geschmack, der uns bei der Nahrungsaufnahme dient.

„Hast Du Hunger? Magst Du etwas essen? Dann schlage ich vor, alles Gemeinsame und das Trennende ein Stockwerk tiefer zu tragen. Dort legen wir die Unterschiede zwischen uns beiden einfach hinter dem Sofa ab und speisen. Heute gibt es einen Auflauf, den ich bereits am frühen Morgen zubereitet habe.

Ich werde den Backofen anheizen, das Feuer im Kamin-ofen hurtig entfachen und einige kleine Leuchten im großen Raum anknipsen.

Vielleicht schaust Du Dich derweil ein wenig um. Schließlich lässt sich aus der Gestaltung von Räumen einiges ablesen. Möbel, Teppiche, die Farben der Stoffe und der Wände, alles sagt etwas aus, über meine Gefühlswelt und meinen Geschmack.

Brrr. Ich muss mich spurten. Es ist gruselig kühl in dem großen Raum mit den zahlreichen Fenstern. Kein Wunder, denn draußen herrscht immer noch Frostkälte. Eine geschlossene Schneedecke reflektiert das Tageslicht in unser Wohnzimmer, das in eine gemütliche Wohnküche übergeht. Hundertjährige Ständer und Balken verleihen dem Raum eine rustikale Atmosphäre.

„Schweige endlich, Sophie!" Der Auflauf muss jetzt in das Backfach geschoben werden. Wenn die Speise heiß ist, werden wir gemeinsam, dort vorne am halbovalen, hölzernen Esstisch speisen. Warmes Licht strahlt aus kleinen Pendelleuchten auf den Tisch. Farbige Windlichter beleuchten die lebendige Maserung des Holzes.

„So, jetzt ist es so weit." Dampf entweicht der prall gefüllten Form. „Darf ich Dir aufgeben? Magst Du Möhren und Fenchel, Lauch und Kohlrabi mit oder ohne Fleisch? Verzeih bitte! Ich fühle mich recht unsicher. Du sitzt ganz nah vor mir und ich bin unsicher, ob Du mein Essen magst.

Es war mal wieder soweit: Vater hatte den Wagen in der Garage geparkt und Mutter die Schnitzel gebraten. Mein Bruder hatte den Tisch gedeckt und ich das Besteck dekoriert. Zu viert saßen wir am Esstisch. Es war Sonntag- was sich daran festmachen ließ, dass eine gemangelte Damast-decke dem festlichen Geschirr eine würdige Unterlage bot. Wir füllten unsere Teller, und ich begann damit, mir ein Stück Fleisch abzuschneiden. Das Messer drückte ich fest, schob, schwupp -, oh je, da war es geschehen. Das große Fleischstück segelte, mitsamt einem Schwung von cremiger Soße, auf die weiße Tischdecke.
Begleitet von dem lauten: „Oh Gott!", sprang Mutter auf, schimpfte vor sich hin, wischte, wässerte, rieb, jammerte und ordnete alles. „Was hast du bloß für ungeschickte Hände? Von wem hast du das geerbt? Immer musst du mir Arbeit machen und Mühe!", jammerte sie.
Währenddessen fragte Vater so gelassen, als sei nichts, aber auch gar nichts geschehen: „Na, mein Junge, wer wird der dritte Bundeskanzler der Bundesrepublik Deutschland?"
„Ich denke, die Sozialdemokraten haben keine Chance.", antwortete Basti, und schien zu wissen, was Vater gefragt hat.
Ich verstand nichts und überlegte, ob es daran liegt, dass ich ein Mädchen bin.– „Mutter schweigt auch!", dachte ich. Sind Mädchen nicht so schlau wie Jungen? Diese Frage konnte ich mir nicht beantworten, obwohl in meiner Klasse drei Mädchen mindestens genauso schnell rechnen konnten, wie die Jungen. Es gab auch Mädchen, die sehr

schön schreiben konnten, und andere, die sich blitzschnell meldeten, wenn die Lehrerin Fragen in Erdkunde stellte. Ich war nie schnell! Doch einige Fragen meiner Lehrerin hätte ich richtig beantworten können, wenn ich mich getraut hätte.

Ich frage mich gerade, ob Dein Geschlecht - angeboren oder von Dir gewählt, unsere Beziehung beeinflusst? Schnell komme ich zu dem Ergebnis. Dich mag es vielleicht beeinflussen, mich nicht! Ich bin in der wunderbaren Situation, mich weder von Deinem gesicht oder Körper, noch von Deinem Verstand beeinflusst zu fühlen.

Für mich bist Du eine würdevolle und interessierte Persönlichkeit. Das möchte ich auch für Dich sein und bleiben! Unerheblich ist für mich, ob Du als Frau oder als Mann unsere Beziehung, in Form dieses Buches, in Deinen Händen hältst! Wache Sinne sind glücklicherweise an kein Geschlecht, kein Alter, keine Herkunft gebunden.

Das Du die Gedanken einer Frau liest, habe ich von Anfang an nicht verborgen. Ich würde mich aber glücklich schätzen, wenn Du mich, vor allen Dingen als warmherzig und geistvoll empfindest! Wunderbar wäre es für mich, wenn Du meine Gedanken über Freundschaft undf andere feien Werte, unabhängig von meinem Geschlecht beurteiltest.

Schmeckt Dir das Essen? Das Gemüse liefert ein Biobauer aus dem Nachbarort. Einmal wöchentlich bringt er eine Kiste mit frischem, wohl sortiertem Grünzeug ans Haus. Möhren, Kohl, Tomaten, Kartoffeln, Kürbis Kräuter und grüner Salat, jahreszeitlich ausgewählt, liegen neben saftigem Obst in einem Kasten aus hellen Holzspänen. Die natürlichen Schätze von edler Farbigkeit duften köstlich. Nehme ich den prall gefüllten Kasten in Empfang, so fühle ich mich beschenkt, obgleich ich die Ware und den Service selbstverständlich angemessen entlohne.

Vater saß auf der schmalen Bank neben mir in der Küche. Seinen Arm hatte er um meine Schulter gelegt, so wie jedes Jahr, wenn ich das kraftvolle Läuten einer faustgroßen Glocke aus Messing herbeisehnte. Es erklang aus jenem Zimmer, dem wir für einige Tage einen festlichen Namen verliehen.

Endlich! Aus dem „Weihnachtszimmer" ertönten kräftige Schritte. Sie erschienen mir nicht mehr ganz so ausdrucksvoll, so schwer, wie damals, als der Weihnachtsmann noch ins Haus gekommen ist, um mit seinen riesigen Stiefeln durch den Flur zu stapfen. Damals, als ich fünf Jahre alt war, habe ich nicht geahnt, dass es Mutter gewesen ist, die durch Weihnachtszimmer polterte.

Jetzt war es mir klar, dass Mutter die Glocke läutete. Und wieder durfte ich vorangehen, als sich die Türe zum Wohnzimmer von innen weit öffnete.

Wie gebannt sah ich auf die flackernden Lichter der Kerzen am Tannenbaum. Winzige Spiegelfäden am geschmückten Grün reflektierten das Kerzenlicht. Es roch nach Tanne und Kerzenwachs, nach Mutters Parfum und dem riesigen Gänsebraten im Ofen.

Langsam nur löste sich mein Blick vom Lichterglanz. Und ich stellte beruhigt fest, dass auch dieses Mal unter dem Weihnachtsbaum kleine Tische standen. Unter dunkelroten Tischdecken verbargen sich all die Geschenke.

Mein Bruder schritt mit feierlichem Gesicht ans Klavier, nahm Platz, hob die Hände, lockerte seine Finger und begann zu spielen. Als er mit einem wohlwollenden Nicken sich weit herunter zu den Tasten beugte, durften wir unsere Stimmen erheben, um den Raum mit unserem Gesang von weihnachtlichen Liedern zu erfüllen.

Als der letzte Ton verklang, ging Mutter zu den Tischen, hob die Decken von den Geschenken und wies jedem von uns einen Platz zu. In diesem Moment richtet sich meine Konzentration ganz und gar auf die verpackten Überraschungen, die ich endlich auspacken durfte.

Als ich mein letztes Geschenk, ein großes Buch, von dem bunten Papier befreite, eilte Mutter bereits hin und her, zwischen Küche und Essraum.

Vom Maikäfer Sumsemann handelte das Buch, und von zwei Kindern, die mit ihm zum Mond fliegen wollten. Es war eine aufregende Geschichte, die ich deshalb so gut im Gedächtnis behalten habe, weil ich auf Vaters Bein sitzen durfte, während ich seiner tiefen Stimme lauschte. Er las. Ich sah Vaters kräftige Hände, betrachtete die sanften Farben der Illustrationen und lauschte erwartungsvoll, wie zwei liebe Kinder dem Maikäfer, der sein Bein verloren hatte, helfen konnten.

In der Küche klingelte der Wecker. Mutter rief:„Schnell, die Gans ist fertig!" Heiß und knusprig zierte das große Geflügel die Mitte des festlich gedeckten Tisches.

Heute sollte ich eine aufmerksame Gastgeberin sein. Ich sollte Dir die Speisen reichen und fragen: „Ist alles zu Deiner Zufriedenheit? Ist Dir warm genug? Magst Du gerne in diesem Buch lesen?" Oh je! Wie seltsam verkrampft klingen meine Fragen. Ich wirke steif. Dabei kann ich frei wählen, denn mein Spielraum innerhalb dieses Mediums, ist ohne Zweifel größer, als Deiner.

Ich überlege gerade, wie Du mir Dein Befinden vermitteln kannst. Vielleicht mit einem kraftvollen Räuspern? Ach nein. Leider vernähme ich Deinen Einspruch nicht- höchstens in meiner Fantasie, aber auf meine Vorstellungskraft angewiesen zu sein, muss Dich weder erfreuen noch zufrieden stellen.

Auch Deinen unruhigen Blick, mit dem Du auf die Ziffern Deiner Armbanduhr siehst, kann ich nicht wahrnehmen. Um mir Dein Unwohlsein zu vermitteln, bliebe Dir noch ein nervöses Rutschen auf Deinem Stuhl? Nein, als höflicher Gast verbietet sich so ein quengeliges Hin und Her ebenso, wie lautes Husten. Auch der verträumte Blick aus dem Fenster, vorbei an mir, käme für Dich nicht in Frage?

Wie könntest Du handeln, wenn Du Erzählungen von Glockengeläut und Kerzengeflimmer als romatischen Kitsch einordnest?

Du könntest das tun, was in jeder Freundschaft als faires Mittel angesehen werden sollte. Du kannst Dich still, höflich aber auch unmissverständlich zurückziehen. Auch, wenn ich traurig vor mich hin erzählend zurückbliebe, Du wärest anständig und nicht im Geringsten kämpferisch. Fortgehen, loslassen, schweigen. Das sind friedliche Anzeichen des Unmuts- sicherlich klar und unmissverständlich, aber sie sind unaufdringlich und auf dezente Weise ehrlich.

Aufdringlich wirkten die drei zierlichen, fremden Gestalten nicht, die nach Mutters Öffnen unserer Wohnungstür, vor uns im Hausflur standen.

Mutter stand ganz nah bei mir, als sich die Fremden tief vor uns verbeugten. Ihre Handflächen hielten sie fest voreinander. Ihre Fingerspitzen wiesen nach oben. Schon wieder verbeugten sie sich vor uns, synchron, mit sanftem Lächeln. Ihre braunen Augen waren schmaler als Mutters und meine; ihre Haare waren tiefschwarz. In ihren Blusen mit den breiten Kragen, die mit winzigen bunten Blüten bestickt waren, sahen sie wie Elfen aus.

„Herzlich willkommen!", antwortete Mutter und beugte sich weit nach vorne. Alle kicherten leise.

„Das sind unsere neuen Nachbarn", flüsterte Mutter mir zu und lächelte. Die Drei lächelten auch.

„Tanaka Miyo", sagte die Älteste mit zarter Stimme, sich erneut tief verbeugend.

„Das ist die Mutter!", flüsterte meine Mutter.

„Tanaka Kimono", erklärte eines der Mädchen, sich wieder anständig verbeugend.

„Tanaka Joko" , ergänzte das andere Mädchen, den Blick zu Boden gesenkt, in einer weiteren tiefen Verbeugung.

„Sophie!", Mutter schaute mich an, legte ihre Hand in meinen Nacken und verbeugte sich mit mir noch tiefer. Alle lachten. Ich auch.

Wieder wehte der Oberkörper der kleinen Frau nach vorne und ihre Töchter taten es ihr gleich. Alle lachten.

„Lachst Du gerne – fröhlich und ausgelassen meine ich?"

Ich habe mir angewöhnt, mich an meinem Lachen zu erfreuen.

Auch wenn die endgültigen Beweise fehlen, vermuten Forscher heutzutage, dass menschheitsgeschichtlich das Lachen der Entwicklung der Sprache vorausgeht. Es wird von einer Gehirnregion ausgelöst und gesteuert, die eindeutig älter ist, als unser Sprachzentrum. Die Erklärung klingt für mich plausibel.

Na wunderbar! Ich hätte es wissen müssen! Mit meinem Ansinnen, Dir mein Lachen zu zeigen, stoße ich augenblicklich an unsere medienbestimmten Grenzen.

Gewiss böte diese Seite den passenden Rahmen, um meine Gesichtszüge mit spitzer Feder, klein aber sorgsam zu zeichnen. Und schon bekämst Du eine Ahnung von meinen heiteren Gesichtszügen.

Stattdessen blickst Du auf sorgfältig angeordnete Lettern, mit denen ich sogleich kleinlaut einräume: „Auch wenn ich oft in meinem Leben gezeichnet habe, waren es Gegenstände, feine Preziosen, formvollendet aber leblos.

Ein Antlitz, das meine Gesichtszüge wiedergibt, ein wirklichkeitsnahes Miniaturporträt, entlocke ich nicht mit leichter Hand einer Feder.

Zu ungeschickt führe ich den Stift. Mein räumliches Sehen ist prima, dennoch gelingt es mir nicht, die Feinheiten von Gesichtszügen maßstabsgerecht und nuancenreich zu zeichnen.

Es ist ärgerlich, aber wahr! Das Erbe von zwei künstlerisch malenden Großeltern und einem zeichnerisch begabten Vater hat nicht gereicht, um ein heiteres Selbstporträt aus meiner Feder hier einzufügen.

Ich möchte mir gar nicht vorstellen, was geschähe, wenn meine erbärmlich, gezeichnete Grimasse Dich anstarrte. Du wärest, geschockt - vielleicht? Bestenfalls könntest Du Dich schütteln vor lachen.

Damit kämen wir allerdings der unbeschwerten Heiterkeit sehr nahe, die ich so wertvoll empfinde. Du lachtest über ein Ungeheuer mit riesigen Augen, einer dicken Nase und einem fratzenhaften Grinsen.

Eine Sorge hätte ich. Sie betrifft unsere sehr individuelle Form von Freundschaft.

Immer wenn Du Dir die schlechte Karrikatur von mir anschautest, sähest Du eine Grimasse. Wer möchte schon mit einem Monster befreundet sein? Das gelingt nur Menschen, die eine tiefe Liebe füreinander empfinden oder die äußere Erscheinung des anderen total unwichtig finden. Beides wird in unserem Fall nicht zutreffen.

Ich möchte nicht pingelig erscheinen, doch auf mein Aussehen lege ich wert. Deshalb, bei allem Respekt, den ich Dir entgegenbringe: Hier folgt ausnahmsweise der Imperativ. Ich schreibe: Lass bitte gedanklich ab, von Sophie als Zeichnerin! Gib mir stattdessen die Chance, mein Lächeln zu beschreiben.

Warum ich mit den Lippen beginne, weiß ich nicht. Mag sein, dass ich sie als ausdrucksstark empfinde? Jedenfalls möchte ich meine Lippen nicht als schmal bezeichnen. Eher sind sie voll. Oberlippe und Unterlippe sind gleich breit, geschwungen, leicht nach vorne gewölbt, aber keineswegs prall. Und diese Lippen sind echt. Das muss ich betonen. Heutzutage sind Lippen ja durchaus schönheitskosmetisch formbar.

Ab und zu treibe ich Lippengymnastik vor dem Spiegel. Ich lache, gähne und schiebe die Lippen vor. Dann sauge sie ein, lecke mit der Zunge darüber und verenge die Lippen von den Mundwinkeln her, um sie danach in ein breites, aber fröhliche Grinsen zu ziehen.

Wenn ich lächele, heben sich meine Mundwinkel. Zugleich schieben sie sich erstaunlich weit in die Wangenpartien. Meine gepflegten, natürlich weißen Zähne zeigen sich dabei bis zu den hinteren Backenzähnen.

So weit die untere Hälfte meines heiteren Gesichtsausdrucks. Wichtiger als die Beschreibung der Mundpartie, empfinde ich die obere Region meines Gesichtes. Ganz zu Recht werden die Augen als der Spiegel der Seele bezeichnet. Meine Augen wirken hell, weil dunkelbraune kräftige Augenbrauen einen Kontrast zu der leuchtenden Iris bilden.

Wenn ich lache, bilden sich um die äußeren Winkel meiner Augen zahlreiche Falten. Sie verjüngen sich in einem strahlenförmigen Halbkreis zu den Schläfen.

Die immer noch passable glatte Haut meiner Wangen, wirkt durch ein Geflecht aus winzig kleinen Adern leicht gerötet. Meine Jochbeine treten deutlich hervor - besonders wenn ich lache.

Vielleicht magst Du mich an dieser Stelle unterstützen, indem Du meinen heiteren Blick mit Deinen freundlichen Gedanken erwiderst. Solltest Du jetzt, ganz ohne Grund, aber aus Freundlichkeit schmunzeln, so werde ich mich an Deinem Wesen erfreuen. Und schon hätten wir uns einen Moment lang eingesponnen, in den Glanz des heiteren

Einvernehmens. Nicht schlecht, das lachende Miteinander, nicht wahr?

Na, die schreibende Person macht es sich mal wieder einfach - denkst Du? Sie lässt mich schmunzeln, nur weil sie ihr eignes Lächeln nicht zeichnen kann. Du hast recht.

Übrigens, ich denke, dass sich so manch ein kritischer Gedanke hinter einem Lächeln verbergen kann. Eine gut gespielte Heiterkeit kann erstaunlich fiese Gedanken verdecken.

Ja, ich behaupte: Es gibt dieses Lächeln, das ganz bewusst eingesetzt wird, um böse Gedanken zu verbergen. Verlogenes Lächeln, nenne ich es. - Na wunderbar! Noch wenige Zeilen zuvor wollte ich Dich mit meinem Lächeln erfreuen. Ich wollte mit Dir eine feinsinnige Bekanntschaft heiter beginnen und lande punktgenau im Bösen. Ich schreibe über Täuschung und Lüge und erahne Dein Misstrauen gegen mich.

Nein! Das wollte ich nicht. Vielleicht gelingt es mir, mit kindlich unbefangener Heiterkeit Deine wohlwollende Freundlichkeit, Dein Vertrauen wiederzugewinnen?

Vertrauen hatte ich erstaunlich schnell zu der japanischen Familie gefasst Und so saß ich schon nach wenigen Tagen in der Wohnung, die sich über unserer befand, im Zimmer von Joko und Kimono.

In ungewohnter Haltung, die Hände sorgsam auf meine Knie gelegt, auf einem seidig glänzenden Kissen sitzend, wanderte mein Blick an zahlreichen Buchrücken vorbei, die mit seltsamen Zeichen bedruckt waren. Diese Zeichen entdeckte ich auch auf farbigen Aquarellen, die die Wände zierten. Vögel im Flug und auf Kirschbaumzweigen, Berge mit schneebedeckten Kuppen und seltsame Bäume gab es zu sehen.

Joko lächelte mich von rechts an, Kimono beobachtete mich von links. Beide sahen zu mir hoch. Wobei der

Grund für ihr Lächeln, nicht meine Schönheit, meine Intelligenz oder innere Größe war. Vielmehr mussten beide zu mir hochsehen, weil ich sie an Körpergröße weit überragte. Ich war eine Riesin mit grünen Augen und dunklen Locken zwischen zwei Zwerginnen mit braunen Augen und seidig schwarzem Haar; aber das machte uns nichts.

Mein Zeigefinger tippte auf ein winziges Zeichen in einem Buch, das Kimono vor mir auf der fein geflochtenen Matte aus Schilfgras aufgeschlagen hatte. Joko sprang auf, hüpfte zu der schwarzen Schreibtafel, die an der Wand hing, griff nach einem Stück Kreide und zeichnete das japanische Ornament mit großen Strichen.

Mit ihrem zarten Zeigefinger zeigte sie auf ihren Mund. Ich nickte: „Mund?"

Lachend hüpfte sie und tippte mit ihrem feinen Finger an meine Lippen. In diesem Moment entdeckte sie an meinem Hals eine Kette aus Bernsteinen. Kimono hüpfte hinzu. Von rechts und links betrachteten beide das Kleinod. Ich öffnete die Kette und hielt sie den beiden staunenden Mädchen entgegen. Eine nach der anderen tastete, leise glucksend über die gelbgoldene Oberfläche der Perlen.

Plötzlich drehte sich Kimono um und holte aus der Schublade ihrer lackschwarzen Miniaturkommode eine Kette mit milchig weißen Steinen. Sie drückte sie mir in die Hände. Joko stand auf und zeichnete sorgfältig ein weiteres Schriftzeichen.

„Kette!", rief Kimono stolz.

Dann stand ich auf, ging an die Tafel, schrieb in sorgsamem Schwung eine große Neun und zeigte auf mich, dann auf Kimono.

Sie lachte, sich verbeugend und rief mit heller Stimme: „Kimono zehn Jahre alt." Ich staunte.

Wie alt ich bin, fragst Du mich? „Prima" - da stellst Du mir eine jener Fragen, bei denen ich mich fühle, als befände ich mich auf einer schwankenden Hängebrücke zwischen zwei Felswänden. In meinem Rücken lauert mein Versprechen, Dir gegenüber ehrlich zu bleiben, weil die Wahrheit wichtig ist, für eine tragfähige Freundschaft.

Mein Alter? Vor mir sehe ich eine verwitterte Felswand mit Schichten aus jungem Tertiär.

„Nur Mut, Sophie schwanke couragiert voran!", sage ich mir.

„Wenn Du, Sophie auf eine so klare Frage gar nicht antwortest, wundere Dich nicht, dass Deine lesende Begleitung an einer freundschaftlichen Beziehung mit Dir zweifelt." Das möchte ich nicht!

„Also gut, dann Mut voraus, Sophie!" Zuerst stelle ich fest, dass Zahlen auf Urkunden noch lange nichts über Fähigkeiten aussagen. Das betrifft nicht nur die Zeugniszensuren. Ja, ich weiß, diese Feststellung beantwortet Deine Frage nach meinem Alter überhaupt nicht.

Also folgt mein nächster Versuch: Ich bin zu alt, um mich aus gesellschaftlicher Sicht als jung zu bezeichnen. Ich bin zu jung, um mich reif zu fühlen. Also fühle ich mich in meinen besten Jahren, die zu meinem Glück bereits einige Jahre währen und hoffentlich noch lange andauern werden, wenn ich mich fit und gesund erhalte.

Soweit ich zurückdenken kann, vermied ich in größerer Runde den alljährlich wiederkehrenden Termin meiner Geburt zu feiern. Ab und zu besuchten mich ein oder zwei Mitschüler, später liebe Bekannte und einige Familienmitglieder, wenn sie mich feiern mussten oder sich bei mir amüsieren wollten. Im Grunde war mir das egal. Ihre Freude am Beisammensein erfreute mich. Kaffee, Kuchen, Kerzen, Blumen; und Sophie bemühte sich die Gäste unauffällig und heiter zu bedienen.

Bekannte oder Nachbarn einladen, um zu meinen Ehren ein Fest zu feiern? Das lag mir bereits fern, als die Jahreszahl meiner Geburtstage gerade erst zweistellig geworden war.

Dennoch beglückwünschte ich mich. Schließlich war das Leben auch für mich gefährlich. Immerhin lässt sich am Jahrestag der Geburt messen, ob die vergangenen dreihundertfünfundsechzig Tage recht oder schlecht durchlebt wurden.

Zugeben möchte ich, dass mir in den vergangenen Jahren das Leben zunehmend mehr geistige Beweglichkeit abverlangt. Inzwischen sind nämlich die Lebensjahre angebrochen, in denen mich jeder neue Geburtstag meiner gefühlten Jugend beraubt.

Das geschähe auch, sollte einem meiner Gäste zum Ehrentag die Zahl meiner Lebensjahre über die Lippen kommen. Zu meinem Glück, bisher schwiegen alle Gratulanten.

„Traue keinem über dreißig!", wiederholte Sebastian, seit er seinen zwanzigsten Geburtstag mit hängenden Schultern erleiden musste. Morgens hat ihm Mutter und abends fünf Freunde befohlen, kräftig zu feiern.

„Hihi! Wie komisch!" , zischte er mir ins Ohr, bevor sein Blick kläglich dem Fußboden zustrebte – einem Grund, von dem in dieser Situation keine Hilfe zu erwarten war.

Sebastian erklärte mir, dass die Zahl der Lebensjahre, auch wenn sie sich nach dreihundertfünfundsechzig Tagen zuverlässig erhöht, eine Zahl ist, an die ich ein Leben lang gebunden bin. Er hat mir prophezeit: „Zuerst liebst du diese Zahl. Dann schaust du aus kritischer Distanz zu ihr herüber. Danach kämpfst du gegen sie an, und schließlich möchtest du sie lieber vergessen."

Leider, bald werde ich jenes Alter erreichen, an dem die Zahl darüber entscheidet, innerhalb welcher Wände sich das Geburtstagskind noch bewegen darf.

Bewegung ist das Stichwort. Noch bewege ich mich locker, anscheinend im Gegensatz zu einigen gleichaltrigen Gratulanten. Sie fragen mit durchdringender Stimme, kaum haben sie gratuliert: „Na, meine Liebe, geht es Dir auch so wie mir?"

Sogleich ergänzen sie: „Nein, was ist es anstrengend, eine Kiste mit vollen Wasserflaschen ins Haus zu tragen! Mein Rücken wird zunehmend schlechter! Mein Knie schmerzt beim Treppensteigen. Arthrose?"

Wasser, nur ein paar Flaschen Wasser soll ich tragen – denke ich. Das mache ich wie folgt: Erst einmal genehmige ich mir einen kräftigen Schluck aus einer der Flaschen. Dann fixiere ich weitere Flüssigkeitsbehälter zwischen Unterarm und Brustkorb, um mit der freien Hand die halb leere Kiste wedelnd treppauf zu tragen. Geschafft!

Mit Köpfchen vermeide ich so, mein gesundes Rückgrat zu gefährden und die „stöhnende Wasserträgerin" zu spielen. Da ich soeben am oberen Ende des Körpers angelangt bin, zitiere ich genüsslich meine Mutter: „Seit ein paar Jahren, liebe Sophie, lässt mein Gedächtnis dramatisch nach. Ich vergesse alles! Ich werde alt.", versprach sie mir, mit dem Kopf munter nickend an ihrem fünfundsechzigsten Geburtstag. Damals suchte sie fünf Minuten lang ihren Haustürschlüssel, bis ich ihn auf dem Nachttisch wiederfand, auf den sie ein Glas Wasser gestellt hatte.

„Ja Mama, das liegt wohl am Alter!", rief ich ihr amüsiert lachend zu, während ich die klimpernde Trophäe in die Luft hielt.

„Sage ich doch. Ich werde alt!" Das versprach sie mir, runde dreißig Jahre vor ihrem neunzigsten Geburtstag. Gut gelaunt und klar im Kopf hat sie auch diesen Tag verbracht, bis sie höchst beunruhigt, aber dem Ritual zuverlässig folgend, denselben Schlüssel in ihrer Handtasche suchte - und natürlich wiederfand.

So, jetzt serviere ich Dir einen heißen Apfelstrudel mit Vanilleeis, selbst gemacht versteht sich, den Du Dir, geduldig wie Du bist, längst verdient hast.

Auch heute möchte ich mir nicht von drögen Jahreszahlen vorschreiben lassen, wann ich vergesslich sein soll oder wann ich meine aufrechte Haltung einbüße. Deshalb ziehe ich es vor, eine schmackhafte Süßspeise schweigend mit Dir zu genießen. Es dient Deiner Entspannung - vielleicht? Meiner sicher! Versenken wir uns in das leise Einsaugen unseres köstlichen Nachtisches, süß, fruchtig, würzig, aber bei mir leider kurzlebig!

Wieder einmal war ich zu Gast bei den japanischen Freunden. Lackschwarze Schalen schmückten das rotbraune Tablett. Gefüllt waren sie mit farbenfrohem Gemüse, cremigen Pilzen, mit Fleisch und Fischsorten. All das zierte die Mitte eines Tisches, der nur wenig höher war, als der Fußboden. Das fein gemaserte Holz hatte eine polierte Oberfläche. Eng geflochtene Bambusmatten bildeten einen wohl abgestimmten Kontrast zum dunklen Glanz. Kleine Schalen aus Porzellan warteten zusammen mit ge-schnitzten, hölzernen Stäben auf ihre Aufgabe. Ringsum den quadratischen Tisch, auf dem Fußboden, lagen schwarze Sitzkissen.

Kimono saß auf meiner rechten, Joko auf der linken Seite neben mir. Vor mir, in aufrechter Haltung saß Tanaka, die japanische Mutter. Alle verbeugten sich tief. Ich auch.

Alle nahmen sich Reis und kleine Portionen der zahlreichen Zutaten. Ich auch. Alle, begannen zu essen. Ich nicht. Alle lachten, denn ich wickelte meine Finger so lange umständlich um meine Essstäbchen, bis sie mir einer nach dem anderen aus der Hand sprangen. Ich lachte. Die Drei auch.

Ihre hellen Stimmen wirbelten um mich herum, wie bunte Schmetterlinge. Joko ergriff meine rechte Hand und verbog meine Finger. Kimono sprach schneller, heller, Kopf nickend, während die seltsamen Esswerkzeuge in den Händen der Mutter, mich in den Fingerspitzentanz mit Stäbchen einwiesen. Alle lachten. Ich auch. Und tatsächlich. Unversehens führte auch ich die köstlichen Speisen zum Mund. Ich war begeistert. Alle Rezepte stammten aus einem, für mich unfassbar weit entfernten Land. Und das Essen mit Stäbchen fand ich himmlisch.

Tee? Darf ich Dir einen aromatischen Tee zubereiten? Um die feinen Inhaltsstoffe zu gewinnen, bringe ich das Wasser im Kocher munter zum Sprudeln. Noch brodelnd, übergieße ich die Komposition feinster schwarzer Teesorten, deren Blattknospen an den Südhängen des Himalaja in nahezu 2.500 m Höhe gepflückt wurden.
Das heiße Wasser gewinnt an Farbe, bis aus der gläsernen Teekanne dampfende Schwaden eines exotischen Duftes in unsere Nasen ziehen.
Während ich Tassen aus feinem Porzellan auf den geölten Teakholztisch stelle, wählst Du Dir einen bequemen Sitzplatz, vielleicht neben den bodenlangen Sprossenfenstern. Dort kannst Du einen schönen Blick in die Weite genießen. Wenn Du magst, sitzen wir so voreinander, dass wir uns ganz entspannt ansehen können.
Eine Kerze auf dem Tisch und zahlreiche Lichtquellen in den Ecken des großen Raumes erzeugen eine anheimelnde Atmosphäre.
Nach dem ersten heißen Schluck bedanke ich mich herzlich dafür, dass Du meinen Erzählungen bis hierhin folgst. Du nickst, so hoffe ich, wohlwollend lächelnd. Leise aber regelmäßig schlägt mein Herz, und mein Blick heftet sich an Deine Gesichtszüge.

Eng zusammen saßen wir im Glanz seidiger Wände die, mit einem geschnitzten, hölzernen Paravent vom Wohnzimmer abgeteilt waren. Mit „Washi", einem in Japan vielfältig genutzten, feinfaserigen, handgeschöpften Papier, war der Raumteiler bespannt. Eine Lampe aus demselben Material schenkte Licht für die „Ima", unseren Wohnraum. Wir blätterten durch reich bebilderte Bücher, die fernöstliche Landschaften, Pflanzen und Tiere zeigten.

Mit silberheller Stimme übersetzte mir Kimono einige der fremden Zeichen. Ihr Deutsch klang erstaunlich gut. Meine Bemühungen japanisch zu sprechen, empfand ich als dürftig, Joko auch. Immer wieder schüttelte sie lachend ihren Kopf. Ich wiederholte. Es klingelte. Sanft lehnte sich Joko an meine Seite, ihr Gesicht mir zugewandt. Von ihren Lippen las ich ab. Immer wieder gelang es mir die fremden Klänge in gelungene Aussprache umsetzten. Dann nickte Kimono. Es klingelte. Manch ein Wort schien sehr gut zu klingen. Dann klatschte Joko und nickte wild mit ihrem Kopf. Wieder klingelte es. Kimono sprach mir mit heller Stimme nach: „Seidenschal". Wir lachten. Sie wiederholte. Wir lachten erneut. Der Kopf der Mutter schob sich zwischen eine Lücke von Wand und Paravent. Sie lachte nicht. „Kommen bitte, Sophie!" Ich sah Joko an. Dann drehte ich mich zu Kimono und blickte hoch zu Tanaka. Auch jetzt, während mir die japanische Mutter in die Augen sah, lächelte sie nicht. Ihre Stimme klang gepresst, ernst, sodass Kimono erschrocken zu ihr hochsah. Einige japanische Worte. Kimono nickte mir zu. Ihr Blick senkte sich. Sie lächelte nicht. Noch ein paar japanische Worte. Nun nickte auch Joko mit düsterer Miene, nahm meine Hand, zog mich hoch, zog mich hinter sich her, zog mich hinaus aus dem Zimmer in den Flur.

Die Eingangstür stand offen. Plötzlich stand ich vor meinem Bruder, der im Halbdunkel des langen Flures gewartet hat. Er schaute mit großen, leeren Augen haarscharf an mir vorbei.

„Ja?", hauchte ich mit erschrockener Neugier in sein aschgraues Gesicht.

„Komm bitte mit! Ich muss Dir was sagen." Noch nie zuvor klang seine Stimme so tief und hohl.

„Komm bitte!", hauchte er mit düsterem Blick und streckte mir seine Hand entschieden entgegen.

Kimono und Joko pressten ihre schmalen Körper fest an ihre Mutter. Die kleine Frau nickte mit fremdem Blick. Kraft wich aus meinen Beinen. Die Hand meines Bruders legte sich fest auf meine Schulter. An dem Druck fühlte ich, dass ich still, ohne mich zu verabschieden, aus dem Flur gehen sollte, um ihm über die Treppe herunter, in unsere Wohnung, zu folgen.

„Du musst jetzt stark sein.", hörte ich seine Stimme, in seinem Zimmer, das ohne Lampenlicht öde wirkte und kühl. „Papa ist tot!", stieß es aus ihm hervor.

Ein Schrei. „Mit einem Lastwagen ist er zusammen-gestoßen. Sein Wagen fing Feuer und ist total ausgebrannt. Die Feuerwehr hatte keine Chance."

Dann schwieg Sebastian. In mir brach ein Feuer aus, loderte, zu heiß, zu grell. Nichts blieb mir, als Arme, Beine und Flammen, in den Gedankenfetzen verbrannten.

Jetzt sitze ich allein auf dem Sofa am Fenster in dem großen Wohnraum. Zumindest sehe ich Dich im Moment nicht. Vielleicht liegt es daran, dass sich, mit dem schwindenden Tageslicht, mein Blickfeld einschränkt.

Auf unserem Tisch stehen zwei leere Teetassen. Die Kerze im Stövchen unter der Teekanne ist erloschen. Dunkelheit schleicht sich aus den Ecken und Winkeln des Raumes heran. Schatten breiten sich auf Schränken und Kommoden aus. Farben verlieren sich. Konturen verschwimmen vor meinen Augen. Mein Blick heftet sich an das flackernde Licht einer Kerze. Das betörende Rot aus ihrem Inneren breitet sich vor meinen Augen aus, während meine gedanken in länst vergangenen Eindrücken versinken.

Damals hockte ein neunjähriges Mädchen auf seiner Bettkante, drehte einen Teddy, der bei jedem Kippen über Kopf, ein weinendes Brummen von sich gab. Abgegriffen war sein Fell, besonders am runden, dicken Bauch. Seine dicken Knopfaugen hatten sich gelockert, starrten zu rund, zu groß. Schon wieder maunzte das Bärchen.
Draußen vor der geschlossenen Tür des Zimmers dröhnten Schritte, schnell und hart. Irgendwann stieß jemand die Türe auf. Sebastian. Er drückte fest auf den Schalter. Das Licht ging an.
„Komm! Wir packen jetzt gleich deine Sachen! Hier ist der Koffer. Wir haben beschlossen, dass Mutter und du zu den Großeltern auf´s Land fahren. Gleich morgen früh!"

Heute schreibe ich Dir weiter. Doch zuvor noch eins: Es ist schön, Dich in meiner Nähe zu fühlen und Deine Gelassenheit wahrzunehmen.
Die Geduld ist ein kostbarer, menschlicher Wert, ganz eng verbunden an die Güte. Wer geduldig ist, kann die Gegenwart still in sich aufsaugen. Wer geduldig bleibt, verbindet sich mit dem Moment, der so schnell verrinnt. Wer gelassen bleiben kann, was immer auch alltägliches passiert, lässt innere Klarheit zu. Aus Gelassenheit und Geduld entwickelt sich Souveränität. Siehst Du das ähnlich?
Ich erlebe: Jetzt schon ist der nächste Moment Vergangenheit angebrochen, Deine und meine. Sofort sind wir neuen Eindrücken ausgesetzt. Neue Gedanken ziehen durch uns hindurch. Vielleicht genießen wir den Moment. Vielleicht lauschen wir geduldig demjenigen, der etwas zu sagen hat, der mehr fühlt, als Worte vermitteln können?"

In diesem Augenblick fühle ich mich allein und denke geduldig an Dich. Ich lehne mich weit zurück in dem Sofa, im Halbunkel des weiten Raumes, bis sich mein Blick im filigranen Gewebe einer winzigen Spinne verfängt, die im Fensterkreuz ihr Werk gesponnen hat.

Noch früh am Morgen war es. Meine Knie zitterten. Meine Hände auch. Trotz der Wärme des Hochsommers, fühlte mein Körper sich steif an, als ich neben Mutter auf die Rückbank des Wagens sank. Am Steuer der unbekannten Limousine saß ein fremder Mann.

Kimono stand auf der steinernen Treppe vor unserer Haustür. Joko stand neben ihr und drehte mit einer Hand den Saum ihres Rockes. In ihren Blusen mit dem weiten Kragen, den kurzen Röcken, mit den weißen Söckchen standen sie da. Mit ihren glänzend schwarzen, exakt geschnitten Haaren, mit ihrer ebenmäßigen Haut, sahen sie wie Porzellanpuppen aus. Kimono stand rechts, Joko links. Sie hielten sich fest an den Händen. Ganz langsam hoben beide ihre Hände, schauten zu mir herüber, mit ihren tiefbraunen Augen.

Als sich der Wagen in Bewegung setzte, winkten sie. Noch sah ich sie. Dann bog der Wagen um die Ecke, wurde schneller auf der großen Straße, fuhr in eine Chaussee. Schon nahm er die weite Kurve in eine eng geschwungene Auffahrt. Nun gab er Gas und reihte sich ein, in den rasenden Verkehr.

Mutter ergriff meine Hand, drückte sie fest, zu fest. Ihr Körper fing an sich zu schütteln. Ich sah hinaus, hinaus aus dem Fenster. Schlote, Kohlehalden, Fördertürme, Fabrikanlagen; dazwischen standen Häuser in langen Zeilen, grau, mal längs, mal mit der Giebelseite zur Straße so, dass fensterlose Fassaden mich anstierten. Ich lehnte mich zurück in den schwarzen Ledersitz und schloss die Augen.

Nichts sehe ich, obwohl meine weit geöffneten Lider melden: Ich müsste sehen. Ich sehe nichts. Dafür erinnere ich, vor dem Einschlafen in meinem Bett den elektronischen Weckdienst in Form einer Uhr, eingestellt zu haben. Nun müsste der große Zeiger auf „der Sechs", der Kleine auf „der Sieben" stehen.

Ins Dunkel herein piepst der Wecker in immer kürzeren Zeitabständen. Mist! Endlich gelingt es mir dem erpresserischen Wirken, des fein justierten Talentes, ein Ende zu bereiten. Im selben Moment treibt mein erhitzter Körper mich aus dem Bett und ans Fenster.

Bums. Au! Beim Versuch durch die Scheibe in die nachtschwarzen Wiesen zu sehen, prallt meine Stirn gegen eiskaltes Glas. „Die Isolierung ist dürftig.", denke ich, während ein schmerzhaftes Dröhnen in meinem Schädel widerhallt.

„Dann eben nicht!", schimpfe ich. Unwillig taste ich mich zum Ventil der Heizung vor und drehe. Es rauscht. Und ich habe Glück, mein entschiedenen Druck gegen den Schalter der elektrischen Lichtquelle gelingt. „Na also!" Das Licht regt meine Stäbchen und Zäpfchen an, um mir ein Bild von der Umgebung zu machen.

Mein Schreibtisch steht noch immer im Erker. Sobald ich an meinem Arbeitsplatz sitze, sehe ich über den Deckel des Notebooks hinweg, auf Dich. Ein Anblick, den ich genieße.

„Halt Sophie!", befehle ich mir. „Sicherlich möchtest du nicht in T-Shirt und Höschen, vor den Augen der Leserin oder des Lesers, dürftig bekleidet erscheinen."

Verstohlen meine nackten Beinen betrachtend, realisiere ich, dass meine Zähne ungeputzt und meine Haare unfrisiert sind. Mit schläfrigem Augenaufschlag hocke ich vor Dir.

So wirke ich weder schick, noch anziehend, aber schon gar nicht munter, frisch und attraktiv auf Dich.

Eine Freundschaft, da mache ich mir nichts vor, trägt sich zu einem Teil, durch die Wahrnehmung. Unsere Sinne melden uns geradeheraus, wie unsere Mitmenschen auf uns wirken.

„Was Du siehst, gefällt dir besser, wenn Du es gerne anschaust, nicht wahr?", frage ich Dich.

Ich ahne, dass Du mit dem Kopf zustimmend nickst und ziehe es vor, mich sofort zu verschönern.

Also springe ich behende auf, trippele barfüßig über die Holzbohlen aus dem Raum und zum Kleiderschrank. Dann nehme ich eine Dusche. Erst warm, dann kalt- zum Abhärten. Danach ziehe ich mich warm an. Jeans schwarz, dazu einen farbigen Pullover.

Alles verrichte ich zügig, damit das für mich anstrengende „Das muss ich tun!", mir keine weiteren Befehle erteilt! Das nervt! Ich übernehme zu gerne aktiv und heiter die Führung über meine Trägheit und meine hier und da fehlende Selbstdisziplin.

„Ich möchte mich frisch und sauber fühlen und für Dich darf ich schick und munter sein!" Dieser freundliche Satz bringt einen Vorteil mit sich. Ich bestimme, was ich mache und fühle mich mit dem freundlichen „ich darf" deutlich kreativer. Was Du vielleicht aus meinen Worten liest?

Doch manchmal, dass sollte ich zugeben, muss ich den Ton, mit dem ich mir Aufträge erteile, verschärfen. Sonst schleicht sich der Konjunktiv mit einer herrlichen Lässigkeit ein, die sehr schnell als Nachlässigkeit bezeichnet werden kann.

Stell dir vor, ich ließe mich hier, vor Deinen Augen gehen! Du würdest mich nicht wiedererkennen. Eine faule, schlampige Person schöbe sich mal hier, mal dort durch die Zeilen.

Klar, die Buchstaben stünden weiterhin nebeneinander, ob wohl geordnet oder feinfühlig durchdacht, wäre allerdings fraglich.

Doch ein äußeres Bild sagt nicht immer etwas über die Ordnung oder das Chaos im Inneren. Eine ungekämmte Sophie, ließe sich vielleicht noch ertragen, aber wenn der Raum um uns herum langsam einen unangenehmen Geruch annähme? Wenn dieser Geruch meinen Schweißdrüsen entwiche?

Ich befürchte, was meine Nachlässigkeit zur Folge hätte: Du stecktest Deine Nase lieber in andere Räume, die sauber riechen, in denen gepflegte Menschen Dich heiter begrüßen.

Für mich wäre diese Vorstellung traurig, ganz besonders traurig! Aus, Schluss mit den negativen Gedanken! Du sitzt vor einer sauberen und sportlich gekleideten Sophie, die gerne fleißig ist, um für Dich - und an Dich zu schreiben.

Der Chauffeur bremste ab. Eine letzte enge Kurve, dann rollte der Wagen leise herein, in einen von hohen Hecken eingefassten, sandigen Weg, der zu dem Backsteinhaus mit dem mächtigen Walmdach führte.

Kaum war das Motorengeräusch verklungen, entzog ich Mutter meine Hand.

Im selben Moment öffnete ich die schwere Türe des Wagens, indem ich meinen Körper mit Schwung dagegen warf. Beide Beine voran, sprang ich in den weichen Sand und lief mit weit geöffneten Armen auf die offene Doppeltür des alten Hauses zu.

Dort stand sie, meine Großmutter. Allein lebte sie inzwischen in dem hübschen Haus mit dem prächtigen Garten. Ein zaghaftes Lächeln huschte über ihr Gesicht. Das weiße Haar bildete einen eindrucksvollen Kontrast zu ihren dunkelbraunen Augen. Als sie mich in den Armen hielt, stieg mir ein sanfter Duft in die Nase. Der Duft von Rosen. Ein Wohlgeruch, den die alte Dame im schwarzen Seidenkleid immer umgab.

„Willkommen zu Hause.", flüsterte sie und ergänzte mit erstickender Stimme: „Mein liebes, liebes Kind!"

Irgendwann spürte ich eine weitere Hand auf meinem Rücken. Mutters Kopf legte sich auf Großmutter´s Schulter. Als beide laut schluchzten, entzog ich mich.

Hinein lief ich in das warme Dunkel des Hausflures, so schnell wie möglich die Treppe hinauf in das Zimmer, in dem eine mit Gobelinstoff bezogene Chaiselonge stand. Ein seidig glänzender Überwurf bedeckte mein frisch bezogenes Bett. Ein kleiner Schokoladenkäfer lag auf dem Kopfkissen, genau wie damals, als wir – doch Vater war nicht hier. Vater war – mein lieber Papa. Ich weinte.

„**O**h, hallo! Du folgst meinen Zeilen, und ich bemerke es nicht. So leise bist Du; so bescheiden liest Du, während ich mich auf Gewesenes konzentriere. Wie schön wäre es, wenn Du hier auch zu Wort kämest."

Es gibt Momente, in denen ich dieses Medium verfluche. Wir sehen uns nicht, hören uns nicht, und von meiner Beschreibung lässt sich nur vage auf den Duft schließen. Das sind erschwerte Bedingungen für eine gute Freundschaft.

Hinzu kommt: Deine Sichtweise auf all das, was ich hier niederschreibe, zeigt sich auf keiner Seite zwischen den Zeilen. Deine Gefühle bleiben mir verborgen. Deine Bedürfnisse kenne ich nicht. Dir hingegen ermöglicht die Lektüre einen Einblick in meine Gedanken, Gefühle und Erlebnisse. Wobei ich Dir zugebe, Du liest nur, was ich hier schreibe. Tatsachen sind es, wie im wirklichen Leben. Du hörst nur, was ich sage. Ich sehe nur, was Du zeigst - alles andere wäre hinzugedichtet.

Was bleibt uns also hier? Wir können uns in die, von unserem Medium vorgegebene, Distanz fügen und die ungleichen Bedingungen mit Humor annehmen. Oder aus! Vorbei! Keine freundschaftliche Beziehung! – Ach bitte, lass es uns mit dem beidseitigen Entgegenkommen versuchen. Mich würde es freuen!

Je länger ich über die speziellen Bedingungen unserer Beziehung nachdenke, desto mutiger behaupte ich: Unsere Freundschaft ist nicht problematischer, als die Freundschaft von Menschen, die sich sehen, hören und riechen.

Auch im engen, menschlichen Miteinander entwickelt sich nur dann eine tragfähige Verbindung, wenn sich beide jederzeit voll und ganz respektieren.

Von Beginn an, ist es in einer freundschaftlichen Beziehung wichtig, dass sich beide gleichermaßen füreinander interessieren. Eine positive und tolerante Sicht auf den anderen entscheidet über den harmonischen Verlauf der Freundschaft. Disziplin und Fairness überbrücken Momente, in denen der Andere anders denkt und befremdlich handelt.

Was hilft es uns, wenn ich Deine Stimme sympathisch empfinde, das was Du sagst aber nicht hören möchte.

Was gewinnen wir, wenn Du mich von Angesicht zu Angesicht attraktiv fändest, bis irgendwann meine Mimik Dich derart befremdet, dass es Dich graust.

In solchen Momenten verbinden uns auch im wirklichen Leben weder der Duft köstlichen Parfums noch die Pheromone.

Mediengestützt bleibt es uns aber erspart, den anderen nicht riechen zu können. Wir müssen uns nicht die Ohren zuhalten, wenn einer von uns laut wird. Wir sehen hier nicht in die wutverzerrte Fratze des anderen. Und niemand kann am anderen zupfen und zerren. Sind das nicht kolossale Vorteile, die wir genießen?

Mutter hielt fest meine Hand, als wir durch das kleine Waldstück schritten. Ein dickes Nichts drückte in meiner Kehle. Jedes Schlucken schmerzte. Das Atmen fiel mir schwer.

Papa, wo bist Du? Kannst du mich sehen?- dachte ich, während meine Augen der schmalen Reifenspur im sandigen Waldweg folgten. Sie war mal tief, mal flach. Dann sah ich das Profil das Reifens. An einigen Stellen war die Spur von abgestorbenen Tannennadeln abgedeckt. Meine Füße anzuheben, um weiter voranzugehen, empfand ich als sinnlos.

Schon früh am Morgen hatte mich Mutter geweckt: „Heute gehst Du zu meiner Cousine!", hatte sie mit belegter Stimme angeordnet.

„Bei deiner Tante wartet ein Mädchen in Deinem Alter und freut sich darauf, mit Dir zu spielen. Ich bringe dich hin, und Du bleibst in den kommenden Tagen dort!"

Ich wollte keine Kinder sehen, keine Kinder außer Joko und Kimono. Ich wollte nicht spielen. Aber ganz sicher wollte ich jetzt nicht hochgucken, schon gar nicht in Mutters verweinte Augen!

„Nun komm schon, Marie wartet auf dich! Du wirst dort bleiben, bis dein Papa beerdigt worden ist!"

„Nein!", schrie ich in den unbekannten Wald, blieb abrupt vor einem dichten Buschwerk stehen, das mir den Durchblick verwehrte. Als ich genau hinsah, entdeckte ich zwischen den Blättern fiese, lange Dornen.

„Du kommst jetzt!", schluchzte Mutter laut auf. „Ich kann nicht mehr.", fuhr sie jammernd fort. Zugleich umfasste sie mein Handgelenk schmerzhaft und zog mich mit sich.

Mir blieb nichts anders übrig. Ich tapste voran, durch den losen Sand des Waldweges, über moosige Flächen und Wiesenstücke, vorbei an mächtigen Baumstämmen. Irgendwann stolperte ich über eine große Baumwurzel. Mutters fester Griff verhinderte meinen Sturz. Einen winzigen Moment lang zog der Geruch des waldigem Erdbodens in meine Nase.

Schon führte Mutter mich über die hochkant nebeneinander gelegten Klinkersteine einer schmalen Straße, die von Bäumen umsäumt war. ich wusste sogleich, dass ich so ein Pflaster noch nie gesehen hatte.

Eingefasst von einer hohen Hecke war der sandige Weg, der zu einem fremden Grundstück führte. Hell, fast rein wirkte der trockene Sand. Spuren sah ich, von den Zinken einer Harke gezogen.

„Nun hebe endlich deinen Kopf!", befahl Mutter unwirsch. Ich schaute hoch, auf ein riesiges, graues Dach aus Stroh. Als ich wieder heruntersah, traf mein Blick auf die Augen einer unbekannten Frau. Grau waren ihre Augen und hinter den dicken Gläsern einer Brille verborgen. Die Frau lächelte und erklärte: „So ein Reetdach wie dieses, isoliert so gut, dass die Ofenwärme im Winter innerhalb des Gebäudes lange gespeichert wird. Im Sommer dagegen trotzt das Dach der Hitze. Die Räume bleiben angenehm kühl. Komm, Sophie, Du wirst staunen, wie kühl es im Haus ist! Hier herein und nenne mich einfach Tante Lena!"

Mit weit ausgestrecktem Arm wies die fremde Tante auf eine blau bemalte Türe an der langen Seite des niedersächsischen Bauernhauses.

Als mich die Kühle im Inneren umfing, mir ein eigenwilliger Geruch von Holz und frischem Backwerk in die Nase stieg, verlangsamte sich mein Atmen. Mein Blick heftete sich an ein winziges Fenster im Backofen, hinter dem ein Feuer loderte. Plötzlich drang aus der wohligen Dunkelheit des Hauses eine helle Stimme an meine Ohren.

„Ich heiße Marie. Ich bin deine Cousine", hüpfte mir ein blondes Mädchen lächelnd entgegen.

„Komm mit! Willst du unsere Tiere sehen? Komm!"

„Halt Marie!" rief Tante Lena entschieden.

„Zeige Sophie das Zimmer, in dem ihr schlafen werdet."

Mutter nickte mir aufmunternd zu. Ein Lächeln huschte über ihr Gesicht. Marie zupfte an meinem Ärmel.

Weiß gekalkt waren die Wände, an denen Zeichnungen von Baumgruppen, von Wiesenstücken mit zierlichen Blumen in vergoldeten Rahmen hingen. Das breite Bett, frisch bezogen mit gemangelter Bettwäsche aus Leinen, gab den Blick nur wenig frei, auf die polierten Holzbohlen des alten Fußbodens.

Als sich mein Blick an Gardinen aus Spitze vorbei durch das weit geöffnete Sprossenfenster schob, entdeckte ich eine Kletterrose. Tiefrote Blüten wurden von den schräg einfallenden Strahlen der Morgensonne beschienen. Marie zupfte wieder an meiner Bluse. Ihr Trippeln wurde lauter.

„Du musst sie dir ansehen! Komm mit! Sieh mal, wo unsere Käuzchen wohnen.", sprudelten die Worte so schnell aus ihrem Mund, dass ich den Sinn kaum erfassen konnte. Schon ergriff sie meine Hand und zog mich aus dem Haus. Marie zeigte nach oben. Wir legten unsere Köpfe in den Nacken, um auf ein rundes Loch, hoch oben im Giebel zu schauen.

Ein lautes Krächzen. Die Schreie der Jungen nach Nahrung. Der Ruf des Kauzes, der über uns in einem alten Lebensbaum hockte. Plötzlich flog der große Vogel auf weiten Schwingen heran und verschwand im Eulenloch. Lautes Piepsen, Krächzen, jammerndes Schreien. Für einen Moment herrschte Stille, dort oben direkt unter dem Reetdach „Sie fressen!", jubelte Marie. Dann flog der ausgewachsene Kauz, über unsere Köpfe hinweg zurück in einen der Baumwipfel.

„Toll, nicht wahr?" Marie machte vor Freude einen Luftsprung.

Oh, da fällt mir gerade ein: Einige wichtige Zutaten zum Kochen fehlen mir noch. Eine Hühnersuppe ohne Huhn ist ungewöhnlich und hat ihren Namen verfehlt. Wenn mir dazu noch das frische Gemüse fehlt, wird es ein dürftiges Mahl. Ich weiß nicht, ob Du Fleisch zu Dir nimmst, werde aber separat eine Gemüsesuppe zubereiten.

Entschuldige bitte, wenn ich aus den oben genannten Gründen meine Erzählung unterbreche. Eines ist sicher: Ein leerer Magen vermindert die Konzentration, Deine und meine. Das wäre schade! Außerdem tut herzliche Gastlichkeit unserer Freundschaft gut.

Fühle Dich, wie zu Hause, bitte. Ich greife derweil zu Einkaufskorb, Geldbörse, Schlüsselbund und fahre zu unserem örtlichen Supermarkt, der allein wegen seiner kolossalen Ladenfläche super ist.

Angekommen, eile ich an meterlangen Regalreihen vorbei, bücke und recke mich, ziehe, hebe, entscheide und stecke alles in den riesigen Einkaufswagen. Da stehe ich nun, am Ende der Warteschlange vor der Käse - und Fleischtheke. Zehn Minuten später bin ich bedient. Zur Belohnung für mein eifriges Wirken darf ich den Einkausfswagen an gefühlten fünfhundert Meter langen, eng gefüllten, über mannshohen Regalen vorbeischieben, bis ich, nach weiteren zweihundert Metern, die Kühlregale erreiche. Fröstelnd greife ich nach Butter und Milch. Endlich kann ich den Rückweg antreten.

Oh nein! Mindestens vier lange Warteschlangen verheißen nicht Gutes. „Lächeln Sophie!", befehle ich mir.

In der langen Reihe von Wartenden, direkt unter dem Halogenlicht, zwischen einem komfortablen Angebot von Zigaretten, Süßigkeiten und Mitnahmespirituosen, will ich jetzt meiner Heiterkeit besondere Beachtung schenken. Beim schwungvollen Herausheben der Ware, beim Auflegen auf das Förderband, beim Verschieben, und Einpacken gibt es „sie", die kostbaren Momente von unwiederbringlicher Lebenszeit.

Also befehle ich mir schmunzelnd: „Sophie, beobachte die anderen Leute, die Kassiererinnen, während Du anstehst. Lächele Sophie, auch wenn sich Ungeduld und Ärger deiner bemächtigen wollen. Schneller darfst du mit negativen Gefühlen auch nicht deine Ware bezahlen!"

Um mich ein wenig zu unterhalten, denke ich: „Sophie, du darfst heute einkaufen, du darfst gutes Essen, feine Getränke, saubere Ware an einem trockenen, wohltemperierten Ort auswählen.

Und Sophie, Du darfst Dich auf die Leserin oder den Leser freuen. Und damit bist du privilegiert, aber wie!", mache ich mir bewusst.

Dann ist es endlich soweit. Mit einem heiteren Lächeln trage ich meinen schweren Einkaufskorb zum Auto, und wenige Minuten später öffne ich unsere Haustür.

„Hallo! Hallo? Ist alles gut? Ich verteile nur schnell die Sachen auf Lager, Kühlschrank, Regale und in zahlreiche Schubladen.

„**W**o seid ihr?", rief Tante Lena mit heller Stimme. „Es wird Abend und wir wollen aufbrechen, um frische Milch beim Bauern zu holen. Komm Sophie, möchtest Du sehen, wie die Kühe gemolken werden?"

„Oh, ja!", riefen Marie und ich wie aus einer Kehle und krabbelten aus dem Unterholz eines riesigen Rhododendronbusches hervor.

Dort hatten wir uns ein „Gartenhaus" eingerichtet, mit Stühlen aus dicken Ästen und einer schweren Baumscheibe als Tisch. Allerlei Näpfe und Töpfe dienten zum Kochen köstlicher Schlammsuppe und zum Backen unseres ganz „speziellen Sandkuchens."

Marie hüpfte rechts, ich links neben der Tante durch den Garten. Das satte Grün der Wiese leuchtete im warmen Licht der Abendsonne wie ein samtener Teppich. Umrahmt war die weite Fläche von hohen Sträuchern, Hecken und Nadelbäumen, deren Wipfel dunkelgrün, wie riesige Kerzen in den Himmel ragten.

Nebeneinander her durchschritten wir eine sauber geschnittene, mächtige Hecke. Sie endete vor einem duftenden Rosenbogen, durch den wir in einen üppig blühenden Garten traten.

Gelb und orange leuchtete die Kapuzinerkresse, deren Blätter wie kleine Teller dicht nebeneinander über den Boden rankten. Lupinenstauden blühten in unzähligen Farbnuancen. Durch die Maschen der Zäune rankten sich Wicken. Eingefasst waren die Beete mit dichten Reihen aus Ringelblumen und Margeriten.

„Wie, du kennst keine Strohblumen?", fragte Marie entrüstet. Die Namen der Blumen schwirrten durch meinen Kopf, exotisch, verlockend.

Dem fleißigen Schritt der anderen nur zögerlich folgend, betrat ich das Rund einer kreisförmig angelegten, hohen Hecke. In der Mitte erhob sich ein mächtiger Busch, der eine zierliche Statue schützend umfing. Ein Strauß leuchtend gelber Blumen schmückte das steinerne Abbild eines Frauenkörpers, der kaum größer war, als eine Katze. Und eben wie diese, sich zeigte. Die verschlungenen Arme umfingen geschmeidig einen zierlichen Frauenkörper.

„Das ist unser Familiengrab!", erklärte Marie mit schwung-voller Geste. Ein spitzer Stich traf meine Kehle. Zugleich ergriff Marie meinen Oberarm und schob mich weiter an Hecke und Grab vorbei. „Komm! Nun komm schon!", rief sie ungeduldig.

Mein Blick fiel auf den waldigen Grund aus trockenen, abgestorbenen Nadeln, die betörend waldig dufteten.

Wieder stieß Marie mich sanft an. „Schau doch mal! Bald sind unsere Äpfel schon reif!" Eine prächtige Allee aus Apfelbäumen lag vor uns. Knorrige Stämme trugen die schweren Zweige, an denen dicht beieinander, prächtige Früchte reiften.

Ich sog den Geruch der Pflanzen ein. „Es ist herrlich!", dachte ich. „Ich will nicht mehr zurück in die Stadt. Ich will hier bleiben!"

Über den leuchtend weißen Bildschirm meines Notebooks hinweg, an Deinem Profil vorbei, fällt mein Blick auf ein Bild.

Hinter Dir an der Wand hängt ein Aquarell, auf dem ein Weg von Birken umsäumt wird. Mein Blick erobert den stillen Pfad von geheimnisvoller Tiefe. Laub raschelt. Die Gräben rechts und links des Weges spiegeln winzige Sonnenflecken wider, die das dichte Blätterwerk der Birken durchdrungen haben. Weiß strahlt die Rinde der Bäume.

Warum liest Du eigentlich? Magst Du mich nicht ansehen? Das würde mich so sehr erfreuen!

Was schreibe ich da? Ich bin ganz durcheinander. Besser ist es, ich schweige jetzt. Aber - ach was! Ich habe Dir versprochen ehrlich zu sein.

Ein wohliges Gefühl macht sich in mir breit, sobald ich Deine Nähe erahne. In mir wächst Vertrauen. Ich vertraue auf die guten Gedanken an Dich – ich vertraue meinem Gefühl.

Meine erste große Liebe zog mich so intensiv in den Bann, dass ich mich konzentrieren musste, um den Geschichten zu lauschen, die Tante Lena uns beim Abendessen erzählte. Von ihrer Kindheit in dem Dorf am Rande des Moores berichtete sie, von Zeiten, in denen nur Sandwege durch das kleine Dorf führten, über die Kutschpferde schwere Heuwagen zogen. Sie erzählte von einer Sommernacht, in der sie plötzlich erwacht war. Ein seltsames Geräusch hatte sie ans offene Fenster gelockt. Da, da war er wieder der Gesang. Mitten in der Nacht sang ein Vogel eine nicht enden wollende Melodie. Lange hatte Tante Lena gelauscht. Wir auch! Dann erklärte sie uns, dass es der Gesang und das Schlagen der Nachtigall war, dem sie zugehört hatte.

Jetzt endlich durften wir vom Tisch aufstehen. Wir durften die selbst gemachten Marmeladen, die Würste und den duftenden Käse abdecken.

Alle Handgriffe verrichtete ich so schnell, dass mir Marie nur stöhnend folgen konnte. Schon stupste ich sie an, zeigte herüber; und wir liefen durch die halbdunkle Diele in eine Ecke zwischen der alten Eichenkommode und dem wuchtigen Bauernstuhl.

Dort, in einem Nest aus goldenem Stroh, hatte die getigerte Katze ihre Jungen zur Welt gebracht.

Jetzt lag ich auf blank polierten Holzbohlen, um von Marie zu lernen, wie sich die possierlichen Wesen zum Spiel locken lassen.

„Nein, nicht so! So macht man das!", wies mich Marie mit gestrengem Ton in ihrer Stimme an.

Grünlich leuchtende Augen im federleichten Pelz starrten gebannt auf ein Wollknäuel. Dreieckig gespitzte Ohren drehten sich. Ein leichtes Zucken der Tatze. Wieder zog ich am Faden des flauschigen Balles. Plötzlich der Sprung. Das kleine Maul öffnete sich weit. Die weißen Zähne stachen, Nadeln gleich in die Wolle. Und schon sprang der nächste fauchende Gnom unter dem Sessel hervor, während eine schnurrende Elfe um meine nackten Beine strich.

Je länger Du in meiner Nähe verweilst, desto stärker wächst in mir der Wunsch, Dich zu würdigen. Wer hält heutzutage schon so lange inne, besinnt sich, schaut zurück, zudem in das Leben eines andern Menschen? Du!

Du zählst zu den Menschen, die ihre Konzentration nicht nur auf eine rühmliche Zukunft, die kommende Leistung, kurzum auf das Neue und Schicke richten.

Ich möchte noch ein wenig in der Vergangenheit und bei der Rückschau verweilen: Mir erscheint es wertvoll, mich auf all das zu besinnen, was ich interessantes erlebt und gelernt habe.

Besonders gerne erinnere ich mich an heitere Ereignisse, die ich bewusst in mein heutiges Dasein einbeziehe. Schöne Erlebnisse lassen sich, in abgewandelter Form, wiederholen. Manches Angenehme kann ich heute neu gestalten. Jeden Moment, den ich gerne gelebt habe, kann ich, auf irgendeine Weise spielerisch, neu aufleben lassen. Eine brennende Kerze, ein Wohlgeruch, ein Foto, die Musik, ein alter Baum, ein Wiesenstück, die Perlenkette oder die Katzenkinder begleiten mich, kraft meines Erinnerungsvermögens.

Mein Körper mag sich im Laufe der Jahre verändert haben; meine Lebenserfahrung haben sich erweitert.

Viele Menschen um mich herum sind neu. Die Straße, in der ich heute lebe, ist nicht dieselbe, wie die Straße, in der ich meine Kindheit oder meine Jugend verlebt habe. Aber die angenehmen Empfindungen kann ich durch kleine Dinge und genüssliche Gedanken wiederbeleben, egal wie lange sie zurück in der Vergangenheit liegen.

Eine reizvolle Aktivität, ein Moment der Imagination, liebevolle Gesten, spannende Einblicke, und schon kehrt das Heitere, das Positive von ehemals zurück.

Natürlich sehe auch ich zurück auf unangenehme Eindrücke und traurige Ereignisse. Ihnen mutig nachzuspüren, auch Jahre später, hat seinen Wert. Die Auseinandersetzung mit den traurigen Momenten meiner Kindheit und Jugend geben mir Aufschluss über Situationen, die mich ehemals belastet, oft auch überfordert haben.

Wie häufig sind Kinder und Jugendliche durch negative Eindrücke überfordert. Wie oft sind sie mit Erlebtem allein. Wie oft denken erwachsene Menschen nicht darüber nach, dass junge Menschen unerfahren sind, Unterstützung und Wertschätzung erfahren sollten.

Streit, Wut, Abwertungen und Trauer belasten Kinderseelen, ebenso wie ein Leben in Armut. Die Angst vor schulischen Leistungen, denen sich der junge Mensch nicht gewachsen fühlt, schwächt. Verbale und körperliche Kämpfe mit Gleichaltrigen belasten Kinderseelen. Traurige Nachrichten aus den Medien rauben ihnen nicht selten den Schlaf. Aggressive Reden und Taten, denen Kinder direkt oder indirekt ausgesetzt sind, gefährden den inneren Frieden.

Gesunde und intelligente Kinder nehmen sehr genau negative Stimmungen und böse Sätze wahr. Geschwächte Kinder erspüren intuitiv negative Energien.

Doch zumeist fehlt es Kindern an Lebenserfahrung, um verbalen Angriffen und negativen Ereignissen mit Gleichmut und heiteren Gedanken zu begegnen.

Gefühle zu durchdenken, zu beschreiben und zum Guten zu wandeln, das verstehen junge Menschen nur dann, wenn ihnen Raum und Zeit bleibt, positiv zu denken und locker zu handeln. Sie lernen sich aus negativen Eindrücken positiv zu lösen, wenn kluge Vorbilder sie begleiten. Menschen sollten es sein, die gelernt haben dem Traurigen mit guten Gedanken und Taten zu begegnen.

Durch die Nebelschwaden eines Abends im November drang magisches Licht, das den Nachthimmel über der Stadt hell erleuchtete. Fasziniert von fremden Tönen eilte ich neben den anderen her durch die Straßen der Hansestadt mit dem Schlüssel im Wappen.

Sechs Kinder waren wir, und vier von uns waren erst zehn Jahre alt.

Als wir um die nächste Hausecke bogen, sah ich auf hell erleuchtete Buden, vor denen hier und da riesige Bündel aus Luftballons in den Himmel ragten. Als wir endlich in das flimmernde Bunt eintauchten, übertönten Sirenen das Plärren der Musik, die Rufe der Marktschreier und das

Lachen der Kinder. Maries Hand umklammerte die meine. Ihrem Hüpfen und Trippeln folgte ich.

„Da, sieh mal! Dort vorne ist das Hippodrom!", juchzte Marie hell auf und zeigte mit ihrem zierlichen Zeigefinger auf eine goldene Schrift, verschnörkelt und üppig beleuchtet. Das seltsame Wort zu entziffern, erschien mir ebenso unmöglich, wie seine Bedeutung durch Befragen zu ergründen. Zu selbstverständlich hatte Marie das fremde Wort ausgesprochen. Also zog ich es vor so zu tun, als hätte ich Maries Ausruf überhört und schaute auf Gondeln, sich die an bizarren Armen in den Nachthimmel hoben.

„Komm! Da wollen wir rein!", rief Marie, so heftig an meinem Ärmel zerrend, dass ich drohte das Gleichgewicht zu verlieren. Los ließ sie mich nicht. Stattdessen zog sie mich mit erstaunlicher Kraft auf das „vergoldete Wort" zu. Über metallisch leuchtende Stufen liefen wir hoch und auf einen roten Samtvorhang zu, der sich plötzlich vor uns öffnete. Im Halbdunkel standen wir vor einer Wand aus Menschen. Rücken, sah ich, hoch und breit. Alle lachten, klatschten und unterhielten sich.

Weiter zog mich Marie, zwischen den Jacken und Mänteln hindurch. Es roch nach feuchter Kleidung, frisch gesägtem Holz und nach Tieren. Laute Musik erfüllte das Zelt. Schrilles Lachen übertönte das vielstimmige Geschwätz.

Plötzlich standen wir am Rande einer Manege. „Echte Pferde!", stieß ich erstaunt hervor. „Schau doch!" Meine Stimme überschlug sich. In mir machte sich ein seltsames Gefühl breit - das Gefühl etwas längst Bekanntes endlich aus der Nähe betrachten zu dürfen. Ein wohliger Schauer lief mir über den Rücken.

„Sieh nur, auf den Pferden können wir reiten!", ertönte Maries helle Stimme wie eine Fanfare.

Zum ersten Mal in meinem Leben saugte ich den Geruch aus Sägespänen und erwärmten Pferdekörpern ein. Mein Herz klopfte laut.

Und jetzt? In dem, von meinem Brustkorb geschützten Hohlorgan pumpen rhythmische Kontraktionen das Blut durch den Körper. Herzschlag. Die Versorgung meiner Organe scheint in Ordnung zu sein. Ich atme tief ein und aus, um die Sauerstoffzufuhr zu meinem Gehirn zu unterstützen. Munter bin ich also. Und ich fühle mich denkfähig. Gute Bedingungen, um den Begriffen „Freundschaft" und „Liebe" nachzuspüren.

Nach intensivem Lesen des allgemein zugänglichen Wissens stelle ich fest, dass ich nicht die Einzige bin, die beide Begriffe zusammenführt. Tatsächlich haben die Begriffe „Freundschaft" und „Liebe" einen gemeinsamen Ursprung. Das deutsche Wort "Freundschaft" bedeutete früher nicht nur „die Freundschaft" als solche, sondern auch „Liebe", „enge Verwandtschaft", „gemeinsames Heim" und „gemeinsame Abstammung".

Man kann das Wort „Freund" auf das gotische Wort „frijonds" zurückführen, was „lieben", „sich freuen" bedeutet.

Im Althochdeutschen wird aus „frijon", „friunt" (Blutsverwandter) und im Mittelhochdeutschen „vriunt". Der germanische Wortstamm „fri" ist in den Wörtern Friede, Freiheit und Freund enthalten.

Das altenglische „fréond", das altnorwegische „fraende", das altsächsische „friund" und das althochdeutsche „friunt" gehen auf die altenglischen Verben „fréogan", fréon" (lieben) zurück.

Schau doch mal, wie eng die Begriffe „Freundschaft" und „Liebe" zusammenhängen. Schon im antiken Griechenland wurden beide Begriffe zusammengefügt. Das griechische Wort „philia" bedeutet sowohl „Freundschaft" als auch „Liebe". „Philia" sagt man, wenn man gleichermaßen die „Freundschaftsliebe" und „gegenseitige Liebe" meint.

Nun aber zurück in die Gegenwart. Mir liegt es am Herzen, mich gedanklich der „Liebe", als Menschenliebe und zugleich der „Freundschaft" zu nähern.

Fürchte Dich bitte nicht. In unserer Beziehung bist Du taktilen Reizen und Berührungen von mir nicht ausgesetzt. Die freundschaftliche Liebe bedarf nicht der körperlichen Berührung. Außerdem lässt unsere mediengebundene Freundschaft physische Kontakte nicht zu.

Trotzdem empfinde ich eine freundschaftliche Verbindung zu Dir. Ich möchte verbindlicher schreiben: Ich fühle mich in Deiner Nähe sehr wohl!

„Na klar!", wirst Du jetzt ausrufen: „Sophie, bist Du so naiv oder verbirgst Du Deine Schlauheit geschickt? Du, Sophie und ich, wir wissen genau, dass ich für Dich eine angenehme Person sein muss – solange ich Zeilen dieses Buches lese und Dich still begleite.

Mir, liebe Sophie, hast Du geschickt die Rolle zugeschrieben, in der ich schweigend Deine Ideen hinnehme.

Zugleich schreibst du mich exakt an die Orte, die Du auswählst - und das, in den von Dir gewählten Zeiteinheiten. Kurz gefasst: Ich, Deine lesende Begleitung, folge Dir- solange ich lese! Andernfalls endet unsere Beziehung abrupt.", könntest Du denken.

„Siehst Du!", antworte ich prompt und fröhlich: „Dann ist unsere Beziehung eben doch, wie all die anderen freundschaftlichen Beziehungen im „richtigen Leben"! Jeder kann sich zu jeder Zeit zurückziehen.

Solange Du mich durch diese Buchseiten begleitest, gehe ich davon aus, dass freundliche Gedanken von Dir zu mir und von mir zu Dir schwingen. Das ist eine gute Voraussetzung dafür, uns näher kennenzulernen.

„Kennenlernen", dieses zusammengesetzte Verb zu nutzen, erscheint mir, am Anfang einer freundschaftlichen Beziehung, unpassend.

An den Beginn unserer Freundschaft stelle ich das „Lernen".

Mit dem „Lernen" wird ein Prozess der Veränderung beschrieben, der nicht vorhersehbar ist, aber viele Chancen bietet. Ob wir absichtlich oder beiläufig, individuell oder gemeinsam lernen, immer gewinnen wir geistige, soziale oder körperliche Fähigkeiten und Kenntnisse.

Wenn wir Erfahrungen und Erkenntnisse gewinnen, werden wir Veränderungen unseres Verhaltens, Denkens und Fühlens bemerken.

Neu gewonnene Erfahrungen und Einsichten werden uns bereichern.

Für eine Freundschaft bedeutet das Lernen, sich gegenseitig gütig zu beobachten, Vorlieben des anderen zu erfahren, Unsicherheiten und Ängste vertrauensvoll und miteinander zu ergründen.

Wenn Freunde Geduld aufbringen, erfahren sie vieles vom Vorleben des anderen.

Individuelle Wünsche und Hoffnungen können sie mit Respekt unterstützen. So ein lernender Anfang kann lange dauern. Jahre können vergehen.

Es gilt vom anderen zu lernen und sich selbst lernend zu ergründen, bevor das „Kennen" mit dem „Lernen" zu einem zusammengesetzten Verb verbunden werden sollte.

Wenn aber einer der Freunde das „Kennen" allein benutzt, ist die Freundschaft in Gefahr.

„Ich kenne Dich!" Diesen Satz sollten auch wir nicht denken, nicht niederschreiben.

„Ich kenne den Tisch, das Haus, den Bodenbelag." Das ist möglich, weil es sich um Gegenstände handelt, die sich vielleicht jahrelang nicht verändern. Gegenstände sind messbar. Menschen sind wandelbar.

Am Rande der Manege stand ich und träumte vor mich hin. Ich träumte, dass ich auf einem der Ponys reite. Plötzlich befreit sich das arme Tier laut wiehernd mit einem riesigen Satz buckelnd von mir. In meiner Fantasie hebe ich mein schmerzverzerrtes Gesicht langsam aus den Untiefen der Späne, während das Publikum laut prustend mein Unglück beklatscht.

Immer noch stand ich am Rande der Reitbahn. Der eigenwillige Geruch der Tiere stieg mir in die Nase. Wie durch ein Band eng verbunden, zottelte ein Pferd nach dem anderen genauso schnell in der Runde, wie es der Mann in Cowboy -Kleidung mit rauer Stimme befahl.

Plötzlich verloren die Eindrücke für mich an Wichtigkeit. Ich sah unmittelbar in ein tief dunkelbraunes Auge. Es lugte unter der mächtigen Mähne hervor, um mich, nur mich anzusehen. Sanft war der Blick- oder auffordernd?

In diesem Moment entschied ich eine Eintrittskarte zu kaufen, sofort. Ich zupfte Marie am Ärmel und fragte sie ob sie mitkommt. Begeistert nickte sie. Und die anderen bohrten vergügt ihre Zungen in riesige, weiße Wolken aus Zuckerwatte.

Im Tausch gegen zwei mattsilberne Markstücke, drückte mir der Kartenverkäufer einen roten Taler aus Plastik in die Hand. „Dann mal viel Glück, meine Damen!", krächzte er. Sein wettergegerbtes Gesicht verzog sich zu einer Grimasse, die ich zum Glück hinter mir ließ, als ich dem Eingang entgegen hüpfte.

Von einem auf das andere Bein stapfend, vernahm ich endlich das lang gezogene „Halt" aus der Mitte der Reitbahn. Zu langsam öffnete sich die hölzerne Bande. So schnell die Beine mich trugen, lief ich mit den anderen Kindern durch den weichen Boden der Reitbahn, auf den krummbeinigen Mann mit dem riesigen Cowboyhut zu.

Brav hüpften alle hinter ihm her, bis er mit seinen kräftigen Armen ein Kind nach dem anderen hochhob und in den Sattel setzte. Marie jubelte mir bereits von oben zu. Dann war ich endlich als letzte dran. Trotz meiner zehn spärlichen Lebensjahre, war ich zu groß oder zu schwer. Der Reitbahncowboy wies mich mit gestrengem Blick an: "Du musst selbst aufsteigen!"
Mit weichen Knien und zitternden Händen griff ich an den Sattel und steckte einen Fuß in den Steigbügel.
„Nicht den Rechten! Den Linken!", brummte der Cowboy unwillig.
Als ich dsann endlich mit dem linken Fuß in den Steigbügel trat, verstand mein rechtes Bein nicht, dass es abstoßen musste. Irgendwie stieß es ab und landete, ich wusste nicht wie, am Pferdebauch. Das linke Bein auch. Und ich? Ich saß zum ersten Mal in meinem Leben in einem Sattel.
Ehrlicherweise schreibe ich: Ich klemmte über dem Sattel. Beide Beine presste ich an den Pferdebauch, während sich meine Finger in der buschigen Mähne des Ponys festkrallten. Entgegen meiner Befürchtung, aus der schwarzen Haarpracht des Tieres riesige Büschel zu reißen, hielt die Mähne der Kraft meiner Hände stand. Vorerst wenigstens. Dann kam der Knall! Und?- Nichts geschah!
Das Pony stapfte Schritt vor Schritt, wie die anderen kleinen Pferde, voran. Alles unter mir schwankte. Gleichmäßig trottete das Fellwesen vorwärts. Und ich? Ich schaute aus den Tiefen des Langhaares langsam hoch, schaute über den Hals des Tieres hinweg durch seine Ohren, bis ich mutig den Schweifansatz des Vorderpferdes erblickte.
Schritt für Schritt lösten sich die Muskeln meiner Beine. Schließlich wagte ich, das geduldige Wesen aus der Umklammerung meine Hände zu befreien. Immer noch geschah nichts. Nur das wiegende Hin und Her lockerte meinen Körper. Ich fühlte die weichen Bewegungen unter

mir, sah in die heiteren Gesichter der Zuschauer und hoch in das Silbersternenblau des Zelthimmels.

Da ertönte ein durchdringendes: „Halt!"

Einen Augenblick lang nahm ich Abschied von dem warmen Fell, von der langen Mähne.

Dann rutschte ich dem festen Boden entgegen. Ein Blick in das sanfte Pferdeauge. Ein stilles Versprechen: Ich werde wieder reiten. Dann wankte ich aus der Manege. Marie ergriff meine Hand, zog mich hinfort.

Schon fand ich mich vor der riesigen Dekorationswand des Hippodroms im Getümmel unzähliger Menschen wieder.

„Komm endlich!", wiederholte Marie, packte mich am Ärmel, zog und schob mich. „Und wie war es?"

„Toll, es war! Herrlich! Ein Gefühl wie – doch, niemand hörte mir zu. Ich schwieg. Erwartungsvoll starrten die anderen mit offenen Mündern auf das metallische Ungetüm, dass sich im plärrenden Lichtertaumel bunter Schlagermelodien in den Nachthimmel schraubte. „Reiten ist viel schöner", dachte ich

Du siehst zu mir herüber. Erwartungsvoll? Fühlst Du Dich von mir alleingelassen? Doch ich habe Dich nicht vergessen! Ebenso wenig habe ich vergessen meine Gedanken über die Freundschaft, fortzusetzen.

„Stattdessen diese Pferdewelt?", fragst Du. Deine Mundwinkel könnten jetzt zweifelnd zucken. Ob Deine Augen sogar kritisch funkeln?

Es sind die Pferde, die mir vor Augen führen, was Freundschaft bedeuten kann.

Wenn sie innerhalb ihrer Herde die Rangfolge geklärt haben, sind sie sanft und friedlich. Sie zeigen mir Teamgeist bei klarer Rollenverteilung. Eines ist der Chef! Sie lassen sich von einem Leittier führen. „Komm bitte hier herüber zu mir und schau aus dem Fenster!"

Immer noch liegt Schnee. Es friert. Vier Pferde, die ein paar Meter vom Haus entfernt im schneidenden Ostwind ihre Köpfe der Sonne entgegen halten, schmiegen ihre Körper eng aneinander. Ganz ruhig stehen sie und genießen das gleißende Licht. Eine Schneeschicht bedeckt ihre Rücken und bleibt auf dem dichten Winterfell liegen.

Die Geduld dieser Tiere ist vorbildlich. Ihr sanftes Miteinander hat mich Verständnis und Güte gelehrt. Im engen Sozialverband ihrer Herde leben sie friedlich, immer die eine Regel beachtend: Jedes der Tiere kennt die Rangfolge, wenn es darum geht, Nahrung und Wasser aufzunehmen. Das ranghöchste Tier darf aus dem einen großen Trog saufen, wann immer es möchte. Wer die Regel missachtet, wird Zähne zeigend, vom kräftigen Hintern des Leittieres zurückgedrängt. Dieses Pferd führt die Herde zum Wasser, auf die Wiesen, zum Futter. Dieses Pferd wacht über das Wohl der Herde und warnt die anderen vor Gefahren.

Allein sind Pferde traurig, mögen nicht fressen, lassen den Kopf hängen, bewegen sich kaum. Allein lebend, verlieren sie ihre Lust am Dasein. In der Herde hingegen, fressen sie genüsslich, ertasten sich mit den Mäulern und pflegen sich gegenseitig das Fell. Die Gemeinschaft gibt ihnen Halt, innere Ruhe, sichert sie vor all dem ab, was Pferde als feindlich empfinden.

Je öfter ich die Vierbeiner beobachte, desto mehr berührt mich dies friedliche Zusammenleben. Sie sind Fluchttiere. Ich fühle mich ihnen nah, ich fühle Ähnlichkeiten. „Du lachst? Das freut mich."

Unserer Freundschaft genießen wir, wenn wir uns gegenseitig wertschätzen - nicht oberflächlich, mit einem kurzen Nicken des Kopfes, einem leichtfertigen Lächeln, sondern aus dem Herzen heraus.

Dabei ist es wichtig, dass jeder von uns die Sichtweisen des anderen akzeptiert und das Verhalten des anderen toleriert.

Wobei ich einschränke, dass ich ganz sicher nicht psychische und physische Gewalt toleriere, bei keinem. Aber ich bin sicher, von unanständigem und gefährlichen Miteinander sind wir beide weit entfernt.

Eine Deckenleuchte aus marmoriertem Glas erhellte nur spärlich den Flur, der einseitig von einem geschnitzten Holzgeländer begrenzt wurde. Die goldgelben Flächen wirkten durch die prachtvolle, rote Maserung exotisch. Aus demselben Holz waren die Türen.

Auf den dünnen Sohlen meiner Hüttenschuhe setzte ich einen Fuß vor den anderen. An der Tür am Ende des Flures, die fast immer geschlossen war, hielt ich inne. Ich atmete tief ein, hob langsam die Hand und klopfte erst zaghaft, dann entschiedener gegen das feine Holz.

„Ja?", antwortete eine helle Frauenstimme leise aus dem Zimmer. „Ja, komm rein!", vernahm ich nun deutlicher, drückte auf die Klinke, öffnete bedächtig die Türe und machte einen zaghaften Schritt auf die knarrende Holzschwelle.

„Komm mein Kind!", rief Großmutter mit heller Stimme und winkte mit einem langen Pinsel, den sie fest in ihrer rechten Hand hielt.

Neben einem großen Fenster saß die alte Dame. Sie trug ein hellgraues Kleid mit einem weiß gestickten Kragen. In der linken Hand hielt sie eine Malerpalette und zahlreiche Pinsel, die sie abwechselnd zur Leinwand führte.

Ohne Schatten zu werfen, drang das Tageslicht durch die schrägen Dachfenster auf der Nordseite des Hauses. Wie Großmutter gerne betonte: „Mein Kind, das Tageslicht bedrängt mich zu arbeiten. Die Wahl der Farben treffe ich bei dem Licht, dass von Norden her auf die Leinwand fällt. Es ist herrlich, die Schönheit der Natur dem Gewebe aus Flachs anzuvertrauen."

Vor Großmutter auf der Staffelei aus dunklem Holz stand hochkant eine Leinwand, die von ihr farbige Tupfen und zarte Striche entgegennahm.

Sie hielt die Malwerkzeuge so geschickt in der Hand, dass kein Pinselkopf den andern berührte. Sie mischte Farben und rührte, schaute über den Rand ihrer Brille hinweg, drückte auf Farbtuben und rührte weiter. Dabei betonte sie mit ernstem Gesicht und erhobenem Zeigefinger: „Schau her. Ich taste mich vor, um die Vielfalt der Farben der Natur einzufangen. Glaube mir, Sophie, ganz wird es mir nicht gelingen, die Farbenvielfalt der Natur wiederzugeben!"

Immer wieder lehnte sich Großmutter weit zurück, legte ihren Kopf leicht schräg, tupfte hier, strich dort. Schließlich näherte sie sich der Leinwand bis auf wenige Zentimeter, um sich sogleich wieder zurückzulehnen.

Weiße Wolken zogen über den hohen, blauen Himmel. Darunter wurde eine Baumgruppe vom Licht der abendlichen Sonne angestrahlt. Weiße Stämme mit dunklen Tupfen trugen die filigranen Kronen der Bäume. Im Schatten des dichten Blätterwerkes ragten Wurzeln, kraftvoll Halt suchend, aus dem satten Braun des Bodens heraus.

„Warum sieht man die Wurzeln der Bäume?", fragte ich erstaunt.

Großmutter entgegnete: „Hier vorne! Schau! Hier siehst du die Kante eines Torfstiches. Ehemals hat man mit großen, speziell für diesen Zweck gefertigten Spaten, an dieser Seite den Torf abgestochen. Danach hat man die Stücke aus Moorboden übereinandergestapelt, getrocknet und endlich zum Heizen verbrannt.– Du musst wissen, die Menschen hier waren nicht wohlhabend. Sie lebten vom Torf, dass sie auf Kähnen mühsam in die Stadt fuhren. Dann stakten sie durch die Gräben zum Fluss, und wenn der Wind gut stand, segelten sie. Du weißt es, sie setzten die großen, braunen Segel, die Großvater gemalt hat." Großmutter holte tief Luft.

„Siehst Du und hier auf meinem Bild hat die Natur den kahlen Abstich wieder erobert. Die Birke hat ihr Wurzelwerk langsam über die scharfe Kante des Torfstiches ausgebreitet. Schau wie tänzerisch sich die Wurzeln den Unebenheiten des Bodens angepasst haben."

Großmutter´s Erzählungen führten mich weit hinaus, in die Stille einer idyllischen Landschaft. Sie führten mich am Flusslauf vorbei, über die endlosen Wiesen, durch lauschige Waldstücke, bis zu den einsamen Gehöften der Bauern, deren Land ehemals feucht und moorig war.

Mit dunkelbraunen Torfkähnen, die auf Gräben vor ihren Häusern lagen, fuhren die Landwirte damals, im Sommer das frische Heu zu den Gütern oder in ihre Scheunen ein. Ihre Höfe aus Backstein standen, zum Schutz vor den herbstlichen Überschwemmungen, auf Warften, den künstlichen Erdhügeln. So ragten sie heraus, aus dem flachen Land. Von Weitem schon konnte man die Gehöfte sehen, die aus dem flachen Land herausragten.

Während Großmutter erzählte, sah ich in das helle Braun ihrer Augen. Auf einem schaukelnden Fußhocker saß ich, sog den Geruch der Ölfarben in mich ein und lauschte so intensiv, dass ich vollständige Sätze ihrer Erzählungen noch heute lückenlos wiedergeben kann.

„Die Kunst, liebe Sophie, sie fordert mehr vom Künstler als Zeit, körperliche oder seelische Kraft. Die Kunst verlangt nach Disziplin und nach Charakter. Seine Leistung muss der Künstler eingeben und geduldig muss er sein. Mut sollte haben, wer sich künstlerisch ausdrücken möchte. Visionen sollte der Künstler haben und ein hohes Maß an Selbstkritik!"

Da sitze ich nun - erinnere mich an Sätze meiner Großmutter und wünsche, mit Dir kunstvoll befreundet zu sein.

Und ich frage mich, was ich für eine gute Freundschaft einbringen sollte.

Natürlich einen guten und ehrlichen Charakter. Ich sollte beständig sein, zugleich gedanklich beweglich. Ich sollte mich als zuverlässig erweisen und ich sollte emotional stabil sein. Geduldig sollte ich sein, höflich und − ich sollte mich nicht zu wichtig nehmen! Mitfühlen sollte ich können und mitdenken - mit Dir.

Nun bleibt mir zu hoffen, dass Du auf innere Ausgeglichenheit, gutes und anständiges Benehmen, Humor und Ehrlichkeit nahezu so viel Wert legst, wie ich.

Wäre das der Fall, werden wir uns auch dann freundschaftlich begegnen, wenn wir unterschiedlicher Meinung sein sollten.

Es war ein grauer Tag im Januar. Die Fenster schützten erstaunlich wenig vor dem Eindringen der Kälte. Es schien mir so, als wäre ich von den Federn meiner dicken Bettdecke nur dürftig gewärmt. Jedenfalls zitterte ich erbärmlich, und ein dumpfer Druck hatte sich im Inneren meines Kopfes ausgebreitet. Dem Pochen eines Hammers gleich, schlug mein Herz- besonders schmerzhaft in das Innere meiner Gehörgänge. Fiebrige Mittelohrentzündung.

Ein Stockwerk tiefer lag Großmutter in ihrem Bett. Ihr Herzschlag war schwach. Ich stellte sie mir liegend vor, in ihrem Alkoven aus goldfarbenem Kirschholz. Das gediegene Bett war umgeben von vier gedrechselten Säulen, die ein hölzernes Dach trugen. Zart weiße Gardinen hingen an seinem Kopf und Fußende.

Das lange Haar, das Großmutter allmorgendlich geschickt um den Kopf und unter ein seidenes Haarnetz steckte, jetzt breitete es sich auf dem dicken, weißen Kopfkissen aus.

„Wahrscheinlich trägt sie ihr gelbes Nachthemd mit der schmalen Blütenbordüre am Halsausschnitt", dachte ich. „Darin sieht sie wie eine Königin aus".

„Ob Ömi die goldenen Ringe trägt, die Großvater für sie entworfen hatte, als sie jung waren", dachte ich. „Ob der Duft ihres Parfums den kleinen Raum erfüllt"?

„Warum darf ich nicht zu ihr gehen?", dachte ich. "Warum kann ich nicht neben meiner Ömi sitzen, jetzt wo ihr Herz so schwach sein soll?", jammerte ich und zog meine Bettdecke höher. Bis zu dem dick mit Wollschals umwickelten Hals, der bei jedem Schluck schmerzte, zog ich die Daunendecke.

Eilig hastete Mutter durch unser Haus, das gerade jetzt einer Baustelle glich. - Die Maler waren da und tapezierten den Flur.

Ich lauschte Mutter´s Schritten, und ich beschloss etwas zu tun. Zitternd kramte ich aus meinem Schreibschrank einen Stift und einen Schreibblock hervor. Als ich meinen viel zu heißen Rücken wieder gegen mein Kopfkissen presste, stierte ich auf das leere Blatt Papier und stöhnte laut auf.

Zögerlich schrieb ich: „Liebe Ömi, es fällt mir schwer, Worte zu finden, mit denen ich Dir schreiben kann, wie sehr ich Dich lieb habe."

Schon nach dem einen Satz benetzte Schweiß meine Stirn, doch ich schrieb weiter: „Ach, könnte ich dich doch ganz lieb umarmen! Ich hoffe so sehr, dass du bald wieder in deinem Atelier sitzt. Beim Malen wirst du bestimmt ganz gesund. Dann erzählst du mir vielleicht noch einmal die Geschichte vom Morgentau. Zu lustig, dass du ihn in der Mittagssonne in der Hecke vergeblich gesucht hast! Wie du mit den Augen gekullert hast, als du mir erzähltest, wie herrlich am frühen Morgen die Spinnweben geglitzert und gefunkelt haben. Ich freue mich darauf, dich wieder zu stützen, wenn wir zusammen durch den blühenden

Sommergarten spazieren. Ich umarme dich ganz fest und gebe dir einen dicken Kuss. Deine Kleine."

„Großmutter hat sich so sehr über deinen Brief gefreut!", brachte Mutter unter leisem Schluchzen hervor.

„Weißt du, das Herz deiner lieben Ömi ist so schwach, dass der Arzt gleich wieder zu ihr kommen muss."

Eilig verbarg Mutter ihr Gesicht in den Händen, lief aus dem Zimmer. Über meine Wangen liefen Tränen. Ganz leise betete ich, betete weinend, betete lange, aber der Mächtige traf eine andere Entscheidung. Es war früher Abend. Mutters Worte klangen abgehackt „Unsere Ömi, mein Kind. Unsere liebe Ömi ist tot. Ganz ruhig ist sie eingeschlafen."

Erst starrte ich auf das weiße Bettzeug. Dann verließ Mama mein Zimmer, und mich erfasste eine sengende Hitze, ein feuchtes, wütendes Fieber.

Ich warf mich im Bett hin und her: „Du kannst mir nicht meine Ömi nehmen! Sie hat keinem etwas getan! Sie war immer gut! Gott, warum nimmst du sie mir? Warum?"

Irgendwann war es in dem kleinen Zimmer unter der Dachschräge still. Es war still im Haus, ganz still. Ich weinte ganz leise.

Schau bitte einen Moment lang zu mir herüber. Meine Fantasie erlaubt es mir, der Lebendigkeit Deiner Augen eine verständnisvolle Wärme zu entlocken. In meiner Vorstellung sind wir in diesem Moment gedanklich miteinander verbunden. Das tut gut!

Auch wenn die feinen Nuancen Deiner Mimik zwischen all den punktgenauen Lettern für mich nur schemenhaft auftauchen, Du fühlst. Das fühle ich.

Bitte, komm mit! Lass uns den Versuch wagen, aus der Fläche herauszutreten, um miteinander Raum zu erobern. Ich stehe von meinem Platz auf, gehe auf Dich zu, setze mich vor den Sessel, in dem Du sitzt, setze mich zu Deinen

Füßen auf den weichen Teppich. Ich lächele Dich so lange liebevoll an, bis Dein Blick sich von den öden Lettern löst, um, für den Bruchteil eines Momentes über den Buchrand zu lugen.

Ein seltsames Wesen mit dickem Haarschopf, beide Arme um ihre angewinkelten Beine geschlungen, hockt vor Dir und sieht erwartungsvoll zu Dir hoch. Ob Dich mein Blick berührt?

„Sophie! Sage mal, was ist denn in Dich gefahren? Du bist eine moderne Frau – als stark bezeichnet Dich manch ein Mitmensch, der Dich im Alltag erlebt. Nun hockst Du Dich auf den Teppich zu meinen Füßen?", fragst Du vielleicht erstaunt.

„Ach, weißt Du", antworte ich. „Wenn Du da oben im Sessel gütig und souverän zu mir herunterblickst, spürst Du, dass ich mich in diesem Augenblick nach menschlicher Wärme und Schutz sehne. Vielleicht achtest Du mich dafür, dass ich meine Traurigkeit vor Dir preisgebe."

Und jetzt frage ich Dich: „Wirke ich auf Dich unterwürfig? Oder bin ich in Deinen Augen eine Frau, die den Mut aufbringt, ihre Traurigkeit unverstellt zu offenbaren? Magst Du Menschen, die ihre Gefühle zeigen und ihre Unsicherheiten benennen?"

Das Holz des alten Sekretärs leuchtete im Licht der Schreibtischlampe rötlich. Eingerahmt war das hunderjährige Möbelstück von Bücherregalen, in denen Märchen und Tiergeschichten fein geordnet auf die Leserin warteten. Die Leserin? Nun das war ich. Meine ersten Lexika standen dort ebenso wie Werke, an die ich mich damals nur vereinzelt heranwagte. Sebastian nannte diese Bücher „Weltliteratur."

Ich stellte mir die weite Welt freier und schöner vor, als sie in vielen Erzählungen, Romanen und Gedichten der „Weltliteratur" beschrieben wurde. Wobei ich Dir zugeben möchte, dass ich mir damals unter dem klangvollen Begriff „Weltliteratur" ein weites, globales Erleben, voll von Abenteuern und fröhlichen Ereignissen vorgestellt habe.

Ein wenig wehmütig denke ich an die Jugendleichtigkeit zurück, mit der ich das Gute abschöpfen wollte, wann immer es sich mir bot.

In der Mitte meines Zimmers stand ein hölzerner Sessel, der, mit einer hohen Lehne und der breiten Sitzfläche, viel Raum einnahm. Das Sitzpolster war mit dickem Leder bezogen. Grob war das kostbare Material und rissig. In Jahrzehnten intensiver Nutzung hatte sich eine Mulde in der gepolsterten Fläche gebildet, die ich mit einem breiten Spektrum von erdfarbenen Kissen bedeckte.

An jenem besonderen Morgen, von dem ich Dir erzählen möchte, erwachte ich früh. Eilig warf ich die Bettdecke zurück und schlich an mein Fenster.

Fasziniert vertiefte ich mich in die runde Pracht des Mondes, dessen fahles Licht mein Zimmer erfüllte. Mit dem Frost hatte sich der Raureif an die kahlen, ausladenden Äste der Hainbuche geschmiegt. Hell ragten die bizarren Gebilde in das Dunkel. Zitternd ertastete ich den Thermostat, drehte und fühlte, wie sich milde Wärme ganz langsam über die zahllosen Rippen des Heizkörpers ausbreitete.

Mit zitternden Händen ergriff ich eine warme Hose und einen weichen Rollkragenpullover, der am Vorabend auf dem weihnachtlich geschmückten Gabentisch gelegen hatte.

Höhepunkt meines Wohlgefühls sollten die gestrickten Socken bilden, deren Farbenvielfalt mich begeisterte.

Die Erinnerung an ein Buch, das im Licht der brennenden Kerzen gelegen hatte, trieb mich zu eiligem Handeln. Nur in den wenigen Stunden vor dem Erwachen meiner Mutter, konnte ich mich ungestört in die spannenden Geschichten hineinfühlen. Das wusste ich aus dem Vorjahr und aus den

Jahren davor, in denen ich mich, am ersten Weihnachtstag in der Frühe, für meine Geschenke ganz allein in der Frühe begeistert hatte.

In diesen frühen Morgenstunden galt es für mich, die hölzerne Treppe geräuschfrei zu überwinden, die sich neben der Tür zu Mutters Schlafzimmer befand. Ein schwieriges Unterfangen. Die alten Stufen stöhnten schon bei der geringsten Belastung laut auf. Das hölzerne Geländer jammerte – ja es zeterte, kaum wurde es berührt. Nur ganz nah an der Wand, weit weg vom Handlauf des Geländers, ließ sich ein Ächzen des Holzes verhindern.

Schließlich gelang es mir mit akrobatischen Verrenkungen, das fünfzehn Stufen zählende Hindernis geräuschlos treppab zu überwinden.

Im Erdgeschoss angelangt, trippelte ich durch den dunklen Flur in die Küche. Auf der Herdflamme erhitzte ich Milch, um sie mit einer üppigen Menge von tief braunem Kakaopulver anzureichern. Den Becher mit der Köstlichkeit in einer Hand, nahm ich mit der anderen das Buch vom Gabentisch.

Der Inhalt hatte mir am Vorabend, beim Hereinschauen und Anlesen der ersten Seiten, Schauer über den Rücken gejagt. Diese Schauer hatten mich gewarnt, mal eben zwischen dem Tischabdecken und Gesprächen, weiterzulesen. Nein, dieses Buches wollte ich mit ungeteilter Aufmerk-samkeit lesen.

„Und?" Ja, mein Plan glückte. Meine Schritte setzte ich beim Hinaufgehen wieder punktgenau. Ich erreichte das erste Stockwerk geräuschlos, mal abgesehen vom wilden Klopfen meines Herzens.

Kurze Zeit später saß ich in meinem Sessel, das Buch in der Hand. Das warme Licht meiner Stehlampe strich sanft über die Seiten des Buches. Weit geöffnet hielt ich ein Erzählwerk, in dessen ersten Seiten die Schönheit einer Landschaft beschrieben wurde, die ich, jenseits des Stacheldrahtes im Westen unseres geteilten Landes wohnend, glaubte niemals sehen zu dürfen. Umso intensiver wollte ich mich einfühlen, in das tief verschneite Ostpreußen, bedroht vom Donnergrollen der herannahenden Front. Eine bildreiche Sprache beschrieb die letzten Bewohner eines riesigen Gutshofes, dessen Mitte ein prächtiges Herrenhaus bildete.

Schnee lag auf dem Land bis zum fernen Horizont. Im Halbdunkel, dort wo es nach Heu und Pferden roch, putzte der Stallmeister einige der großen Tiere, fütterte sie, bedeckte sie und flüsterte mit leiser, tiefer Stimme aufmunternde Worte. Dann lud er Gepäckstücke auf einen hölzernen Wagen mit langer Deichsel, den er mit geschickten Händen umgebaut und im Heu versteckt hatte.

Im Herrenhaus zog die Gutsherrin sich selbst und ihre kleine Tochter so dick an, dass sich beide nur einge-schränkt bewegen konnten.

Die Mutter ergriff die Kinderhand, führte die Kleine durch aufwendig gestaltete, gediegen eingerichtete Räume des Anwesens.

Ihren Blick richtete die Mutter auf eine mächtige Truhe mit schmiedeeisernen Beschlägen. Einen Moment lang blieb sie stehen und dachte an die Fotos und Briefe, die das Möbelstück immer noch beinhaltete. Über die herrlichen Möbelstücke, die sie nicht mirnehmen konnte, strich ihr Blick wehmütig. Es beruhigte sie, dass die vielarmigen Silberleuchter, die große Schale in Muschelform, das elfenbeinfarbene Geschirr und viele Teile des feinen Tafelsilbers, längst hinter dem Haus vergraben waren.

Tränen rannen der jungen Frau über die Wangen. Doch ihr Antlitz verbarg sie geschickt vor den Augen des Kindes.

Meine Tränen musste ich vor keinem verbergen. Sie liefen mir über die Wangen. Ab und zu wischte ich sie mit den Fingern ab, um das Benässen der kostbaren Seiten zu vermeiden.

Ein fernes Donnern trieb zur Eile. Mutter und Kind verließen das Haus. Die Gutsherrin zog die mächtige hölzerne Eingangstüre zu, löste ihre Hand von dem schmiedeeisernen Griff, den sie als Kind nur mühsam hatte herunterdrücken können. Mit gesenktem Kopf drehte sie sich zum Innenhof. Dann legte sie eine Hand auf den Rücken ihrer Tochter und schob das Kind dorthin, wo der Stallmeister mit dem Gespann auf sie wartete.

Ich klappte das Buch so zu, dass ein Finger zwischen den Seiten steckte. Die Tränen liefen ungebremst aus meinen Augen und benässten das bedruckte Papier. Ich schaute hoch und aus dem Fenster. Es dämmerte. Noch immer war es ganz still. Mit dem Handrücken wischte ich über die nassen Wangen und klappte das Buch erneut auf.-

Es hatte erneut zu schneien begonnen. Schweigend hob der kräftige Stallmeister das Mädchen auf den Wagen, dessen Räder, beim Losfahren tiefe Spuren in den Schnee frästen.

Die Mutter saß neben der Tochter unter einer Plane. Beide schauten nach hinten, während das Gefährt das Anwesen verließ. Ganz genau sah die Gutsherrin auf das weit geöffnete, schmiedeeiserne Tor, hinein in die Allee mit alten Bäumen, deren vom Eis beschichteten Zweige knisternd in die Dämmerung ragten. Es schneite kräftig.

Ich schluchzte, und mir war so, als sähe ich die Augen der Pferde, auf deren langen Wimpern hier und da winzige Schneeflocken landeten.-

Irgendwann begegnete die Fuhre mit den fünf Pferden dem Treck, der sich durch die schneidende Kälte des Ostwindes mühsam nach Westen bewegte. -

Mir war kalt. Ich zog die Decke von meinem Bett soweit über meine Beine, bis ich zwei Enden hinter meinen Rücken stopfen konnte. Dann blätterte ich um.

Wenn es Abend wurde, so las ich, öffnete der Stallmeister die Tore verlassener Höfe, um für seine Herrschaften und die Pferde nach Nahrung und einem Schlafplatz Ausschau zu halten.

Ich stellte mir vor, wie sich der kräftige Mann Schritt vor Schritt vortastete. Er ging durch riesige Ställe, die nach Heu und nach Pferden rochen. Hier und da maunzte eine Katze. Mäuse piepsten.

Ich las, wie der Stallmeister am nächsten Morgen, lange Zeit bevor Mutter und Tochter wieder erwachten, die Tiere fütterte, ihr Fell sorgfälig putzte und sie eindeckte.

Ich freute mich, wenn er das kleine Mädchen auf seine Schultern hob, wie ihre Beine beim Stapfen durch den Schnee erlahmten. Der Treck zog nach Westen. Oft war es ganz still, doch zumeist blies heftiger Wind und man hörte ein böses Grollen.

„Wo bist du?", hörte ich es von Ferne rufen. Ich knurrte. „Bist Du da?", erklang es von Neuem und lauter. Noch einmal knurrte ich. „Wo bist Du?", betonte Mutter verärgert.

Ich rief: „Hier!" Rau, ja scharf klang meine Stimme. Warme Töne ließen sich nicht einfügen, in das böse Fauchen des schneidenden Windes, das immer öfter von aufheulenden Tieffliegern übertönt wurde.

Mutig stapfte der Stallmeister weiter. Er rieb das Fell der Tiere, um sie zu erwärmen. Er umwickelte die ange-schwollenen Beine der Pferde. Er zog und trieb und trug und stapfte immer weiter.

„Du liest?", vernahm ich Mutters Stimme. Sie klang verärgert. Irgendwann erschien ihr Schatten im Türrahmen. Als meiner Kehle ein dunkles Murren entwich, verschwand der Schatten, und ich wagte weiter zu atmen.

Endlich erreichten die drei, von Kälte und Hunger gezeichneten Gestalten mit vier abgemagerten Trakehnern, den Westen.

Wieder suchte der Stallmeister nach einer Unterkunft, die er schließlich auf einem Hof in Norddeutschland fand. Ich rechnete: „Fünfundzwanzig Jahre ist das ungefähr her."

Kühe hielten die Bauern auf dem Hof und Pferde. Groß waren die Pferde, genau so groß wie die Trakehner. Ich kannte diese Pferde, die noch heute gezüchtet werden, zwischen Weser, Aller und Elbe.

Auf fremdem Land, nach der härtesten Leistungsprüfung, die Pferde zu bestehen fähig sind, bildeten die Trakehner der Gutsherrin schließlich einen Stamm für die neue Zucht im Zeichen der Elchschaufel. Ich schluchzte.

Und das Mädchen? Mit elf Jahren war sie fast genauso alt wie ich. Der Stallmeister lehrte sie eine einfühlsame Reiterin zu werden, die ihr Pferd vor den Prüfungen auf Turnieren ermutig, indem sie dem Tier beschwörende Worte ins Ohr flüsterte. „Zeig deinen Mut, Trakehnerblut!"

Langsam schloss ich den Deckel des Buches. Mein Blick krallte sich an dem hellbraunen Leineneinband fest.

Der Inhalt des Buches hatte meine Seele so erfüllt, dass ich für Tage mit dem Gelesenen eins wurde.

Oft noch stellte ich mir vor, wie stämmige Pferde mit kräftigen Köpfen und geschwungenem Hälsen über das hügelige Land galoppieren.

Ich habe eine Idee: Darf ich Dich in die Nähe von duftendem Heu führen? Du ahnst es schon, dort oben auf dem Heuboden, weit über den Köpfen der Pferde, fühle ich mich heutzutage besonders wohl.

Nur wenige Schritte trennen uns vom Stall und ich stecke eine Thermoskanne mit heißem Tee und eine saubere Pferdedecke in einen kleinen Rucksack.

Schau doch mal von unten, wie sich hoch oben im Giebel die Sonnenstrahlen, als frühe Boten wärmerer Tage, an den Spinnenweben vorbei durch die Fenster schieben.

Genüsslich schnauben die Pferde, während sie das frische Heu zermalmen.

Da stehen wir nun direkt vor der hölzernen Leiter, den Blick nach oben gerichtet. Mit lässiger Handbewegung gewährst Du mir den Vortritt. Bereits nach der fünften Sprosse zittern die Muskeln meiner Beine, bis mein Körper das hölzerne Gerät in Schwingungen versetzt. Höre ich da von unten ein leises Prusten? Möchtest Du lachen?

Tue es gerne. Ich fürchte mich tatsächlich. Höhenangst ist das nicht, aber die Holzsprossen könnten brechen, nicht wahr?

Solltest Du männlichen Geschlechtes sein, jung und so kräftig, wie ich es mit vorstelle, muss ich mich nicht fürchten den Heuboden zu erreichen. Da stehen wir nun voreinander und - und rein gar nichts gibt es, an dem ich mich festhalten kann, außer an Dir. Ja, das wäre ein Genuss.

So, da haben wir es! Mein Blick sinkt scheu zu Boden. Dabei sollte ich Dir als mutige Frau unmittelbar und fest in die Augen sehen. Sollte ich! Kann ich aber im Moment nicht! Die Muskelkraft meiner Beine lässt nach.

Bevor ich weitere Zeichen von Schwäche verspüre, stelle ich mir vor, dass Du weiblichen Geschlechtes bist. Puhh, geschafft! Im letzten Moment bin ich meiner kecken Fantasie entkommen! Das freut mich! „Dich auch?"

Verzeih, ich benötige eine kurze Pause. Oh, wie das guttut.

Wer auch immer Du bist, ich fühle mich in Deiner Nähe jung und fröhlich. Kein Wunder, dass meine Fantasie hier und da, ab und zu mit mir durchgeht, nicht wahr?

Am zweiten Weihnachttag schneite es. Auf einem seidig glänzenden Teppich saßen Mutter und ich vor einem weit geöffneten Schrank. Den vorgewölbten Kranz des Schrankes aus Eiche wurde von zwei geschnitzten Figuren getragen. Ein Mann und eine Frau.

Mutter und ich blätterten in Fotoalben. Plötzlich fiel mein Blick auf ein schwarz-weißes Foto. Inmitten einer verschneiten Landschaft saß ein junger Mann in aufrechter Haltung auf einem kleinen Schimmel. Lächelnd ritt er genau auf den Betrachter zu.

„Wer ist das?" Ich schob das Foto so nah vor Mutter´s Gesicht, dass sie ihre Augen zusammenkniff. Sie übernahm das Bild und lächelte vielsagend.

„Das ist dein Vater. Das Foto muss im letzten Winter dieses furchtbaren Krieges gemacht worden sein. Ich habe deinen Vater nie auf einem Pferd erlebt, aber ich habe gehört, dass er ein mutiger Reiter war!", flüsterte Mutter und sinnierte: „Ja, das war er!"

Während ihr blick langsam zu Boden sank, ergänzte sie leise: „Schlesien, so weit ich mich erinnere, hat dieses Foto ein Freund von ihm damals in Schlesien gemacht, kurz vor der Flucht! Nur einmal bin ich mit ihm dort gewesen. Eine schöne Landschaft. Sie liegt heute in Polen, nah der Grenze zur Tschechoslowakei. Dieser verdammte Krieg!", stöhnte Mutter. Mein Blick heftete sich an das Foto.

„Dein Vater ist in Oberschlesien geboren," erklärte sie mit einem weihevollen Ton in der Stimme.

Wie schön, dass die aus Steinen, Stacheldraht und Angst errichtete Mauer inzwischen auf wunderbare Weise gefallen ist. Endlich können alle deutschsprachigen Menschen gemeinsam ein Leben in Frieden gestalten.

Zu einem wertvollen Leben gehören für mich zufriedene Menschen, Tiere und gesunde Pflanzen. Für mich wäre es sehr erfreulich, wenn wir Menschen die Natur schützen und erhalten würden, jeder an seinem Ort, jeder mit seinen Mitteln.

Freundschaft ist für mich nicht allein das stärkende Miteinander unter Menschen, sondern auch das globale Zusammenwirken mit kreativen Mitteln, gutmütig und fair.

Politische Auseinandersetzungen sind wichtig. Diplomatisches Wirken ist von Nöten, doch nur dann fruchtbar, wenn jeder von uns vom eigenen Streben nach Geltung und Macht über andere Menschen ablässt.

Kompromisse und kreative Lösungen sind für das freundschaftlich, faire Leben auf unserem Planeten unabdingbar, so denke ich.

Mein Blick ruht auf dem weißen Untergrund, auf dem wir uns begegnen. Weiß, die hellste, unbunte Farbe, wird in unserer westlichen Welt mit Freude assoziiert, steht zudem für Unschuld, Unendlichkeit und Reinheit.

An irgendeinem Tag im Frühjahr schlenderte ich, zitternd vor Kälte, vom Lärm der Schüler auf dem Schulhof genervt, in die miefige Wärme des Klassenzimmers. Das fahle Licht des grauen Himmels drängte sich dem grünen Linoleumfußboden auf. Stühle und Tische standen herum wie erstarrte Geister. Überall lagen Bücher, Stifte, Zettel und Kreidestücke. Auf der vertikal verschiebbaren Fläche, die ausgeklappt eine der Wände des Raumes nahezu bedeckte, entdeckte ich inmitten verwischter Kreidespuren, französische Vokabeln und mathematische Gleichungen.

Warum sind diese blöden Schultafeln grün, fragte ich mich. Schöner fände ich blaue oder lila Schreibflächen, dachte ich und ließ mich auf einen der Stühle sinken. Kraftlos zog ich ein Lehrbuch aus meiner Schultasche und blätterte laut gähnend. Seitenlang englische Vokabeln, streng untereinander geordnet. Schritte auf dem Gang. Viel zu viele Vokabeln, und dann gleich der nervige Test, dachte ich. Die Schritte kamen näher. In wenigen Minuten wird die Pausenklingel eine riesige Menge von ausgelüfteten Schülern in die Treppenhäuser, durch die Gänge, in die Klassenräume rufen, dachte ich. Ein Hüsteln. Sonst Stille. Als ich hochsah, stand er vor mir, ein großer Junge, der verlegen lächelte. Er stand so nah vor mir, dass ich gezwungen war meinen Kopf weit in den Nacken zu legen, um sein Gesicht zu ergründen. Mein Nacken schmerzte. Seine Augen funkelten hellblau, als er fragte: „Kennst Du mich?" Ich verneinte zögerlich. „Klaus. Ich bin zwei Klassen über dir!", erklärte er mit schwankendem Kopf.

Bevor ich Luft holen konnte, fuhr er fort: „Ich möchte Dich zu einer Fete am kommenden Samstag einladen. Sie findet in der Disco am Wald statt." Spitzbübisch lächelnd, legte er seinen Kopf schräg: „Überlege es Dir! Ich sehe Dich morgen? Schick siehst Du aus!"

Ohne eine Antwort von mir abzuwarten, drehte er sich um, strich sich über sein lockiges Haar und ging hinaus. Ich schaute ihm nach. Noch einmal drehte er sich im Türrahmen um: „ Überlege es dir! Bis morgen. Übrigens. Du bist wirklich sehr hübsch!", rief er im Weitergehen.

Ich bin sehr hübsch, hallte es in mir nach, während die Pausenglocke schellte, und die Anderen mit lautem Gebrabbel den Klassenraum eroberten. Ihre Worte verhallten in der wohligen Leichtigkeit des soeben Erlebten.

„Ich werde hingehen!", beschloss ich, bevor der Test mir viel zu viel Wissen über englische Vokabeln abverlangte.

Als ich endlich allein nach Hause stapfte, schwirrten die Bilder eines Fremden durch meinen Kopf. Ich sah muntere Locken, kullernde Augen, sein zaghaft kindliches Lächeln. Ich sah die weißen Zahnreihen und das seltsame Schwanken seines Kopfes.

Endlich! Kaum hatte ich unser Haus betreten, lief ich durch den Flur in die Küche. Mutter rührte mit dem Mixgerät in der Tiefe einer Plastikschüssel. Der Motor schrammte so laut, dass sie mir nur einen fragendem Blick zurief: „Was hast du gesagt?"

„Ich bin Samstag um sechs zu einer Fete eingeladen worden!"

Abrupt stoppte Mutter den Motor des Gerätes, starrte mich an, konstatierte gestreng: „Fete? Na, das werden wir sehen! Du bist fünfzehn."
Das ist mir bekannt, dachte ich aufgebracht, schwieg aber, in die cremige Masse starrend. Sie muss es mir erlauben, dachte ich; und ich wusste, dass sie mich von meinem Vorhaben nicht abbringen konnte.

An dieser Stelle halte ich inne. Erlaube mir bitte, noch einmal in mich hereinzuhorchen, um Eins zu werden mit dem Gefühl, das mich in einen unnachgiebigen Willen getrieben hat. Diesen Willen möchte ich heute als unbedingt bezeichnen. Was wollte ich aber wirklich?– Liebe vielleicht? Ich denke nicht. Vielleicht wollte ich jung sein, Spaß haben? – schon eher. Bestimmt hat mir die plötzliche Wahrnehmung eines charmanten jungen Mannes, sehr gefallen. Ganz sicher aber bin ich heute, dass ich meine Freiheit erkämpfen wollte, meine Freiheit, Entscheidungen treffen zu dürfen und selbstbestimmt handeln zu können. Dabei war ich erst fünfzehn Jahre alt und keineswegs erwachsen.

Seltsam fern wirkte ihr Blick, als Mutter mir im Hauseingang nachsah. Festen Schrittes strebte ich mit frisch gewaschenen Haaren, geschminkt in den Trendfarben der Jugendmagazine, mit geschwärzten Wimpern, über den sandigen Gartenweg der Straße zu.
Ich trug eine enge Jeans mit weitem Schlag, in die ich mich rücklings auf dem Fußboden hineingezwängt hatte. Alle Muskeln hatte ich einsetzen müssen, um den Jeansstoff, Zentimeter für Zentimeter mehr, über die Rundungen meiner Oberschenkel und die Kurven meines Hinterns zu ziehen. Besonders erfreut war ich, als es mir gelungen war, den metallenen Knopf durch das enge Knopfloch im Bündchen zu schieben.

Bedenke ich, welche Bedeutung ich damals meiner Kleidung beigemessen habe, der Passform, der Farbkombination und dem Design des Gewebes, so muss ich mitleidig über mich lächeln.

Es erscheint mir heutzutage unwirklich, dass ich fast drei Stunden mit der „Betuchung" meines Körpers und der Bemalung meines Gesichtes zugebracht habe. Und das alles geschah für einen nur Abend.

Wenn Du denkst, dass mein Eifer beachtet wurde, mir die detailverliebten Verschönerungen gedankt wurden, irrst Du Dich ebenso, wie ich damals.

Damals lernte ich: Das Aussehen trägt nur dürftig dazu bei, wohl angesehen oder beliebt zu sein.

Selbst ein makelloses Erscheinungsbild, das mit hoch erhobenem Wohlfühllächeln der nächsten Preisverleihung entgegenstöckelt, sagt über das Schicksal der geschminkten Schönheit wenig aus, viel weniger, als es die Medien so häufig Zuschauern und Lesern vorspiegeln.

So, nun ist es aber genug mit dem schönen Schein! Wir beide sind hier allein im Haus. Geplant haben wir keine besondere Veranstaltung zu besuchen, nicht wahr? Unser Image bleibt ungefährdet, wenn wir locker gekleidet, in lässiger Selbsthaltung die Räume für uns einnehmen.

Bewege Dich bitte frei und ungezwungen, wenn Du magst. Alle Lichtschalter findest Du an den allgemein üblichen Stellen des Hauses. Betätige sie gerne. Es kann nicht schaden, sich von rechtem Licht beschienen zu fühlen und Du verhinderst grobes Stolpern im Halbschatten.

Verzeih, wenn ich hier am Schreibtisch sitzenbleibe. Unsere gemeinsame Zukunft hängt von meinem Fleiß ab. Keine außergewöhnliche Situation, so denke ich, denn Freundschaft festigt sich weit mehr über Arbeitseifer und Selbstdisziplin, als gemeinhin angenommen wird.

Die Hände tief in meinen Hosentaschen, mit glühenden Wangen, vibrierend im Körperinneren, betrat ich den fremden, dunklen Saal. Der trommelnde Schall der Bässe übertönte die Stimmen. Hunderte von Jugendlichen standen dicht gedrängt.

Endlich gab mir ein winziger Spalt zwischen einem Rücken, einer Schulter und einem Lockenkopf den Blick auf eine drehfreudige Silberkugel an der Decke frei. Bunte Irrlichter huschten über Gesichter und Kleidungsstücke, bis hinein in die Ecken des Raumes. Neben einer riesigen Lautsprecherbox traf ich auf eine, dann auf zwei und plötzlich auf weitere Mitschüler. Ihre Gesichter leuchteten gelb, dann blau oder rot. Eine der Schülerinnen schrie mir etwas ins Ohr. Ohne die Worte zu verstehen, nickte ich.

Da, zwischen Theke und Tanzfläche tat sich hinter einer Gruppe von groß gewachsenen Jungen und vor einem Paar, das eng umschlungen auf eine in der Mitte befindliche Metallfläche stierte, eine Lücke vor mir auf. In diesem Moment verwehrten fremde Hände, die meine Augen zuhielten, mir den Blick. Als mir die Sicht freigegeben wurde, drehte ich mich um die eigene Achse und sah direkt in ein funkelnd helles Augenpaar. „Klaus?"

Einen Moment lang schmiege ich mich an die Lehne des Schreibtischsessels, dessen stabiles Gelenk mir das wohlige Ausruhen vom Schreiben ermöglicht. Ich lausche dem leise Rauschen eines Motors, der stetig mein Schreibgerät kühlt. Sonst herrscht Stille im Raum.

Hier übertönen keine Bässe das natürliche Schlagen des Herzens. Kein flimmerndes Licht verhindert die Wahrnehmung der Tiefe des Raumes. Kein irrendes Schillern farbiger Punkte irritiert meinen Blick. Du bist in meiner Nähe, hast es Dir vielleicht wieder in Deinem Sessel bequem gemacht? Jedenfalls erahne ich Deine Gesichtszüge, die ich mir fein vorstelle.

Bis heute kann ich in dunklen Schluchten aus erhitzten Körpern, zwischen dämonisch angestrahlten Gesichtern, im dröhnenden Rhythmus, nicht unbeschwert feiern.

Es strengt mich an, selbst nach ein bis zwei fruchtig duftenden Cocktails, durch hell aufleuchtende Lichtkegel in ein kühnes Farbenspiel zu tanzen, während das zärtliche Weinen kunstvoll gezupfter Saiten in die Leichtigkeit eines Schlagzeug – Solos übergeht.

Solche Tonfolgen höre ich gerne, verweigere mich auch nicht der Musik von technischen und verstärkten Klängen. Doch leider, mein Gehör ist sensibel. Lautstärke verwandelt sich darin schnell in Dröhnen und bald auch in schrilles Piepsen. Geht es Dir ähnlich?

Der Klang der Bässe durchfuhr mich, als Klaus seine Arme um mich legte. Sein Kopf beugte sich zu mir herunter. Seine Lippen sogen die meinen in eine weiche, fremde Empfindung. Feucht und wild drang seine Zunge immer tiefer in meine Mundhöhle. Seine Hände strichen über meinen Rücken, drückten mich gegen seinen Oberkörper, während seine Zunge weiter tanzte.

„Sie sehen uns alle", schoss es mir durch den Kopf, und ich stellte mir vor, wie meine Mitschüler uns anstarrten. „Abfällige Bemerkungen? Höre ich da ein Flüstern", dachte ich, während Klaus Zunge unermüdlich rührte. Spitze Zeigefinger, so stellte ich es mir vor, zeigten auf mich.

Noch immer standen wir direkt im Licht der farbigen Scheinwerfer. Noch immer hielten wir uns am Rande der Tanzfläche auf, wo das Dröhnen der Bässe besonders laut war. Ich sehnte mich danach, endlich zurückweichen zu können, zurück in das Dunkel, zurück zu mir, zurück.

Klaus gab dem Druck meines Körpers nach. Er zog seine Zunge zurück, ließ meine Lippen frei. Dann führte er mich ins Dunkel, dorthin, wo der Schall sanfter auf mein Trommelfell traf, dorthin, wo schwaches Licht meine Augen steifte.

Immer weiter zog er mich mit sich, hinaus aus dem Raum. Dunkel war es. Kühl waren die Abende immer noch. Jetzt roch es nach Erde und frischem Gras. Das Hämmern der Bässe wurde vom Abendwind aufgefangen: „Was bist du für eine schöne Frau!", flüsterte Klaus mir ins Ohr. Ich stutzte. „Im Dunkeln sieht er das wirklich nicht", dachte ich.

„Dein Busen gefällt mir!" Mit den weichen Innenflächen seiner Hände schob er mein Shirt bis hoch zu meinem BH. Dessen Halt hebelte er sogleich aus, indem er den BH über die Rundungen meiner Brust hinweg hob. In diesem Augenblick beugte er sich herunter. Seine Lippen eroberten stürmisch die zarte Haut meiner Brustwarzen, während seine Finger mit einem kräftigen Ruck den Knopf meiner Jeans öffneten. Fingernägel kratzen über die zarte Haut zwischen meinen Leisten. Dann ergriff er mein Handgelenk fest, schob meine andere Hand dorthin, wo sich eine Erhebung in seiner Hose befand.

„Nein, lass das!", schrie ich auf, stemmte mich mit beiden Händen gegen seine Brust, so kräftig, dass Klaus mich packte und zu sich riss: „Komm her! Erst heiß machen! Und dann!", drohte er in rauem Ton.

Im selben Moment stieß mich sein Oberkörper mit Wucht gegen eine Wand. Ich schrie auf. Ein heißer Stich fuhr mir beim Aufprall durch Rücken und Kopf. Sirrende Sterne blitzten. Ein lauter Knall! Lichtschein. Schritte, laut, derb. Ein erstickender Schrei! Allein stand ich da, den Rücken immer noch fest gegen die Wand gelehnt. Schemenhaft sah ich zwei große Gestalten, die sich über Klaus beugten.

Während einer von ihnen Klaus Arm am Rücken fixierte, ihn anherrschte aufzustehen, um ihn wegzuführen, kam der andere auf mich zu.

„Ist alles gut?", fragte seine beruhigende Stimme.
„Hat er Dich?"
Ich schüttelte mit dem Kopf. „Nein!" - Mutter, dachte ich,
Mutter darf nichts erfahren.

Langsam befreit sich mein Blick aus dem dichten Gewebe
aus einzelnen Fäden. Weich ist der Teppich. Alle Muskeln
meines Körpers lockern sich, erst unwillkürlich, dann
bewusst. Ich sitze vor Dir. Während ich den Kopf hebe,
erscheint es mir so, als sähe ich über den oberen Rand des
Buches hinweg, direkt auf die Konturen Deines Gesichtes.
Du liest. Doch jetzt, für einen Moment gelingt es mir,
Deinen Blick aus den Seiten zu lösen. Die milde Wärme
Deiner gütigen Augen streicht über mein Haupt, über
meine Stirn und die Wangen.
„Danke dafür, dass Du mich begleitest! Danke für die
Zartheit, mit der Du schweigst."

Es klingelte an der Haustür. Obwohl ich seinen
Haarschopf von innen durch das hohe Fenster in der
Eingangstüre ausmachte, öffnete ich die Tür einen Spalt
breit.
Vor meinen Augen breitete sich ein bunter Strauß aus
Sommerblumen aus. Dann senkte er sich und Klaus
verneigte sich tief vor mir. Er hielt mir ein sorgsam
gebundenes Bouquet entgegen.
Seine Augen funkelten hell: „Ich entschuldige mich!",
stammelte Klaus mit weicher Stimme.
Ich schwieg, nickte, beobachtete wie Klaus von dem einen
auf das andere Bein trat. Dabei schaukelte sein Kopf ganz
leicht. Er lächelte. Ein Mundwinkel schob sich nach oben,
der andere zuckte. Mit flackernder Stimme hauchte er: „Es
war der Alkohol. Ich habe zu viel getrunken." Ich schwieg.
Wie eine gläserne Karaffe überreichte Klaus mir den
Blumenstrauß mit beiden Händen. Dabei sah er auf die

Blüten, in meine Augen und schließlich in den dunklen Flur hinter mir. Dann drehte er sich in Zeitlupentempo um und schlenderte mit hängendem Kopf über den Eingangsweg, am Stamm der alten Buche vorbei, aus meinem Blickfeld.

Kann man mit den eigenen Gedanken die Gefühle lenken, denke ich gerade. Lange schon beschäftigt mich die Frage. Meine Antwort auf diese Frage: Wenn Zeit genug bleibt, Eindrücke und Gespräche zu durchdenken, kann ich mit guten und positiven Gedanken meine Gefühle beeinflussen.
Wichtig dafür ist, dass ich bewusst und konstruktiv denke. Dadurch schaffe ich mir eine angenehme gedankliche Atmosphäre und bewerte Ereignisse und Gespräche positiv. Je öfter ich gute Gedanken habe, desto froher und dankbarer fühle ich mich.
Meiner Meinung nach gibt es einen Maßstab, der mir hilft das Gute vom Bösen, das Negative vom Positiven zu trennen. Ich beobachte genau das würdevolle, höfliche und anständige Verhalten - mein eigenes und das der anderen Menschen.
Alles was wir ausdrücken, was wir im menschlichen Miteinander erleben, lässt sich an der Wüde und dem Anstand messen.
Ist es gut? Ist es fair? Dient es dem Einzelnen oder der Gemeinschaft? Schützt das eigene Handeln die Natur? Lassen Worte oder Taten Raum für Heiterkeit, Respekt und Güte? Werden Menschen unterstützt, ermutigt und gelobt? Bleibt die Würde der Beteiligten im Mittelpunkt des Denkens und Handelns?

Als ich einige Tage später die Eingangstür öffnete, stand Klaus wieder direkt vor mir. Er klimperte mit den

174

Augenlidern, während sein Kopf sich zur Seite neigte: „Na, Du Schöne?"

Meine innere Stimme befahl mir: Schicke ihn weg! Schnell! Er hätte dich fast – aber dann lächelte er mich freundlich an und sagte: „Du siehst toll aus!" Nach einer kurzen Zeit, in der wir schweigend voreinanderstanden, erklärte Klausstürmisch: „Gestern Nacht hat unsere Hündin ihre Welpen geworfen. Sechs Stück!" Seine Augen funkelten. Er ergriff meine Hand, zog mich sanft aus dem Haus: „Komm hol dein Fahrrad! Ich zeige sie dir."

Der Fahrtwind wehte mir sommerlich warm ins Gesicht. Die Blätter der Bäume fingen die Strahlen der Sonne spielerisch ein. Überall stob ihr Licht durch die Wipfel der Bäume, berührte den waldigen Boden, tanzte herum.

Unsere Räder rollten einen geschlängelten Sandweg bergab. Wir fuhren an einer Lichtung vorbei, auf eine Allee zu, an deren Ende der Weg sich gabelte. In einer kleinen Wohnstraße öffnete sich die weite Einfahrt zu einem schicken Holzhaus. Eingebettet in Büsche und Bäume, lag es in der Senke des weitläufigen Grundstückes.

Schneeweiße Fenster hatte das Haus. Eine lackweiße Eingangstüre lud mit blank polierten Messinggriffen zum Öffnen ein. Rechts und links der Tür standen unzählige Töpfe, in denen farbenfrohe Sommerblumen prächtig blühten.

„Komm hier entlang!", rief Klaus. Ich folgte ihm und stand im selben Moment vor einer kleinen Frau, die mir mit freundlichem Lächeln ihre Hand entgegenstreckte.

„Mutter, das ist Sophie! Sophie, das ist meine Mutter.", stellte Klaus uns vor und sah bewundernd zu mir herüber. Klaus Mutter nickte wohlwollend. Verlegen schaute ich zu Boden.

„Komm!", rief Klaus und führte mich vorbei an einem Teich und blühenden Beeten. Er zeigte stolz auf einen gefüllten Swimmingpool in Blaugrün und führte mich zu einer Terrasse, deren unterschiedliche Ebenen, den Innenwinkel des Bungalows ausfüllten. Am Ende der sauber gemähten Grasfläche stand ein hölzerner Pavillon. Als Klaus die Türe öffnete, lag auf sauberen Sägespänen gebettet, eine tiefbraune Hündin flach auf der Seite. Kaum größer als Meerschweinchen waren die fünf Jungen, die, eng nebeneinander liegend mit ihren winzigen Mäulchen das prall gefüllte Gesäuge der Mutter umschlossen. Als die Hündin uns hörte, hob sie den Kopf und sah uns mit großen, hellbraunen Augen an.

„Streichle sie ruhig!", ermutigte mich Klaus. „Sie ist ganz lieb!", ergänzte er, während er seinen Arm um mich legte. Lange sahen wir den Tieren zu. Immer wieder strich mir Klaus über den Rücken, immer öfter, sah ich ihm in die Augen.

Er küsste mich auf die Schulter, am Hals und schließlich auf den Mund.

Dann führte mich Klaus an einen, in unterschiedlichen Gelbtönen säuberlich frisch gedeckten Gartentisch. Zu meinem Erstaunen saß Klaus Mutter bereit und lud mich zu Eis, Kuchen und selbst gemachten Obstsäften ein.

Oh je! Ich habe vergessen, Dir ein Getränk Deiner Wahl anzubieten. Doch halt! Ich habe da eine Idee!

Nicht weit von hier entfernt, einige Schritte längs der verschneiten Straße, lädt eine gemütliche Teestube zum Verweilen ein. Dorthin würde ich mit Dir gerne gehen.

Der Weg führt über eine Allee mit Birken, deren filigranen Äste von gefrorenem Schnee bedeckt sind. Sollte leichter Wind durch die Kronen wehen, so werden die Zweige auch heute im eisigen Kleid knistern.

Trägst Du festes Schuhwerk? Auf der verdichteten Schneedecke ist es sehr glatt. Eine warme Winterjacke leihe ich Dir. Schuhe gegebenenfalls auch. Die Luft ist kalt aber trocken. Mir würde es guttun tief einzuatmen und mich zu recken. Und wenn ich neben Dir gehe, kannst Du beobachten, in welcher Haltung ich mich fortbewege.

Du wirst sehen, ob mein Schritt auf glatter Fläche leichtfüßig bleibt, wann ich meinen Kopf anhebe und wann ich ihn senke.

Ich setze meine Schritte gerne voreinander, nicht so exakt wie ein Modell auf dem Laufsteg, aber nicht schlaksig. Sollte ich herunterschauen, so kannst Du gewiss sein, dass ich nachdenke. Das mache ich oft.

Meine Körperlänge befindet sich im Mittelmaß der nordeuropäischen Frau. Als Mann wirst Du also, solltest Du körperlich nicht klein sein, eher zu mir herabschauen und als Frau musst Du nicht weit zu mir hochblicken- wenn überhaupt. Schließlich sind viele junge Frauen heutzutage größer als ich.

Weitere Details meiner Statue werden von einem Winterparka verdeckt, dessen Kunstfellkragen in samtigen Braun meinen Hals wärmt und mit meinem Haar farblich übereinstimmt.

Verzeih, es ist unpassend, wenn ich uns mit oberflächlichen Kleinigkeiten aufhalte. Schließlich können wir jetzt gemeinsam zur Teestube gehen.

Dort vorne siehst Du? Da steht das Haus mit dem Spitzgiebel, der aus der vorderen Dachschräge herausragt und den vielen Sprossenfenstern, die genauso dunkelgrün leuchten, wie das Fachwerk. Es ist ein ehemaliges Forsthaus. Seine mit Schnitzwerk ausdrucksvoll verzierte Eingangstür lädt schon von Weitem zum Eintreten ein.

Drinnen ist es wohlig warm. Das Angebot des Restaurantgeschäftes ist reichhaltig. Das biologisch angebaute Gemüse und Obst und die zahlreichen Gewürze verströmen einen feinen Geruch, der von dem Duft zahlreicher Teesorten veredelt wird.

Holz getäfelte Wände strahlen Gemütlichkeit aus. Das prasselnde Feuer im Kaminofen leuchtet. Möchtest Du

Dich still an der heimeligen Atmosphäre des großen Raumes erfreuen? Möchtest Du Dich umsehen, bevor wir mit Tee und feinem Gebäck bedient werden? Welche Musik würdest Du jetzt am liebsten hören? Darf ich weitererzählen?

Klaus hatte eine Schallplatte mit der Musik der Beatles aufgelegt. „Dein Haar glänzt wunderbar!", betonte er mit sanfter Stimme und legte seinen Kopf schräg. Dabei strich sein Blick weich über meine Haare. „Wie dick dein Haar ist.", erklärte er mit sehnsüchtigem Lächeln.
Wir saßen auf dem breiten Sofa in Klaus Zimmer nebeneinader. Über seine Schulter hinweg, schaute ich auf die stattliche Sammlung von Modellautos. Geordnet standen die Flitzer da, wie zum Start bereit. Es waren Modelle eines Automobilherstellers aus Stuttgart, jener Stadt, aus der seine Eltern vor sechzehn Jahren hergezogen waren.
„Klaus ist der Kronprinz!", hatte mir seine Mutter stolz erklärt, bevor wir von der Kaffeetafel aufstanden, die mit allerlei silbernem Zierrat dekoriert worden war.
Lieber wäre ich sitzengeblieben, neben seinen munteren kleinen Schwestern und vor seinem Vater, der immer dann unsicher kicherte, wenn Klaus etwas sagte.
„Sophie, wir mögen Dich so sehr gerne!", hatte die Mutter mir in den vergangenen Wochen öfter zugeflüstert.
„Lieber würde ich mich jetzt in dem eleganten Wohnzimmer umsehen", dachte ich. „Lieber betrachtete ich die farbigen Vasen aus Murano, die Radierungen in goldenen Rahmen, die Bildbände und eine prächtige Obstschale aus rotem Glas. Lieber stünde ich in diesem Moment vor den großformatigen Zeichnungen, die Einblicke in römische Plätze, in herrschaftliche Gebäude und Gärten bieten-

„Zurücklehnen könnte ich mich genüsslich, in einen der seidig gestreiften Sessel", träumte ich vor mich hin.

„Wie schön du bist!", flüsterte Klaus.

Ich dachte: „So gerne sähe ich in das Licht der eleganten Leuchten in den Fenstern des Wohnzimmers, auf den Tischen und die wertvollen Kommoden. Dabei klänge das leise Schnurren der getigerten Katze, die sich in ihrem Korb rekelt, zu mir herüber."

„Möchtest Du das auch?", drang Klaus heißer Atem in mein Ohr, während sein Arm meine Schultern fest umschloss.

„Wenn ich erwachsen bin, möchte ich auch einen großen Wohnraum gestalten", dachte ich und sah vor meinem inneren Auge eine braungraue Wand, kunstvoll beleuchtet. Darauf hängt eine fantastische Landschaft in Öl , die in klaren Farben erstrahlt.

„Hast Du mich gehört?", fragte Klaus mit forderndem Blick. Sein Gesicht schob sich vor meine Augen. Ein hellblau leuchtender Ring umschloss das tiefe Schwarz seiner Pupillen, als er fragte: „Möchtest Du das auch?"

In diesem Augenblick wurde die Eingangstüre des Hauses ins Schloss gezogen. Ich horchte auf.

„Sie fahren fort - alle.", flüsterte Klaus.

„Und ich? Ich könnte jetzt aufstehen und weggehen", dachte ich.

In der Garage sprang der Motor an.

„Jetzt sind wir ganz allein", dachte ich, und im selben Moment strich Klaus Hand über meinen Oberschenkel.

„Nun komm schon! Ich tue Dir nicht weh! Bestimmt nicht!" Seine Finger schoben sich an meinen Hosenbund vorbei auf die Haut und zogen meine Bluse hoch.

„Ich bin dick", schoss es mir in den Kopf. Seine Handflächen umschlossen meine Taille. „Aber erfindet mich hübsch."

Mir ist heiß! Sehr heiß! Doch, was mich in Wallung bringt, sind nicht die auflodernden Flammen in dem Kaminofen, der das Restaurant erwärmt. Auch Deine Anwesenheit bringt mich nicht in Erregung. Selbst der heiße, Tee, dessen Aroma mir munter in die Nase steigt, führt nicht zu dieser inneren Hitze.

Aufgebracht bin ich, aufgeregt! „Was mich empört, fragst Du?" Es ist die Lust! Das sexuelle Begehren! Mich beunruhigt, dass sexuelles Begehren nicht mit positiven Gefühlen, Freundschaft und Güte einhergehen muss. Das ist doch zu blöde! Was sagst Du dazu?

Sexuelle Anziehungskraft ohne Vertrautheit, ohne Zuverlässigkeit und gegenseitige Unterstützung? Körperliche Anziehung ohne Geist und manchmal auch ohne Herz?

Zumindest hätte man mir gerne früher erklären dürfen, dass sexuelles Begehren nicht wie von selbst herzliches Miteinander bedeutet. Das hätte ich doch wissen dürfen, nicht wahr? Aber nein! Mit fünfzehn Jahren wusste ich das nicht. Ich ging davon aus, dass Liebe, Freundschaft und Sexualität eine Einheit bilden. Ich hoffte, dass Freundschaft und Liebe die Voraussetzung bilden, für unmittelbare körperliche Nähe.

Damals, mit fünfzehn Jahren hoffte ich hartnäckig, dass ein Mensch, der mit sanftem Blick von „der Liebe" redet- ach Unfug, präziser! Ich dachte, wenn mir Klaus seine Liebe erklärt, wenn er mir wunderbare Komplimente macht, denkt er liebevoll über mein Wohl nach und beschützt mich. Jetzt sehe ich ein Aufblitzen in Deinen Augen und höre:„Oh, liebe Sophie! Märchenprinzessin in deinem Traumschloss, du hättest es, aus eigener, beites mit Klaus gemachter, schmerzhafter Erfahrung doch besser wissen müssen!"

„Ja, aber!" Nein, es folgt keine Rechtfertigung. Und doch bin ich sicher: Es wäre gut für alle Menschen, wenn sexuelles Begehren sich allein aus liebvollen Gefühlen und guten Gedanken entwickelte. Es wäre toll, wenn Körper, Geist und Seele eine selbstverständliche Einheit bildeten.

Und wie sieht die Wirklichkeit aus? Viel zu selten denken wir über die Bedeutung von Freundschaft und Liebe nach. Wann sprechen wir über die guten Bedingungen, unter denen sich Freundschaft entwicklet? Wann denken wir über die Feinhheiten von Liebe? Warum beschäftigen wir uns ständig mit materiellen Werten und mit unseren Leistungen aber so selten mit der Liebe, der Freundschaft und der Sexualität?

Meine Antwort: Zu wenig Mitmenschen auf unserem Planeten glauben an die Kraft von Freundschaft und Liebe. Zu wenige befassen sich mit diesen fantastischen Werten. Ja, auch Liebe und Freundschaft müssen wir uns täglich, manchmal mühsam und diszipliert erarbeiten. Wir müssen denken, sprechen, hinterfragen. Wir sollten uns trauen zu fühlen und ehrlich miteinander im gespräch zu bleiben.

Wir dürften dabei Kompromisse finden und eingehen. Für Würde und Anstand müssen wir kämpfen – leider oft nur mit uns selbst.

„Ich werde geliebt! Ich werde nicht geliebt!", denken zu viele Menschen. Konsumgedanken!

Dabei ist es Zeit sich einzugeben. Freundschaft und Liebe zu geben, feinsinnig. Es ist Zeit zu fragen und miteinander über die Gefühle und Wünsche zu sprechen.

Ganz still war es im Haus. Klaus Augen fixierten mich. Seine Lippen wirkten breit und weich. Seine Finger tasteten sich vor, zu den Haken eines Wäschestücks.

„Ich liebe Dich, ich liebe Dich so", sirrte es in meine, vom festen Kuss längst glühenden Lippen. Meine Gedanken wechselten von: „Ich will!" - zu „ich will lieber nicht - aber doch oder auch nicht", während mich das Gewicht des Oberkörpers langsam immer fester in die Polsterung des Sofas drückte.

Winzige Lichtfäden starrten aus der gläsernen Hülle einer Leuchte, die hoch oben, unter der weiß getünchten Decke, hing. Plötzlich schob sich das knisternde Blau seiner Augen stöhnend über meine Gedanken, während eine neugierige Lust meinen Körper an seine drängenden Kräfte verriet.

Als ich endlich die Tür des Badezimmers hinter mir zuzog, starrte ich auf den hell beleuchteten Spiegel. Leise flüsterte ich: „Sophie, sieh nicht hinein."

Den Blick gesenkt, huschte ich an der glänzenden Fläche vorbei, dorthin, wo weiß gekachelte Wände die Toilette umrahmten.

„Sieh nicht herunter, Sophie!",befahl ich mir, als die fremde Feuchtigkeit, in einem eilig zusammengeknüllten Papier, unter mir versickerte.

Als ich in Klaus Zimmer zurückkehrte, übersah ich sein Lächeln, seinen fragenden Blick. Mit gespielt lässigem Schwung ergriff ich meine Jacke. Doch noch bevor ich die Tür erreichte, strich ein Kuss von ihm über meine Wange. Was Klaus sagte, wollte ich nicht hören, öffnete die Zimmertür, antwortete irgendwas, dachte, „nur raus hier", lief in den dunklen Flur bis zur Eingangstür.

Beim Öffnen vernahm ich nochmals Klaus Stimme, doch der Blick in den Garten beeindruckte mich stärker. Ich lief zu meinem Fahrrad, hob die Hand zum Gruß, ahnte, dass Klaus Blick mir folgte und fuhr los.

Als ich in die Pedale trat, beide Griffe meines Fahrrades in den Händen, atmete ich durch.

„Nur fort!", dachte ich wohl wissend, dass nicht der Sattel meines Fahrrades, den fremden Druck zwischen meinen Beinen verursachte. Immer kräftiger trat ich in die Pedale, immer schneller fuhr ich im Schatten der Bäume an Hecken vorbei. Gegen die lauten Schläge meines Herzens trat ich an. Es dröhnte in meinem Kopf. Kaum ein Gedanke hielt dem Pochen in mir stand. „Hoffentlich hat Mutter bereits ihr Fernsehgerät eingeschaltet," dachte ich.

„Hoffentlich konzentriert sie sich auf Geräusche, die aus den Lautsprechern ihres Fernsehers schallen. Hoffentlich hat sie an die Zutaten für ihr Abendessen gedacht! Dann, nur dann habe ich die Chance, nicht im Flur auf sie zu treffen."

Nachdem ich die Haustüre endlich nahezu tonlos geöffnet hatte, schlich ich, ohne das Licht einzuschalten, die Treppe herauf in mein Zimmer. Ich streifte meine Jacke herunter, zog meine Jeans aus und schob meinen Körper zwischen Deckbett und Matratze des säuberlich geordneten Bettes.

Mir gegenüber, in leicht angespannter Haltung, sitzt Du, denke ich mir. Der Tee duftet. Du stützt beide Ellbogen auf den sorgsam polierten Tisch, dessen ausdrucksvolle Maserung mich begeistert. Eine Porzellankanne gibt, von der Flamme einer Kerze erwärmt, ihr duftendes Inneres preis. Hinter Dir, in goldfarbene Rahmen eingefasst, hängen schwarz-weiße Fotografien der moorigen Landschaft vom Anfang des letzten Jahrhunderts. Lange Birkenalleen an verwunschenen Gräben sehe ich, die diese Region noch vor hundert Jahren prägten. Schwere Eichenbalken tragen die helle Raumdecke aus Rauspund.

Ganz langsam lasse ich die frisch aufgebrühte, goldfarbene Klarheit in unsere Teetassen fließen. Ein weicher Duft gewachsenen Grüns, von Menschhand in den Hügeln Asiens gepflückt, steigt auf. In der Ruhe des Raumes breitet sich Dein Schweigen aus, befreit mich in eine gelassene Leichtigkeit. Ich bin. Du bist.

„Lass mich in Ruhe!", schrie ich so laut, als wüsste ich nicht genau, dass Klaus und ich allein in unserem Haus waren. Schon wieder presste sich meine Stimme kreischend in unsere Gehörgänge. Klaus Finger hingegen pressten sich tief in das Fleisch meiner Arme, genau an die Stelle, an der sich Bizeps und Trizeps mühelos trennen lassen.

Mit meinem Körpergewicht stemmte ich mich so fest gegen Klaus, dass er all seine Kraft benötigte, um nicht mit mir zu Boden zu stürzen. Er wankte, blieb jedoch stehen und ließ mich los.

„Ich will jetzt arbeiten! Schließlich schreibe ich übermorgen Mathe. Die Zensur ist mir wichtig. Ich habe jetzt keine Zeit für dich! Lass mich in Ruhe!", schrie ich.

Plötzlich holte Klaus weit aus. Mit der flachen Hand traf er die volle Fläche meiner Wange. Wie ein heißer Pfeil bohrte sich der Schlag in die Haut meines Gesichts. Benommen schwankend ließ ich mich in den Sessel fallen. Meine Wange glühte. In diesem Moment knallte die Tür meines Zimmers zu. Dann fiel die Haustür ins Schloss.

Laut stöhnend sank ich in mir zusammen. Denken mochte ich nicht. Fühlen wollte ich nicht, weinen auch nicht.

Als ich benommen zu mir kam, mit der Hand die heiße Wange betastete, stieß ich leise hervor: „Es reicht! Dieser Kerl ist das Letzte!"

Irgendwann suchte ich nach dem Knopf meines Radios und drückte darauf. Das dudelnde Einerlei brach ab. Eine dunkle, warme Stimme meldete sich. Ein freundlicher Herr warb um Mitreisende in ein anderes Land, in die Ferne, ans Meer, in die Sonne. Meinen schmerzenden Kopf abstützend, krakelte ich die Telefonnummer auf einen Zettel. Die warme Stimme suchte Teilnehmer, die während der Sommerferien eine Reise ans Meer und in die Sonne machen wollten.

Inzwischen scheint die Sonne aus dem wolkenlosen Himmel in das funkelnde Weiß eines riesigen Schneehaufens, der sich vor dem Teestübchen türmt. Durch die Reflexion des Sonnenlichtes wirkt der Gastraum im Moor, wie eine Skihütte in den Alpen.

Sollte ich jetzt der letzte Gast in der anheimelnden Stube sein, zögest Du vielleicht eine Pause vor, allein fühle ich mich nicht.

Ich bezahle, ziehe meine Winterjacke summend über und stapfe munter dorthin zurück, wo wir hergekommen sind. Ich gehe zum Haus unserer Freundschaft. Am Rande der alten Moorstraße liegt der Schnee so locker, dass meine Winterschuhe den nötigen Halt finden.

Kaum denke ich über den Halt nach, gerate ich, genau an jener Stelle ins Rutschen, an der ich ins heimische Grundstück einbiegen möchte.

Mein Gleichgewicht finde ich wieder, mithilfe eines Organes in meinem Mittelohr und bei dem Gedanken, Dich bald wieder zu erleben. Bis dahin beschreibe ich Dir den kleinen Hof vom tief verschneiten Garten aus.

Das Backsteinhaus, angelehnt an den Stil der Niedersachsenhöfe, trägt eine riesige, strahlend weiße Kappe. Drei Erker ragen, wie dunkle Augen, aus der Schnee bedeckten Dachschräge auf der Südseite das Hauses. Das Fachwerk bildet einen ausdrucksvollen Kontrast zu den sorgsam gebrannten, hellroten Ziegelsteinen. Die ausladenden Äste einer alten Eiche werfen jetzt, kurz bevor die Sonne hinter dem Horizont versinkt, lange Schatten. Golden glänzen die letzten Strahlen auf den dicken Zweigen. Der Kontrast zu den tiefgrauen Wolken am nördlichen Himmel ist faszinierend.

Immer noch glühte meine Wange vom heftigen Schlag und ich hielt meine Augen fest geschlossen. Gedanken kämpften sich am Schmerz meines Kopfes vorbei, sammelten sich und begleiteten mich zurück, in den herrlichen Wohnraum von Klaus Eltern.

Plötzlich, da sah ich vor meinen inneren Auge im Licht eines Strahlers die Vase mit roten und gelben

Farbschlieren. Ich hörte das Schnurren der Katze, das vom hellen Lachen der Mutter übertönt wird.

Tiefer bohrte sich der Schmerz der Wange nun in meinen Kopf. Um mich abzulenken, wanderte ich in Gedanken durch den Garten, in dem Klaus Vater soeben die ersten, hochragenden Zweige der Äpfelbäume beschneidet.

Unvermittelt zog der Schmerz in meine Augen. Tränen. Ich erinnerte mich, wie ich über die Planken der Terrasse balancierte, um Klaus Schwester lachend einzufangen.

Tränen rannen über die Haut meines Gesichtes, die zu jucken begann. Allein, dachte ich, jetzt bin ich wieder allein.

Ich erinnerte mich an das fröhliche Schwanzwedeln der Hündin, die mit gespitzten Ohren, meine Zuwendung genoss.

Das Dröhnen in meinem Schädel nahm zu, doch erinnerte ich mich an den, mit üppig blühenden Blumen gestalteten Teich, der neben dem Elternhaus von Klaus lag.

Inzwischen wiederholte ich: „Schlagen darf er nicht, darf er nicht, darf er mich nicht."

Plötzlich wurde mir bewusst, dass Klaus ein Geheimnis von mir wahrgenommen hat.

Ich dachte: „Schon lange weiß er, wie sehr ich seine Eltern, seine kleinen Schwestern, die Tiere und das schöne Haus mag. Er weiß, dass ich zu wenig für ihn empfinde!"

Ich sprang auf. Der Schmerz fuhr mir durch den Kopf, trieb mich an.

Da drang das Freizeichen aus dem Hörer bereits in mein Ohr. Eine freundliche Männerstimme meldete sich und gab mir Auskunft. Wie eine Trophäe legte ich kurze Zeit später den Telefonhörer auf Gabel.

Als sich die Eingangstür unseres Hauses von außen öffnete, lief ich Mutter entgegen, nahm ihr mit Elan beide Einkaufstaschen aus den Händen und trug sie in die Küche. „Huch?", rief Mutter und sah mich erstaunt an.

„Nanu!", brachte sie hervor, als ich alles ordnungsgemäß verstaute. Sichtlich unruhig fragte sie: „Was ist denn mit dir los?"

„Ich fahre nach Frankreich!"

Mutter sagte nichts. Zu Äußerungen, welcher Art auch immer, ließ ich ihr in diesem Moment keine Zeit.

„Ich habe die Nase voll! Ich kann nicht mehr! Klaus will nur das Eine von mir!" Entsetzt sah Mutter mich an, während sie auf einen Küchenstuhl sank.

Und jetzt? Jetzt fehlst Du mir. Die Vorstellung, Du könntest Dich ganz still und leise von mir abwenden, ruft in mir das Gefühl von Einsamkeit hervor. Du bist. Du bist gut– und niemals anstrengend für mich! Du verlangst nicht, dass ich aufstehe, wenn ich mich im Bett noch ein wenig rekeln möchte. Kein Essen soll ich Dir zum passenden Zeitpunkt, weder heiß noch kalt, auf den Tisch stellen. Du läufst mir nicht nach und schickst mich nicht weg. Diese leise Bescheidenheit lässt mir viel Raum, Dich so gut wie ich es kann, zu verwöhnen.

Es ist doch seltsam. Da habe ich alle Freiheit Dir angenehme Stunden zu schaffen, und was passiert? Ich erzähle von mir.

Möchtest Du mehr erleben, als Nachdenklichkeit? Ziehst Du das Abenteuer vor? Dann wirst Du Dich freuen, wenn die Story an Fahrt gewinnt. Schließlich befinden wir uns in Sophies Jugendjahren. Komm! Lass uns hier verschwinden, um den Sommer am Meer zu genießen. Ich schlage vor, wir fahren nach Frankreich.

Wir fahren an die Küste, dorthin wo die Wellen des Atlantischen Ozeans ihre Gischt versprühen.

Wiesen und Felder zogen vor meinen Augen vorbei. Immer häufiger gaben die Wolken das Blau des Himmels frei, während der Zug in den Bahnhof der nächsten

Großstadt einfuhr. Mein Koffer war zu groß, zu schwer. Meine Tasche war kaum leichter. Die Stufen waren zahlreich. Die Treppen steil. Schweiß benetzte meine Stirn. Endlich stand ich in einer ungemütlichen Halle im Bahnhof einer für mich bislang fremden Stadt. Die müdegelben Kacheln an den Wänden anstarrend, stieg ein Grummeln aus meinem Magen mit seltsam heftigem Druck in meine Kehle.

Vor dem Treppenaufgang stand eine Gruppe von Jugendlichen. Ich zögerte. Nichts stellte ich mir grausamer vor, als allein zurückzubleiben, während die Andern längst fröhlich im richtigen Zug in die Ferne reisen.

Also atmete ich noch einmal tief ein, packte den Griff des schweren Koffers, warf meine Tasche über die Schulter und stapfte auf die kleine Gruppe von Jugendlichen zu.

Zu meiner Verwunderung hielt ich den interessierten Blicken der Fremden stand. Die Jugendlichen grüßten höflich. Auch sie schienen sich alle nicht zu kennen.

„Herrlich", dachte ich. „Mit sechzehn Jahren bin ich weder die Jüngste, noch bin ich die Älteste in der Gruppe. Mit einem Meter und achtundsechzig Zentimetern bin ich nicht die Kleinste, aber auch nicht die Größte in der gemischten Gruppe."

Was mich am meisten freute: Meine Jeans sah genauso aus, wie die der anderen. Zudem trug ich eine passende Bluse. Sogar meine Schuhe stimmten in Form und Farbe mit denen der anderen überein.

Nicht ganz unwichtig empfand ich zudem, dass mein Koffer dieselben Ausmaße hatte. Er war groß, aber nicht der größte.

Oh, fast hätte ich etwas ganz wichtiges vergessen. Mein Haar, das zu jener Zeit leicht gelockt, mindestens vierzig Zentimeter Länge aufwies, konnte sich sehen lassen. In gewissen Zeitabständen warf ich es, mit gekonnter Drehung meines Handgelenkes, in den Nacken.

Ergänzen sollte ich, geschminkt war ich kaum. Nur die Wimpern hatte ich schwarz getuscht, was für mich einen herrlichen Kontrast bildete zu einer blonden Strähne, die sich in Stirnnähe vom braunen Haupthaar abhob.

„Du findest, dass ich eitel war?" Ja, so war es. Mit sechzehn Jahren war ich besonders auf mein Äußeres bedacht, was mich allerdings nicht daran hinderte nachzudenken.

In solchen Momenten machte ich mir bewusst, dass ich weder über besondere geistige, noch über körperliche Fähigkeiten verfügte. Trotzdem sehnte ich mich nach Anerkennung, von der ich mir viel versprochen hätte. Meiner Meinung nach bekam ich zu wenig Lob und Wertschätzung.

Ich beobachtete: Wer über Wissen, Können und besondere Lebensfreude verfügt, der wird in unserer Gesellschaft gelobt und geachtet. Ich aber wusste mit sechzehn Jahren nicht viel und konnte zu wenig.

Was mich stärkte, war der wohlwollende Blick anderer auf mein Äußeres. Fassadenschau! Wobei mir klar war, dass ich die glatte Oberfläche meiner Haut nur meiner kurzen Anwesenheit auf dem Erdenrund verdankte. Sprich, ich war jung, schlank und körperlich fit. Geistig war ich immerhin so beweglich, dass ich mein Äußeres nicht als eigene Leistung empfand.

Also präsentierte ich in jenen Tagen die „schicke Sophie." Wenn ich von zwei kleinen Narben an Finger und Knie absah, erschien mein Spiegelbild – ach was. Jetzt reicht es mit den Eitelkeiten! Lieber komme ich zu den inneren Werten.

Meine geistigen Fähigkeiten hielt ich für bescheiden. All meine schulischen Leistungen wurden von wirklich guten Schülern übertroffen. Ja, einige Zweien erarbeitete ich mir redlich. Die Einsen auf meinem Zeugnis blieben rar, was ich der Träumerei zuschrieb, mit der ich mich ab und zu gedanklich vom Unterricht entfernte.

Außerdem fehlte es mir an dem Eifer, meinen Kopf solange anzustrengen, bis ich den für mich trockenen Lernstoff verinnerlicht hatte. Das bedeutete: In Kenntnis über mein Halbwissen schlich ich mich, nach kurzer Bearbeitung der Aufgaben aus dem Haus, um die nächst gelegene Tartanbahn oder meinen Lieblingspferdestall zu erobern.

Leider bedauerte mein Leichtathletiktrainer, dass ich, sogar in meiner stärksten Disziplin, dem Laufen, nicht über die Kreisklasse hinauskommen konnte. Und meine Reitlehrerin? Mit kurzen, lauten Bemerkungen stellte sie fest, dass mein reiterliches Können viele Wünsche offenließ— für mich viel zu viele!

Beim Betreten des Zuges nach Paris hatte ich nur einen Wunsch: Ich wollte einen Sitzplatz am Fenster erobern. Kaum hatte ich den Platz eingenommen, bildete sich um mich herum eine fröhliche Runde aus vier Jungen; was mir das lästige Gefühl ersparte, allein zu bleiben. Ich atmete auf.

Erlaubst Du mir dem Thema, „Alleinsein in der Gruppe", noch ein wenig nachzuspüren?

Nun, wenn ich mich mit sechzehn Jahren durch eines nicht auszeichnete, war es meine Fertigkeit am Ball. Flog so ein rundes Ding auf mich zu, fürchtete ich mich davor, an der falschen Stelle getroffen zu werden. Oder ich wusste bereits im Fluge, dass ich den Ball weder fangen noch umlenken konnte.

Also blieb stehen, wenn ich hätte springen sollen. Oder ich sprang, wenn der Ball schon an mir vorbeiflog. Mir fehlte es an Schnellkraft, Sprungkraft, Reaktionsfähigkeit und an dem unbedingten Willen, den Ball zu beherrschen. Damit fehlte es mir natürlich auch am Lob meiner Mitschüler und Lehrer. Es fehlte mir an der Anerkennung, die mich zu meinen Höchstleistungen angespornt hätte.

Stattdessen fürchtete ich mich vor Prellungen, Schürfungen, Tadel und dem enttäuschten Aufstöhnen von Mitspielern und Trainern. Kurzum, ich war das lebendige Grauen für jede Schülermannschaft. Ich war diejenige, die man als die Letzte wählte. Ich war sozusagen der Gegner in den eigenen Reihen. Demzufolge sahen meine Mitschüler solange wie möglich über mich hinweg, bis ich allein dastand. Nun blieb eine der beiden Mannschaft nichts anderes übrig, als mich aufzunehmen, natürlich nur um der strikten Anweisung des Lehrers zu folgen.

Genug von den Unsportlichkeiten! Der schrille Pfiff des Schaffners ertönte. „Zurücktreten bitte!", rief er. Endlich kam unser Zug ins Rollen, erst schwerfällig, als wolle er lieber verweilen, dann zunehmend schneller.

Zur selben Zeit öffnete sich die Schiebetür unseres Abteils. Ein großer Junge steckte seinen Kopf durch die Öffnung, während er sich mit beiden Armen so an der Türöffnung festhielt, dass sein Oberkörper lässig nach vorne hing. Seinen Blick ließ er schweifen. Er sah auf den leeren Platz im Abteil und schüttelte entschieden mit dem Kopf. „Moin! Nein! Ich schau mal weiter!", ließ er vernehmen, während er die Schiebetür unsanft schloss.

Die schlaksige „Gestalt von der anderen Art" hinterließ ein fragendes Lächeln auf unseren Gesichtern. Tüten mit Süßigkeiten, Tafeln mit Schokolade, Bücher und Hefte zogen wir aus Taschen und Rucksäcken.

Erneut öffnete sich die Schiebetür, wie von Geisterhand. Der Kopf des schlaksigen Jungen lugte durch die Öffnung. Mit einer zweifelnd heiteren Grimasse sah er uns an.

„Hier, mein Junge, hier kannst du sehr gut sitzen!", erklang die Stimme des Reiseleiters ebenso tief, wie entschieden aus dem Hintergrund.

„Moin zusammen! Mark heiße ich! Hört ihr ja, ich soll hier sitzen.", ließ der große Junge grummelnd vernehmen. Dann grinste er so vielsagend, als verberge er ein Geheimnis.

„Also, dann wollen wir mal sehen, was in der Welt so geschieht!", befahl er sich. Geschickt zog er aus der Tasche seiner Jeansjacke eine eng zusammen gedrehte Zeitung, entfaltete sie genüsslich und verschwand hinter weit geöffneten Seiten.

„Lag auf `ner Bank.", kommentierte er hinter den riesigen Seiten des Wochenblattes.

„Sollte man nicht einfach rumliegen lassen! Gibt so manches Spannende zu lesen." Mark legte ein Bein in ausdrucksvoller Geste über das andere, lehnte sich weit zurück, während er mit einem seiner hochhackigen, schwarz-roten Stiefel wedelte.

„Hab keine Zeit mehr gehabt, `ne gute Zeitung zu kaufen. Bin auf den Zug gesprungen, als die Räder schon rollten!", ließ Mark hinter der papierenen Wand vernehmen, die er hochhielt, wie eine feurige Spanierin ihren Fächer.

Lässt sich aus den Zeilen herauslesen, was ich, kaum hatte Mark das Abteil betreten, gefühlt habe? Ich denke schon. Dennoch möchte ich Dir beschreiben, was in mir vorgegangen ist, als ich den fröhlichen Burschen, im Verlauf der Zugfahrt, irgendwo im Gang des Zuges, begegnete.

Ich fragte: „Warum wolltest du denn nicht in unserem Abteil sitzen?"

Mit einem kühnen Lächeln, den Kopf in den Nacken werfend, antwortete Mark mit einem kecken Blick: „Was würdest du vorziehen? Eine ganze Kiste voll mit Orangen oder wäre Dir eine einzelne der saftigen Früchte lieber?"

Mark kullerte mit den Augen und grinste schelmisch. Dabei tat er so, als bisse er in das zarte Fleisch einer süßen Frucht.

Einen Moment lang dachte ich nach. Dann klärte Mark mich auf, indem er betulich sagte: „Hör zu! Im nächsten Abteil sitzen nur Mädchen; und Du bist hier die Einzige."

Das Argument erschien mir ebenso verständlich, wie eindrücklich. Ich lächelte ein wenig verschämt, während sich die Unruhe in meinem Inneren verstärkte. Mit zu Boden gesenkten Blick entzog ich mich der Beobachtung von Mark, was mir total unsinnig erschien, da ich nichts lieber wollte, als Mark ins Gesicht sehen.

Meinen Wunsch konnte er mir nicht von der Nasenspitze ablesen. Das wurde mir bewusst, als er sich im nächsten Moment an mir vorbeischob, um dem Abteil zuzustreben, in dem die vielen Mädchen saßen. „Na? Ist hier alles klar?", hörte ich seine Stimme beim entschiedenen Öffnen der Türe.

Bei mir war nichts mehr klar. Vor allen Dingen nicht meine Gedanken. Wie unbezähmbare Wesen hüpften sie umher, bis sie die Steuerung meines Körpers übernahmen. Plötzlich wurde mir heiß. Ein seltsames Kribbeln befiel die Gegend meines Steißbeines. „Ganz schön munter, der Kerl.", dachte ich, während sich ein knisterndes Prickeln flächendeckend auf meinem Rücken ausbreitete.

Wie gut, dass Du mir nah bist, so ruhig und gelassen lesend, ohne den Ausdruck Deines Gesichtes zu ändern. Ich stelle mir vor, wie Du in dem Sessel zurückgelehnt sitzt.

Nett, denkst Du, diese Beschreibung von jugendlichem Gefühlschaos.

Deine innere Ruhe kann ich wohl vor mir sehen, erreichen kann sie mich nicht! Denn so viele Jahre nach dem Geschehen werde ich beim Schreiben der Zeilen unruhig wie ein Teenager. Ein Fuß wippt unter dem Tisch, während sich meine viel zu erhitzten Handflächen aneinander reiben. Gefühlsbedingte Turbulenzen.

Eine Beruhigung meines inneren Zitterns, möchte ich jetzt durch unverzügliches Schreiben bewirken. Es muss doch möglich sein, meine Gefühle durch den geschickten Tanz meiner Finger über die Tasten, zu ordnen. Also los!

Der Zug fuhr in einen Bahnhof ein, der sich nur durch seinen klangvoll fremden Namen von den deutschen Haltestellen unterschied.

Endlich, dort in der Ferne, weit hinter den Gleisen, musste er sich befinden, der französische Urlaubsort. Doch zuerst musste ich mein Gepäck in den Griff bekommen. Für mich galt es, wie für alle reiseteilnehmer über steinerne Absätze und riesige Treppen zu stolpern, durch Gänge und Tunnel den Koffer zu schieben und zu schleppen.

Plötzlich packte jemand von hinten den Tragegriff meines Koffers, riss mir das Gepäckstück aus der Hand und johlte. Ich erschrak und Mark scherzte: „Puh! So eine kleine Person ist unterwegs mit so viel Ballast. Das geht ja gar nicht!" Dann verschwand er mit dem Koffer und riesigen Schritten im dichten Gedränge.

Erst als er das dicke Gepäckstück in die Ladeluke des Busses einfliegen ließ, sah ich Mark wieder. Kerzengerade, schmunzelnd stand er vor mir und beobachtete mich. Ich rang nach Luft und stieß stockend hervor: „Danke, danke". Mit gönnerhaftem Lächeln legte Mark seine Hand auf meine Schulter. Einen Moment lang sah er mir in die Augen, um dann mit warmer Stimme zu betonen: „Nun, atme erst mal tief durch! Du hast wohl zu viel geraucht."

„Wie kommst Du denn darauf?", stieß ich erschrocken hervor. Mark lächelte verschmitzt: „Kumpels von mir schnappen genauso nach Luft wie du!"

„Wie alt bist Du denn?", ergriff ich die Gunst des Augenblicks, erstaunt darüber, dass ich meine Sprache so schnell wiedergefunden hatte.

„Fünfzehn!", antwortete Mark auffällig leise, um sogleich keck hinzuzufügen: „Hast Du eignetlich einen Namen?"

„Sophie. Ich heiße Sophie. Ich bin sechzehn."

Mark kicherte grinsend: „Ach so? So alt bist du?" Er dachte nach: „Ich nenne dich Soofia. Das klingt doch klasse, oder?"

Pingelig stellte ich mich bei der Betonung meines Namens nicht an. Eigentlich. Doch hier, in der Nähe der anderen, wäre ich gerne bei meinem richtigen Namen angesprochen worden. „Soofia! Edel, edel!", nickte Mark und drehte seinen Kopf, wie ein Kaspar auf der Bühne. Er zwinkerte mit den Augen. Als ich lachte, ließ er ertönen: „Na Soofia, jetzt wollen wir hoffen, dass wir heute noch ankommen."

Mit einem Satz sprang Mark mehrere Stufen hoch in das Innere des Busses und verschwand.

Die Fahrt war kurz. Wir fuhren in den Mündungsbereich der Loire. „Soofia, wir sind da!", erklang es plötzlich aus dem Hintergrund."

Kurz überlegte ich, ob mir Marks Ausruf peinlich sein müsste. Dann entschied ich, ihn mit Wohlwollen anzunehmen.

Vom Hügel schwungvoll herabfahrend, sahen ich schon aus weiter Ferne ein herschaftliches Anwesen. Umgeben von einer Mauer aus mächtigem Naturstein, hinter einem Tor aus schmiedeeisernen Stäben, gekrönt von einem goldenen Wappen, lag es in einem weitläufigen Park. Während der Bus allmählich durch das geöffnete Tor in die Einfahrt einbog, bewunderte ich, die hier und da im Park stehenden riesigen Bäume.

Endlich hielt der Bus an. „Nichts wie raus!", rief Mark und sprang mit einem Satz aus dem Buss, während wir mühsam durch den schmalen Ausstieg die Freiheit eroberten.

Dann mussten wir Geduld beweisen – alle! Auf Taschen und Koffern sitzend, warteten wir auf die Rückkehr des Reiseleiters aus dem mächtigen Anwesen. „Na, Soofia, ist alles klar?", fragte Mark. Ich nickte verlegen und ließ meine Blick schweifen. Das hoch gewachsene Gras war längst verdorrt. Der Rand eines ausgetrockneten Teiches war mit wilden Halmen zugewuchert. An den Stämmen der Bäume rankte üppig graugrünes Gewächs. Die Wege waren zu sandigen Spuren verkommen. Obwohl die Sonne den Zenit weit überschritten hatte, war es heiß. Mir war es zu heiß. Die Luft war trocken.

„Kommt!", rief der Reiseleiter. Stöhnend stapften wir über das verdorrte Gras auf das rosafarbene Herrenhaus zu. Während wir uns näherten, verwandelte sich das herrschaftliche Anwesen in ein halb verfallenes Gemäuer. An den hohen Wänden blätterte die Farbe ab. Das Grau des Putzes kam zum Vorschein. Einige Fensterläden hatten sich aus den Angeln gelöst und hingen, notdürftig verdrahtet, schief. Das brüchige Weiß der Fensterrahmen wellte sich unverschämt. Aus der Freitreppe bröckelte loses Gestein. Die Trittflächen waren so löcherig, dass der Aufstieg unseren Mut forderte. Mut? Kein Problem! Kühn plapperten wir durcheinander.

Darf ich an dieser Stelle über einen wichtigen menschlichen Wert nachdenken? Für mich ist es der Mut.
In unserer Gesellschaft wird der Mut des Einzelnen mit Kühnheit und abenteuerlichem Handeln verbunden. Das trifft ganz sicher auf Vielseitigkeitsreiter, Stuntmen, Bungee-Springer und Sportkletterer zu.
Natürlich ist auch die Kühnheit von Weltumseglern und Stabhochspringern in Bezug auf ihren couragierten Einsatz hervorzuheben.
Dabei gebe ich zu Bedenken, dass unbedachte Kühnheit leider hier und da mit schädigendem und rücksichtslosem

Handeln einhergeht. Unbedacht oder ichbezogen riskieren Menschen beim Train-Surfing ihre Gesundheit und ihr Leben.

Viel zu oft, so berichten die Medien, betrachten Menschen den Mut als Energiequelle für Kampfgeist. Sie denken und handeln kämpferisch gegen ihre Mitmenschen. Mut ist für sie laut, machtbetont oder angriffslustig.

Ich behaupte, dass es einen zeitgemäßen Mut gibt. Es gibt den Mut für sich selbst einzustehen und das mit guten, fairen Mitteln. Und es gibt den Mut, sich für die Würde und das Wohl anderer einzusetzten, auch und gerade gegen äußere Widerstände.

Ich sehe es als mutig an, schwächere oder unerfahrene Mitmenschen rücksichtsvoll und fair zu unterstützen. Anderen zu helfen, sie aufzubauen kann couragiert sein. Nicht selten begeben sich Menschen in körperlich und seelische Gefahr, nur um andere zu unterstützen oder deren Leben zu retten.

Eine andere Form Mut zu beweisen kann darin liegen, die eigene Meinung zu sagen, sich mit seriöser Wortwahl ehrlich zu äußern, sodass niemand verletzt wird.

Unmissverständlich zu sagen, was man sich wünscht, verlangt vielen Menschen mehr Mut ab, als sich mit lautem Klagen und heftigen Anklagen Luft zu verschaffen.

Verantwortung für die eigenen Worte und Taten zu tragen, kann mutig sein. Positiv zu denken und tapfer zu bleiben, auch in Situationen in denen Gefahr droht, ist mutig und vorbildlich.

Besonders interessiert mich der Mut zur Heiterkeit und Ehrlichkeit, zwei ideellen Werten, die für „innere Freiheit" stehen. Heiter und wahrhaftig sollte bleiben, wer die Würde verteidigt.

Du fragst vielleicht, warum ich Courage benötige, um mich heiter und innerlich frei zu fühlen?

Nur wenn ich meine Selbstachtung, mein anständiges Denken und Handeln jederzeit und vor jedem Menschen verteidigen kann, fühle ich „Innere Freiheit". Und dazu brauche ich Mut!

Ohne Mut werden neue Ideen nicht in Taten umgesetzt, und die Neugier bleibt ein Gedankenfeuer, das verglimmt. Ohne Mut siegt viel zu leicht die Unsicherheit oder die Angst. Ohne Courage bleibt die Ehrlichkeit in den Kerkern des Schweigens gefangen.

Nur der Mut, den Du mir als lesende Begleitung immer wieder schenkst, stärkt mich weiterhin offen meine Gedanken zu äußern.

Dein Mut ist groß, denn Du lässt Dich auf die Gefühle einer anderen Person ein. Du traust Dich, mir an unbekannte Orte zu folgen. Dabei triffst Du, oft unerwartet, auf unbekannte Menschen. Ganz besonders aber achte ich Deinen Mut, Dich schweigend auf all das einzulassen, was Zeile zu Zeile vor Deinen Augen geschieht.

Manches Ereignis von dem ich erzähle, ist heiter. Manch eine Seite dieses Buches eröffnet besinnliche Momente. Aber ich konfrontiere Dich auch mit Angst und Hilflosigkeit, mit Krankheit und mit dem Tod.

Doch Du bist immer noch hier! Ich behaupte, dass mehr Mut dazu gehört, sich auf seelische Tiefpunkte einzulassen, als auf bergige Höhen zu steigen. Darf ich Dich nun, nach einem plötzlichen Abstecher ins Hochgebirge, wieder zurück an den Atlantik führen?

„Wir sind viel zu spät angekommen!", ertönte Marks Stimme, während er amüsiert lächelnd am Herrenhaus vorbei, in den Himmel sah.

Die Dämmerung kündigte sich bereits an. Ich schaute auf die Zeiger meiner Armbanduhr. Mark lachte. „Soofia, du bist wunderbar!", ließ er so laut vernehmen, dass die anderen erstaunt auf mich blickten.

„Ich meine, wir sind an diesem verwunschenen Ort mehrere Jahrhunderte zu spät eingetroffen!" Mark zeigte auf den morbiden Charme der Fassade des mächtigen Anwesens.

„Dieser Palast hat bessere Zeiten gesehen, vor der Revolution, meine ich!"

Alle Blicke richteten sich auf Mark – und auf mich.

„Was seht ihr mich so merkwürdig an?", feixte ich. Ich heiße Sophie, nicht Marie Antoinette; und dieses Herrenhaus ist sicherlich ein Jahrhundert nach dem Tode der armen Reichen erbaut worden."

„Nun sei nicht so genau, Soofia!", erwiderte Mark schmunzelnd.

Ich sah zu Boden, auf die ausgetrockneten Halme, die in meine bloßen Fußsohlen stachen.

„Ja Soofia, ich weiß, dass dieses Luxusanwesen nach der Französischen Revolution erbaut wurde. Das meinst du doch, nicht wahr?"

„Genau!" Die Spannung, die sich langsam in meinem Körper aufbaute, musste sich rasch befreien.

„Du bist ganz schön schlau für Deine Jugend!", erklärte ich keck und blickte in Marks aufblitzende Augen.

„Sieh da, die kleine Soofia! Du scheinst ja für dein hohes Alter ganz schön munter zu sein."

Wenn Du mich fragst, ob ich mir vorstellen kann, wie alt Du, liebe Leserin, lieber Leser wohl bist, gerät mein Schreibfluss ins Stocken.

„Ob es mir an Vorstellungskraft fehlt?", fragst Du.

„Ob ich Ratespiele ablehne oder ob mir Dein Alter womöglich egal ist?"

Nichts, was Dich betrifft, ist mir gleichgültig. Das wäre nicht freundschaftlich! Glaube mir, ich nehme Dich aufmerksam wahr.

Nun aber zurück zu der Frage nach Deinem Lebensalter: „Für mich bist Du nicht sehr jung, denn Du liest aufmerksam unzählige Worte, die sorgsam zu einem seitenlangen Text zusammengefügt wurden. Das halte ich für eine Konzentrationsleistung, die ein gewisses Lebensalter voraussetzt. Richtig?"

„Solltest Du zwischen den Zeilen ab und zu Bilder entdecken, dann nur, weil sie in Deinem Kopf entstehen. Diese Kopfleistung lässt auf Deinen lebendigen Erfahrungsschatz schließen. Richtig?"

„Alt bist Du ganz bestimmt nicht! Schließlich lässt Du Dich auf einen Roman ein, der manchmal wie ein Brief, dann wieder tagebuchähnlich daherkommt und zu allem Überfluss fiktionale Absätze beinhaltet. Beweglichkeit und Freude an Fantasievollem ist beim Lesen gefragt. An Toleranz und Humor kann es Dir auch nicht fehlen, wenn Du Dich auf meine Zeilen einlässt. Ich gehe also davon aus, dass Du im mittleren Alter bist."

Was ich damit meine, fragst Du? Nun, die mittleren Jahre können, bei lesenden und schreibenden Menschen jahrzehntelang dauern.

Von Herzen wünsche ich Dir, dass Du die Jahre Deines Lebens heiter verlebst, Dich wohlfühlst, egal, wie alt Du bist.

Besonders freue ich mich, wenn Du Dich alt genug fühlst, um Deine „Innere Jugend" genießen zu können. So können wir jugendlichen Geistes, beschwingt gemeinsame Stunden erleben, hier und da innehalten, um anregende Erlebnisse und Gefühle auf uns wirken zu lassen."

Mit der roten Spitze seines schwarzen Schuhes stieß Mark die Türe zum Waschraum auf. Er feixte: „Na, dann wollen wir mal in Augenschein nehmen, welch erlesene Kammer dieses Palastes sich vor uns auftut!"

Mark rümpft die Nase: „Ich rate euch, solltet ihr edlen Geblütes sein, schließt sogleich eure Riechorgane!"

Das Knarren der Schritte auf den alten Holzbohlen im Flur verhallte. Wir standen still und blickten erwartungsvoll auf Mark, der mit herrschaftlichem Blick seine Nasenlöcher zusammendrückte, während uns ein Schwall von modrigem Geruch entgegenkam.

„Ja, ja, liebe Leute", näselte Mark ebenso amüsiert wie angeekelt.

„In diesen vornehmen Waschräumen steht es uns frei alle Seuchen und Geschlechtskrankheiten einzufangen, die derzeit im Umlauf sind! Wir brauchen nur mit nackten Füßen durch diese Kloake zu waten."

Mit weitem Schwung des Armes präsentierte uns Mark die längst in knöcheltiefem Grausen versunkenen, ornamentalen Fliesen des Fußbodens. Dann trat er mit einer tiefen Verbeugung zurück, um seinen erlauchten Mitreisenden den Blick frei zu machen. Irgendwann übertönte Marks Stimme das Stöhnen und Klagen, das „Weh" und „Was nun?"

„Tja, liebe Gäste dieser noblen Herberge, dann wollen wir mal erkunden, wo genau der verwunschene See liegt. Man sagt, auf dem Gelände unseres Gruselschlosses befindet sich ein Badesee. Schließlich ist es an der Zeit, dass wir uns der unangenehmen Ausdünstungen entledigen." Alle lachten. Ich auch.

Mit dem steil in die Luft weisenden Zeigefinger fuhr Mark fort: „Doch zuvor liebe Gäste, schreiten wir ins Restaurant, wo uns vorzügliche Speisen gereicht werden sollen!"

Im Gelächter und Gemurmel gingen Marks Worte unter. Alle folgten ihm durch Gänge, über Treppen, in den Raum, dessen Fenster mehrere Meter hoch waren.

Der Stuck hatte sich großflächig von der Decke gelöst, die Farbe von den Wänden auch. An langen Holztischen hatten unzählige Gruppen und Grüppchen Platz genommen, um zu Abend zu essen. Erfüllt war der große Raum von Stimmen.

„Na, Soofia, junge Lady, dann nimm mal hier Platz!" Damit zeigte Mark ganz selbstverständlich auf den freien Stuhl neben sich.

Nun zog er mt großer Geste eine riesige Salatschale zu sich, gab allen Mitreisenden schwungvoll auf und begann zu essen. Schon beim ersten Bissen hielt Mark inne, schluckte laut: „Ich bin zu gut erzogen, um diesen Dreck auszuspucken."

Von einer feinen Sandschicht gleichmäßig bedeckt waren die Blätter des Kopfsalates. Die Spaghetti klebten fest aneinander. Und die Tomatensoße schmeckte fade.

„Ich darf euch daran erinnern, dass wir uns gerade im Land der Gourmets befinden. Hier sollten leuchtende Sterne um die Köpfe von Köchen wirbeln, bis sich ein glühender Heiligenschein bildet!", hörte ich Mark melodisch neben mir sprechen. Als ich zu ihm hochsah, nickte er augenzwinkernd. „So ist es, Soofia!"

Heute steht vor uns auf dem Tisch, in satten Farben leuchtend, wohlschmeckender Salat, der biologisch angebaut wurde. Frisch gepflückt, habe ich ihn handverlesen gereinigt. Die würzige Soße aus Sahne, Kürbiskernöl, Balsamico, feinem Senf und gepresstem Orangensaft habe ich mit allerlei Kräutern angereichert.

In einer handgeformten Tonschale locker geschwenkt, wird die erfrischende Speise von sanftem Licht aus energiesparenden Leuchten angestrahlt.

„Greife bitte zu und nimm Dir nach, so viel wie möchtest." Meine Aufgaben als Gastgeberin vernachlässige ich allzu leicht, wenn ein Schwall von guten Ideen durch mich strömt.

Mich beschäftigen nämlich in zunehmenden Maß Wesenszüge, die eine zeitgemäße Führungspersönlichkeit auszeichnen.

Welchen Charakter sollte ein Mensch mitbringen, welche Begabungen zeigen, wenn er poder sie andere führen kann, darf oder sollte.

„Was ich unter der Führungs-persönlichkeit verstehe?", fragst Du?

Führung sollte in unserer Gesellschaft privat oder beruflich nur übernehmen, wer andere Menschen auch dann achtet, wenn sie eigenwillig denken und handeln. Vor allen Dingen sollte die Führungskraft ein heiteres Gemüt haben. Wer sich selbst und andere anständige Menschen als wertvolle Persönlichkeiten empfindet, kann eigene Heiterkeit gelassen ausstrahlen und weitergeben.

Eine Führungspersönlichkeit stellt ihre positive Lebens-einstellung unter Beweis, wenn sie ängstliche Menschen gelassen unterstützt.

Mit positiver Ausstrahlung und guten Worten lassen sich negative Gedanken wandeln und destruktive Taten verhindern. Klingt das nicht wunderbar?

Du siehst fragend zu mir herüber? Ja, ich weiß, die Umset-zung ist im Alltag nicht ganz so leicht!

Um negative Signale der Mitmenschen, ihre aggressiven oder traurigen Äußerungen gelassen entgegenzunehmen, ist es wichtig den eigenen Wert zu erkennen, heiter zu bleiben und gedanklich stabil zu sein.

Das gelingt mit dem Wissen über die eigenen Fähigkeiten und Fertigkeiten.

Eine souveräne Persönlichkeit bleibt gelassen, handelt fair und anständig und löst mit guten, positiven Gedanken anstehende Aufgaben.

Eine souveräne Führungspersönlichkeit schützt sich vor negativen Einflüssen, indem sie ihre Eindrücke mit guten Gedanken ins Positive wandelt.

Gegebenenfalls verlässt solch ein souveräner Mensch freundlich und still den Raum, oder schweigt, um sich vor negativen Einflüssen zu schützen.

Kurz gesagt: Eine souveräne Persönlichkeit erwirkt Frieden für die eigene Seele, durch Sprechen, Schweigen und Geduld. Sie lehnt fremdbestimmte Kämpfe ab. Sie lässt sich nicht auf verbale, psychische oder physische Kämpfe ein. Sie hilft sich und anderen.

Führung bedeutet vor allen Dingen, sich selbst zu führen, friedlich.

„Wozu benötigt aber eine alleinlebende Sophie die Fähigkeit einer Führungskraft?", fragst Du und ergänzt skeptisch: „Hast du etwa vor, mich zu führen?"

Ich antworte mit einem heiteren Blick in Deine Augen: „Nein! Ich möchte keinen anderen Menschen führen, nur mich selbst. Es erscheint mir wichtig, mein eigenes Leben durch positive Gedanken und gute Taten kreativ und heiter zu gestalten!"

„Wenn ich mich nicht täusche, beobachtest Du mich in diesem Moment intensiv. Dabei überlegst Du, ob diese Sophie mal wieder nur an sich selbst denkt? Ja das stimmt! Du liest häufig die Worte: „Ich", „mein", mir und „mich."

Ich denke an mich, bin mir aber sicher, dass es gut ist, wenn Menschen positiv und kreativ über ihr Leben nachdenken, um es heiter zu gestalten. Ich behaupte, Menschen die gut zu sich sind, ehrlich mit sich sein können und liebevoll, diese Menschen sind Freunde, gute Freunde.

Freundschaft beginnt nicht mit dem Blick auf den anderen. Freundschaft entwickelt sich aus der behutsamen Wahrnehmung der eigenen Bedürfnisse.

„Wer kann mich zuverlässiger begleiten als ich selbst? Wer ist öfter bei mir, als ich? Wer kennt mich genauer? Und weil ich mich hier gerade so in Schwung geschrieben habe: Menschen, die sich selbst liebevoll betreuen, sind friedfertig, behaupte ich."

So, nun komme ich zurück zu einer individuellen Person mit dem Namen „Mark".

Seine unverkrampft lockere Art fasziniert mich ebenso wie sein Humor, seine Offenheit und die hilfreiche Güte, die er ausstrahlte.

Ja, ja, mein Blick auf ihn ist sicherlich heute noch ein wenig farbig, nahe den Rottönen, um es genau zu beschreiben; doch das wundert Dich sicherlich nicht. Tatsächlich war ich damals aber nicht die Einzige, die sich gerne von Mark führen ließ!

„Also los, folgt mir!", rief Mark. „Wir schreiten jetzt endlich zu Bade!", ergänzte er schmunzelnd, als wir tollkühn heruntergehüpften, über die brüchigen Stufen des morbiden Anwesens, während der Mond in nahezu voller Pracht das muntere Treiben beleuchtete.

„Soofia, was bist Du so skeptisch?", stieß Mark mir heiter in die Seite. „Du musst Dich nicht fürchten! Ich bin der „Kurier der Freiheit", und als solcher kenne ich mich aus, in den Weiten. Dir wird nichts geschehen."

Mit federndem Schritt nahm Mark den Kampf auf, mit wildem Gebüsch und dornigen Ästen. Dabei war er auf der Hut vor Schlangen, Mäusen und hinterhältigen Skorpionen, die, wie er uns fast beiläufig erklärte, jederzeit unseren Weg kreuzen könnten.- Weg? Ein Zischen und Flüstern ging durch die Gruppe. Überall stach verdorrtes Gras in unsere Beine. „Seht ihr?", Mark zeigte in die Ferne. Tatsächlich! Das Mondlicht spiegelte sich silbern.

„Wie hast Du das gemacht?", fragte eine Stimme.

„Hui, das ist ja klasse!", ergänzte eine andere.

Mark murmelte leise: „Ich sage es euch doch, folgt einfach dem „Kurier der Freiheit". Er führt euch geradewegs zum

Ziel eurer Träume." Dabei lachte er und niemand widersprach ihm. Alle lachten und zogen sich ihre, von der Hitze des Tages und der daraus resultierenden Transpiration, miefenden Kleidungsstücke aus.

Als sich die ersten dem Ufer des glänzenden Sees näherten, hielten sie inne, drehten sich um und warteten auf Mark. Er zelebrierte ein erstes zaghaftes Eintauchen seiner Fußspitze in das kühle Nass. Plötzlich lief er los, geradewegs herein in die fremden Fluten, drehte er sich zu uns um und schaufelte mit beiden Händen Wasser in die Luft: „Na los! Jetzt seid ihr dran!"

In dem hell aufspritzenden Gelächter sah niemand, dass Mark sich mir von hinten näherte, mir sanft über meinen Arm strich: „Alles gut Sophia?" Dann tauchte er mit dem Kopf zuerst in die kühle Leichtigkeit des Sees ein.

Als er wieder auftauchte, direkt vor mir, rieb er sich beide Augen, warf sein dichtes Haar zurück: „Habe ich das nicht gut gemacht?", nickte er mir zu. „So, Prinzessin, jetzt kannst Du sauber zu Bett gehen!", flüsterte er mir so ins Ohr, dass sein Atem über meine Ohrmuschel strich. Dann drehte er sich wieder zu den andern und ließ sich langsam und genüsslich ins Wasser gleiten.

Verzeih mir bitte! Meine Gedanken tanzen aushelassen unter den Kronen prächtiger Bäume, auf sonnenverbrannten Wiesen, vor dem morbiden Charme einer vergangenen Zeit. Der Gegenwart entrückt, bin ich für Dich keine gute Gastgeberin. Bitte nimm Dir von allem, was der gedeckte Tisch uns bietet und nimm mein Lächeln als Botschaft. Es ist schön, dass Du mich begleitest. Vielleicht genießt Du mit mir die Wärme des Sommerabends. Oder Du erinnerst Dich an ein Erlebnis, was auch Dich bis heute erfreut.

Jeder Schritt war zu hören, zwischen dem unheimlichen Knacken strohharter Halme.

„Achtet genau auf das Zischeln und Rascheln von Schlangen und Skorpionen!", warnte uns Mark auf dem Rückweg noch einmal mit knisternder Stimme. Kreisendes Kribbeln in meinem Rücken befahl mir, meinen Blick nach vorne zu richten, dorthin, wo er uns mit festem Schritt den Heimweg bahnte.

„Na, was denkt ihr, welches moderig verfallene Monster wird uns empfangen, da vorne in unserem Gruselschloss?"

Der Reiseleiter war es nicht! Auch wenn ihm die bescheidene Anzahl von dreißig jungen Leuten unter achtzehn Jahren nach dem Abendessen kollektiv entlaufen war. Er regte sich viel mehr über die dramatisch unhygienischen Zustände auf.

„Wir konnten uns nirgends waschen!", stellte Mark sich kerzengerade vor der schmalen Gestalt des Jugendleiters auf, der gedankenverloren nickend, seinen Kummer in die dunkle Weite stöhnte.

Kurze Zeit später schritten wir geschlossen, mit geschärftem Blick, in aufrechter Haltung, wie eine Abordnung von amtlichen Hygienekontrolleuren, durch die Schlafräume. Untragbar! Die Laken waren von einem ekligen Grauschleier überzogen, der lange Zeit vor unserem Eintreffen in das Gewebe eingedrungen war. Gruselige Flecken stachen uns in die Augen, als wir die leichten Wolldecken inspizierten, die unsere frisch gesäuberten Körper vor Kälte hätten schützen sollen. - Ganz zu schweigen von dem Fußboden. Teilweise verdeckt von sandigen Anhäufungen, von würdelosen Brandflecken gezeichnet, war das kostbare Parkett total ungepflegt. Die Eleganz, die aus der Art der Verlegung noch zu erkennen war, hatte der geschundene Belag längst verloren. Natürlich knarrten die Bettgestelle, kaum hatten wir sie zahlreichen Sitzproben unterzogen. Wir lachten.

Und weiter? Ja, Du ahnst es sicherlich. Die Beleuchtung der Gemeinschaftsschlafräume hatte Funzelqualität; was dazu führte, dass die Betten an den kurzen Seiten in schummriges Dunkel gehüllt blieben.

Ich muss Dir etwas gestehen: Das gruselige Fazit unserer Inspektion, festgehalten auf dem Zelloloid, den zahllose Kameras in sich verbargen, zudem von dreißig Augenpaaren bezeugt, übte einen magischen Reiz auf mich aus.
Ich befand mich in einem Zustand der Euphorie, der meine Sinne zu Höchstleistungen anregte.
Nicht sattsehen konnte ich mich an kuriosen Details, von denen jedes einzelne, Geschichten aus dem ehemals stolzen Herrenhaus erzählte.
Da gab es hohe Sprossenfenster über denen kunstvoll geschmiedete Gardinenstangen hingen, die Vorhänge aus edlem Stoff trugen. Bei genauem Hinsehen zierten Lilien den Ton in Ton gewebten goldgelben Stoff, der vom Sonnenlicht ausgeblichen war.
Zu den Zimmern führten lange Flure. Vor abgewetzten, burgunderroten Stofftapeten hingen Ölgemälde. Die fürstlich umrahmten Bilder erinnerten an feine Herrschaften des Hauses, die hoch zu Ross über ihre Ländereien gewacht haben könnten.
Im Erdgeschoss waren die Fußböden mit vielfarbigen Mosaiken gefliest. Über dem weiten Treppenaufgang in der Eingangshalle hing ein pompöser Kristalllüster, der, zu meinem Erstaunen, frei von Staub und Spinnweben im Licht unzähliger Glühlampen hell funkelte.
Aus Hallen und Sälen von oben und unten, draußen und drinnen erklangen unzählige Stimmen. Wortfetzen aus unterschiedlichen Sprachräumen drangen an meine Ohren, unterbrochen von lautem Lachen, das frei und glücklich auf mich wirkte.

Niemals fühlte ich mich allein. Nicht mal an jenem Ort, an dem ich einem natürlichen Druck folgend, mich einfinden musste. Das Wuseln, Rascheln und Tuscheln, die spitzen Töne der Lachenden, drang auch an den Ort, an dem mir meine Nase das Einatmen strikt untersagte.

Aber nicht der Geruch des ungepflegten Raumes trieb mich zur Eile an. Ich wollte – ich musste – ach, was wollte ich gerade schreiben? Keine Minute wollte ich verstreichen lassen, einfach nur so. Mark wollte ich sehen, hören, erleben.

Wieder treibt mich mein Wunsch nach Nähe und freundschaftlicher Wärme an, sofort weiterzuerzählen. Du verstehst sicherlich, welche heitere Unruhe mich gerade erfasst, wenn ich mir vorstelle, dass Du vor mir im Sessel sitzt und liest. Dabei weiß ich nicht, wie Du aussiehst. Deine Vorlieben kenne ich nicht.

Ich weiß ja nicht einmal, ob Du weiblichen oder männlichen Geschlechtes bist. Eine Tatsache, die mich eigentlich freut. So stelle ich mir Dich mit Begabungen und Interessen vor.

Mit den Stärken von beiden Geschlechtern ausgestattet, erscheinst Du für mich als freundschaftliche Begleitung in jeder Rolle einzigartig. Du bist sanft, aber eigenwillig, denkst tolerant und mutig. Du wirkst auf mich zärtlich, verständnisvoll aber auch durchsetzungsstark, bei fairem Verhalten. Wunderbar! In meiner Vorstellung bist Du entschieden und enorm vielseitig. Großartig! Du erscheinst mir als Mensch, der gerne lernt, gutmütig ist und heiter sein mag. Fantastisch!

Allerdings sollte ich nicht verschweigen, dass ich ab und zu den gedanklichen Faden zu Dir nicht finde. Dann bezweifle ich, dass Du lesen magst, was ich schreibe. Ich denke, meine Erzählungen erscheinen Dir zu oberflächlich, zu naiv oder belanglos.

Um mich Deiner Beurteilung zu entziehen, schleiche ich mich, vom aufgeklappten Deckel meines Laptops abgeschirmt, ins Internet. Hier lockt ein schier unerschöpfliches Angebot von Nachrichten, Informationen, Fotos, Filmen und Werbung.

Nun sieh mich nicht so erstaunt an. Die Verlockungen sind vielfältig. Und es ist viel leichter zu konsumieren, als aus den Windungen des Gehirnes hervorzulocken, was wertvoll genug sein könnte, um vor Dir zu bestehen. „Unfug! Wichtigtuerei!", denkst Du? Ich soll lieber weiter erzählen? Du möchtest mich, genau jetzt, an meine Worte erinnern? „Eine lebendige Freundschaft entwickelt sich dann, wenn sich Menschen gerne und engagiert einander zuwenden."

„Hallo Soofia! Die Sonne geht auf.", verkündete Mark so laut, dass die anderen neugierig zu mir hochschauten.

„Setz Dich. Der Platz hier ist frei!", schmunzelte Mark. Dabei zeigte er auf die weite Fläche verdorrten Wiesenlandes neben sich. Als ich Platz genommen hatte, sagte er plötzlich: „Ich dachte Soofia", betonte er das „So" noch stärker. „Du könntest zu dieser Blonden mit den kurzen Haaren und der grünschwarzen Bluse gehen - Du weißt, wen ich meine? Weißt du, zu der Schlanken?"

„Karola meinst du vielleicht?", fragte ich leise, leiser als das Herz in meiner Brust zu pochen schien. Mark nickte entschieden. „Ja richtig, so oder so ähnlich heißt sie. Würdest Du ihr bitte bestellen, sie möchte zu mir kommen. Ich warte hier auf sie!"

Einem Moment lang glaubte ich, mich verhört zu haben. Marks Worte wetteiferten mit meinem Herzschlag. Schweiß brach aus den Poren meiner Handflächen. Ruckartig wendete ich mein Gesicht ab, so weit, dass die schummrige Beleuchtung des Parks mein Gesicht nicht mehr treffen konnte.

Dann sprang ich auf und verschwand mit überlangen Schritten im Dunkel. Mit mir nahm ich unausgesprochene Worte der Empörung und eine bleierne Traurigkeit. Mit mir nahm ich aber auch einen Plan, den ich fasste, kaum hatte Mark seine seltsame Bitte an mich gerichtet.

Meine Idee war: Wer sagt denn, dass ich finden muss, was der seltsame Typ sucht? Und ich dachte: „Wer seine Mitmenschen zu Dienern macht, sollte sich vergewissern, dass sie ihm nicht den Dienst versagen."

Ich wollte nicht dienen, schon gar nicht als Kupplerin! Stattdessen tapste ich ziellos durch die spärlich beleuchteten Flure des ersten und des zweiten Stockes. Ich huschte vorbei an der Tür, hinter der sich der Schlafsaal der Mädchen befand.

„Unglaublich", dachte ich. „Fünfzehn Mädchen zusammen in einem Zimmer."

Am Ende des Flures trippelte ich über die ausgetretenen Holzstufen die Treppe wieder herunter. In der Eingangshalle angekommen, strebte ich auf den riesigen Spiegel zu. Seine Oberfläche war übersät mit winzigen, rostigen Blüten. Doch ich sah mein Konterfei gut genug. Geschickt öffnete ich mein Haar, warf es nach rechts, dann nach links, bis ein seidiger Vorhang aus Haaren meine Schultern bedeckte. Dann zwinkerte ich ganz bewusst und möglichst keck mit einem Lid und ging eilig hinaus.

Das die aufrechte Haltung meines Körpers im Zusammenspiel mit der heiteren Mimik viel bewirken kann, wurde mir erst bewusst, als ich kurze Zeit später auf Marks Jeansjacke saß. Bestens geschützt vor pieksenden Halmen, sagte ich spielerisch leicht:„Ich kann sie nicht finden, diese -." Mark zuckte mit den Schultern und sah mich entspannt an.

„Mir geht es auch so ganz prächtig!", verkündete er.

Geht es Dir gut? Ich hoffe, dass Du mir nicht übel nimmst, was ich Dir jetzt eingestehe. Die Erinnerung an Mark raubt mir die Konzentration auf die Gegenwart – auf unsere Gegenwart. Alte Gefühle, neu geweckt, treiben ein lockeres Spiel mit meinen Gedanken. Und das geschieht, obgleich die Begegnung Jahrzehnte zurückliegt. Mein Körper ist, sogar aus mittlerer Entfernung betrachtet, seit der Reise nach Frankreich älter geworden. Aber meine Gefühle sind genauso intensiv, genauso jung wie früher.

In mir breitet sich ein seltsames Kribbeln an der Stelle aus, die der Sitzfläche meines Schreibtischstuhles zugewandt ist. Immer wieder stehe ich auf. Immer öfter sehe ich aus dem Fenster. Dann vergesse ich den Bildschirm und staune über Pferde, die im hohen Schnee tollen.

Ich liefe jetzt sofort vor die Tür hinaus, wenn nicht in meiner Nähe ein liebenswürdiger Mensch säße, der meine Zuwendung verdient.

„Also los, Sophie!", befehle ich mir streng. „Sei zuverlässig, konzentriere Dich und schreibe weiter!"

Nicht einmal kurz vor dem Läuten des Glöckchens zu Weihnachten bin ich so unruhig gewesen, wie neben Mark auf dem groben Stoff seiner Jeansjacke. Alle beweglichen Teile meines Körpers drohten den natürlichen Halt zu verlieren. Meine Hände hatten die Knie nicht im Griff. Der Wiesengrund stabilisierte keineswegs meine Füße, auch nicht, als ich sie mit aller Kraft gegen den Boden stemmte. Durch meine verschränkten Arme drang das wilde Rumoren in der Magengegend. Ganz zu schweigen von meiner Atmung und den hier und da zuckenden Wangenmuskeln. Als Mark mich mit fröhlichem Kopfnicken fragte, ob ich Hunger habe, gab ich auf. Mir war inzwischen bewusst, dass ich mit Muskelkraft und Geschicklichkeit das Rumoren in meinem Inneren nicht bekämpfen konnte.

Ich streckte die Beine aus. Zugleich ließ ich die Kniegelenke wackeln, stützte mich mit den Händen im garstigen Gras ab und atmete unregelmäßig.

Irgendwann gab ich mich den chaotischen Meldungen meines Gehirnes hin: Kräuter rochen nach Flieder oder nach Rosen? Mein Speichel schmeckte nach Veilchenpastillen. Marks Stimme vibrierte. Das Licht der Laterne in der Ferne flimmerte. Und die Stimme neben mir bahnte sich ihren weg durch meinen Gehörgang in die feinen Verästelungen meiner Lunge, so glaubte ich. Denn das Atmen fiel mir schwer.

Was kann schöner sein, als der Klang seiner Stimme, dachte ich damals. Was denke ich heute?

„Liebe Sophie, verschweige hier an dieser Stelle nicht Entscheidendes!", ermahne ich mich so laut, dass Du meine Stimme ganz sicher wahrnehmen kannst, wenn Du möchtest. Gewiss hast Du längst bemerkt, welcher Gefühlstaumel die vorherigen Zeilen füllt.

Die Wahrheit ist, dass ich damals auf der verdorrten Wiese im Mondschein den Wunsch hatte, fest in die Arme genommen zu werden, um mich an Mark anzulehnen. Du überlegst, warum ich mich heute vor Dir mit dieser Wahrheit schwertue?

Es kommt mir seltsam vor, wenn ich feststelle, dass meine Hormone einen Trubel in mir ausgelöst haben, den man als das Verlieben bezeichnet. Und irgendwie ist es mir unangenehm, dies Dir mitzuteilen.

Plötzlich sprang Mark auf, stellte sich vor mich und streckte mir seine Hand entgegen. „Komm, ich muss dir was zeigen!", entschied er und nickte den anderen zu, die verdutzt aber müde zu ihm aufblickten.

Mit einem kräftigen Ruck zog er mich auf die Beine und führte mich über das Grasland. Unter unseren Fußsohlen knisterten die Halme. Sonst war alles ganz still. Als wir um die Ecke des Herrenhauses bogen, flüsterte Mark mir ins Ohr: „Mann, die scheinen ja alle festgewachsen zu sein! Ich muss das nicht so lange haben, einfach herumsitzen und ins Dunkle blinzeln! Da verfällt man ja in dumpfes Grübeln."

Ich sagte nichts. Ich konnte nichts sagen. Meine Zunge und meine Lippen hätten ihre Pflicht erfüllt und sich brav bewegt, mein Verstand aber ließ in diesem Augenblick dramatisch an Präzision nach.

„Du sagst nichts, Sophie?", fragte Mark melodiös. Ich stutze.

„Was soll ich sagen? Du hast mich Sophie genannt.", hörte ich das laue Echo meiner zitternden Stimme.

„Sophie, vielleicht willst du wissen, was ich dir zeigen möchte?"

Im selben Moment drehte sich Mark zu mir, seine Arme öffneten sich weit, legten sich um meinen Oberkörper, bis sein Gesicht dicht vor meinem war. Sanft strich er mit einer Hand über mein Haar, während sich seine Lippen an meine schmiegten. Er öffnete seinen Mund. Meine Zunge berührte die seine und ließ sich auf spielerisch leichte Berührungen ein. Fest hielt er mich in seinem Armen. Lange standen wir so da. Meine Augen waren geschlossen. Erst ein Ziehen in den Muskeln meines Nackens, das sich langsam über meinen Rücken ausbreitete, ließ mich zaghaft zurückweichen.

Dieser sanfte Schmerz machte in mir den ersten klaren Gedanken frei. „Mark ist stehend einen Kopf größer als ich", dachte ich. Dieser Gedanke löste eine neue Woge des Gefühls in mir aus. Nach einer leichten Bewegung von Kopf und Nacken, glitt ich wie von selbst in ein zärtliches Miteinander, das tief in der Nacht auf dem dunklen Flur vor meinem Schlafsaal endete.

Fahles Mondlicht wehte durch die halbgeöffneten Fenster. Nur zirpendes Fiepen der Federn verriet, dass ich meinen Körper mit geschickter Leichtigkeit der Matratze anvertraute. Regungslos daliegend, pulsierte das Blut, vom kräftigen Schlagen meines Herzens angetrieben, so kräftig durch meine Adern, dass ich annehmen musste, die anderen könnten von dem Geräusch erwachen. Alles blieb still. Meine Gedanken drehten sich in einen glühenden Tanz, in dem meine Träume von Deinen Armen umfangen werden.

Habe ich soeben „Deine Arme" geschrieben? Siehst Du, das kommt davon, wenn ich mich aus der Wirklichkeit, in meine Traumwelt schleiche. Ich verwechsele „dein" und „sein" und bemerke den Fehler erst, wenn Dein Blick auf mich trifft. „Auf Deinen Blick lasse ich mich gerne ein, auch wenn er mir im Augenblick kritisch erscheint. Für mich bedeutet Dein Blick eine schweigend gütige Aufmerksamkeit.
Also fahre ich fort mit meiner Erzählung und erinnere mich an den Morgen nach der ersten Nacht in der Fremde. Ganz im Gegensatz zu meinem durchschnittlichen Schlafbedürfnis, war ich nach vier Stunden Bettruhe wieder munter. Ich summte vor mich hin, während ich über das Anwesen hüpfte. Morgensonne spielte mit den Schatten der Bäume.
Bevor der Andrang auf die einzige, von uns selbst inzwischen penible gesäuberte, Nasszelle begann, nahm ich eine eiskalte Dusche. Kalte Tropfen rieselten über die heiße Oberfläche meines Körpers und weiter durch meine Adern. So erschien es mir zumindest.
„Komm setz dich hierher Sophie!", rief Mark, als ich zum Frühstückstisch strebte.

„Sophie!", Mark hat wieder „Sophie" gerufen. „Auf seiner persönlichen Werteskala muss ich über Nacht einen höheren Stellenwert bekommen haben", dachte ich.

Dir, liebe lesende Begleitung, bleibe ich gedanklich nahe und hoffe, Du nimmst mir meine Rückschau in die Schwärmerei nicht übel!

In Marks Nähe erlebte ich einen Tag, der sich fröhlicher, schöner, hoffnungsvoller und verliebter kaum hätte anfühlen können. Die Besichtigung einer französischen Stadt wurde zu einem Ereignis. Das Badevergnügen im Atlantik zum unvergesslichen Empfinden. Mit Mark zu lachen, zu sprechen, zu träumen, zu denken, war-

Kennst Du die Leichtigkeit heiterer Gedanken, die stärker zu sein scheinen, als die Kraft der Erdanziehung? - Aufwind unter weiten Schwingen, bei Sonnenschein. Darüber der weißblaue Himmel. So skizziere ich meine romantischen Bilder von Liebe und vollkommenem Glück. Dieses Glück ordnen wir, aufgrund der Seltenheit solcher Vollkommenheit, eher dem Klischee, als der Wirklichkeit zu. Nicht wahr?
Immer wieder stelle ich mir die Frage, ob die uneingeschränkte Lebensfreude nur durch den Einfluss von Hormonen entsteht. Sollen Glücksgefühle ausschließlich an schicksalhafte Zufälle und an Begegnungen gebunden sein? Bleiben wir ein Leben lang Abhängige von Zufällen?
Bitte, begleite mich weiter. Ich bleibe der Lebensfreude auf der Spur, das verspreche ich Dir. Nichts wird mich davon abhalten.

Als wir in fröhlicher Runde beschlossen, den Abend am Lagerfeuer zu verbringen, stand Mark mir gegenüber. Sein

Blick wanderte über mein Gesicht, durch mein Haar, bis er sich über dem Horizont in weiter Ferne verlor.

Hier am Strand wurde jetzt jede helfende Hand benötigt. Herumliegendes Holz wurde gesammelt. Getränke und Nascherreien wurden zusammengetragen. Bequeme Sitzmöglichkeiten wurden herbeigeholt, Fackeln und Lichter wurden platziert, sodass bei Anbruch der Dunkelheit ein Lagerfeuer entfacht werden konnte.

Irgendwann im Treiben, Holen, Sammeln vernahm ich nicht mehr. „Sophie!" Mark lugte hinter keinem Baumstamm hervor, um mich zu erschrecken. Er scherzte nicht mit mir. Marks Stimme hallte nicht durch die Räume der neuen Herberge. Mark befand sich nicht im Treppenhaus, nicht im Jungenschlafsaal, nicht in der Nähe der Toiletten. Selbst im Küchenbereich hatte niemand den großen Jungen mit den flotten Sprüchen auf der Zunge gehört. War das nur ein Zufall? Wollte er mich necken?

Es war dunkel geworden. Mark blieb verschwunden. Das Feuer brannte. Die Getränke wurden verteilt. Lieder erklangen. Lachen war hier und da zu hören. Die anderen unterhielten sich. Sie zuckten mit ihren Schultern auf meine Frage nach Mark und erklärten beiläufig: „Der kommt schon wieder."

Die anderen bissen in gegrilltes Fleisch, erhoben ihre Gläser, naschten aus raschelnden Tüten, sangen Lieder. Das Lagerfeuer knisterte.

Im flackernden Schein hätte ich neben Mark gesessen, hätte mich an ihn gelehnt, ihn angesehen. Ich hätte singen mögen mit ihm, und ein Glas des verdünnten Weines mit ihm geteilt. Die Haut seines Gesichtes hätte fein und ebenmäßig im milden Schein des Feuers auf mich gewirkt. Seine Augen hätten ein magisches Leuchten gezeigt. Seinen Arm hätte er um mich gelegt. Ich hätte gedacht, wie gut es sich anfühlt, Bein neben Bein, Knie neben Knie. Ich hätte mich erfreut am Spiel der Muskeln seiner Oberschenkel, das durch die enge Jeans zu fühlen gewesen wäre.

Stattdessen saß ich allein auf einem Holzklotz, starrte in die blaue Flamme des Feuers, fühlte in mir ein unheimliches Pochen, was mich antrieb weiterzusuchen, mal hier, mal da. Stets ohne Erfolg. Mal stand ich irgendwo herum. Mal saß ich und dachte nach: „Warum ist er fort? Was habe ich ihm getan, welche Worte habe ich falsch gewählt?"

Statt eine Antwort zu finden, breitete sich ein dickes Nichts in meiner Kehle aus, ein Nichts, das mir die Kehle zudrückte.

An dieser Stelle unterbreche ich. Die Freude am Erzählen ist mir vergangen, restlos! Intensiv genug habe ich mich an jene traurig, nachdenkliche Gestalt weiblichen Geschlechtes erinnert, die damals durch die Ferienidylle irrte. Mir reicht es! Ich fasse zusammen: Sophie wurde ohne Vorankündigung verlassen.

Bitte, verzeih mir, wenn ich nicht die geringste Lust verspüre, mich weiter einzufühlen, in das Gefühl von innerer Leere. Erfüllt von traurigen Gedanken fühle ich den verfluchten Dämon des unerwarteten Alleinseins, dessen dunkler Paletot alles Heitere zudeckt. Aus!

Aber Du, Du liest.

Und jetzt nehme ich mir die Freiheit, über den plötzlichen Verlust des neuen Freundes „Mark" sachlich und emotional stabil nachzudenken.

Jeder klare Gedanke ist besser, als traurige Erinnerungen. Mutiges Denken bewahrt davor, von Traurigkeit überwältigt zu werden.

„Ganz ruhig Sophie, geh in dein Zimmer, lüfte und wechsle das Shirt!", ordne ich mir sofort an. Dann prüfe ich, ob mein Haar gekämmt ist und wasche mir die Hände.

Kurze Anweisungen, kleine Aufgaben, die ich lösen kann. Das bringt Aktion in meine passive Rolle als Verliererin. Als aktive Person schaffe ich mir Raum für Gelassenheit. Nur die innere Ruhe nimmt mir die Aufregung, die niemandem dient, auch nicht mir selbst.

Kurzum: Wenn kein Notfall, kein Unfall, keine Katastrophe geschehen ist, handele ich ganz bewusst möglichst besonnen.

Heute sehe ich den Verlust von Liebe oder Freundschaft als eine Aufgabe, die das Leben an mich stellt.

Meine Aufgabe liegt darin, diesen Verlust mit geistvollen Ideen und guten Taten auszugleichen. Dabei ist es für mich enorm hilfreich, sowohl an mein eigenes Wohl, als auch an das Wohl anderer Menschen zu denken, um positiv zu handeln.

Mit dieser, mir selbst auferlegten Disziplin, kann ich positiv denken und fair und gelassen handeln.

Selbstdisziplin und Würde befreien mich aus den Gedanken über den Verlust an Liebe und menschlicher Wärme.

Also, dann mal los! Mit glänzendem Haar, gut frisiert, umweht vom Duft meiner frisch gewaschenen Hände, berichte ich Dir, was sich damals zugetragen hat.

Meine Suche nach Mark blieb erfolglos. Schwerfällig trug mein Stütz- und Bewegungsapparat den nach vorne ge-beugten, viel zu schweren Kopf in den Schlafraum.

Bäuchlings schob ich mich in die Mulde des schmalen Bettes. Meine Hände schob ich zwischen die Hüftknochen und die Matratze. Den Kopf zur Seite gedreht, sog ich nur mühsam Atemluft ein, bis zerfetzte Bilder von seltsamen Fratzen durch das Dunkel eines traumwirren Schlafes trudelten.

Plötzlich vernahm ich ein leises Knarren. Schritte. Ein Flüstern und Tuscheln. Der Gesang eines Vogels. Es war hell. Doch ich wollte nicht wirklich erwachen, nicht jetzt! „Ein wacher Kopf ist anstrengend denn er kann denken.", dachte ich.

Ich wusste, dass mein Kopf restlos ungebetene Gedanken durchlaufen würden. Noch anstrengender empfand ich jetzt die Geräusche. Das Lachen der anderen breitete sich aus und drang durch all die Türritzen, an denen ich mich nun ganz allein vorbeischob.

Plötzlich drehte ich mich um, hielt inne, horchte. Doch Marks Stimme war nicht zu hören. Immer noch fand ich keine Erklärung für sein Fortbleiben. Das Baguette schmeckte fade. Das Apfelmus war sauer. Der Milchkaffee lief über den Rand der Tasse. „Sophie!", rief im selben Moment eine Mädchenstimme.

„Was ist?", drehte ich mich erschrocken um.

Ihr Atem stieß hart in mein Ohr, als sie atemlos flüsterte: „Mark steht hinter dem Zaun auf der anderen Seite der Straße und wartet auf dich!"

Keinen Bissen hatte ich gegessen, als ich aufsprang, um durch Türen und Flure, über Treppen herab, zum Hoftor zu hetzen.

Endlich erreichte ich die Straße. Doch niemand war zu sehen. Während ich Ausschau hielt, ertönte ein leiser Pfiff. „Mark?", rief ich suchend.

Dort, im Schatten eines Baumes, dessen Stamm zu dünn war, dort jenseits der Straße, hielt er sich hinter einem Gebüsch verborgen.

„Sophie!", schreite ich warnend ein. „Sophie, halte dich an dein Vorhaben. Gelassenheit! Erzähle spannend, aber nicht dramatisch. Demzufolge verzichte auf das Entsetzen, das Erschrecken, das Erstaunen oder die Begeisterung.", weise ich mich an. Begeistert war ich nicht, als Mark mich zu sich herzog? Entgeisterung, das ist das passende Wort.

Fassungslos blickte ich in das angespannte, müde Gesicht des großen Jungen.

Entschuldige bitte, dass ich hier nur kurz unterbreche, um zu Dich anzusehen. Lesen kann entspannen oder eine ersehnte Spannung bieten. Wie fühlst Du Dich gerade jetzt?

Ich fühlte mich unwohl, als Mark mir seine Hand unsicher entgegenstreckte, um meine sogleich fest zu umschließen und mich eiligen Schrittes mit sich zu ziehen, über eine sandige Straße, fort von unserer Herberge.
Ich lief mit ihm, erst angestrengt hastig, dann außer Atem und schließlich schweißnass.
Endlich blieb er stehen, ruckartig. Sein Blick stieß mir hart in die Augen. „Du musst mir helfen!", sprudelte es kurzatmig aus seinem Mund. In seinen Händen hielt er Klimperndes, verborgen in einem Beutel, der so schwer war, dass ich mit beiden Händen zufassen musste, als er mir die Fracht überreichte.
„Guck nicht rein! Steck den Kram so schnell wie möglich in deinen Koffer. Ich komme nachher!" Ablehnend - befremdlich muss ich ihn angesehen haben, denn Mark flehte: „Tue es bitte, bitte für mich. Hilf mir!"

„Hilf mir!" Dieser Ausruf weckt in mir Mitgefühl und den Wunsch freundliche Menschen zu unterstützen. Es freut mich gutes zu tun und Freude zu bereiten.
„Das klingt ganz schön selbstlos," denkst Du zweifelnd?
So ist es aber nicht. Wenn ich anderen Menschen helfe, erlebe ich, dass ich nicht allein bin. Und ich erlebe, dass sich andere Menschen in meiner Nähe nicht allein fühlen.
Aus der Unterstützung von anderen Menschen, die meine Hilfe erbitten ergibt sich eine Situation, in der beide Seiten gewinnen.

Leider gibt es immer wieder Mitmenschen, die das Helfen mit dem Dienen verwechseln. Mit einer solchen Einstellung wird die freundliche Hilfe selbstverständlich entgegengenommen, ohne das Gefühl von Dankbarkeit.

Ich spüre einen deutlichen Unterschied, denn mit Dankbarkeit wird der Wert des Helfenden wahrgenommen oder geachtet. Fehlt die Dankbarkeit, so wird Hilfe selbstverständlich entgegengenommen, vielleicht sogar gefordert.

„Ob ich dankbar bin, wenn mich andere Menschen unterstützen," fragst Du vielleicht?

Diese Dankbarkeit musste ich erlernen. Allein, ohne ersehnte Hilfe, lernte ich schnell, was Unterstützung von anderen für mich bedeutet.

Heute verstehe ich das Gefühl von Dankbarkeit als eine Lebenseinstellung. Ich bin dankbar für positive Erlebnisse, schöne Eindrücke und für Freundschaft, die mir entgegengebracht wird.

Damals in Frankreich übernahm ich widerwillig, doch widerspruchslos von Mark einen Beutel mit höchst verdächtigem Inhalt. Ich sah in seine weit aufgerissene Augen, beobachtete seine steife Körperhaltung und vernahm das hilflose Krächzen in seiner Stimme.

Als ich den Beutel in meinen Koffer stopfte, als ich alles tief unter mein Bett schob, waren die Innenflächen meiner Hände feucht.

Mein Kopf glühte. Dort unten, zwischen Staubflocken und sandigem Bohnerwachs, durchfuhr ein Gedanke mich heiß. Ich erkannte, dass eine einzige traurige Nacht das helle Leuchten meines Traumes von der fröhlichen Liebe verschluckt hatte.

„Jetzt reicht es aber, Sophie!", murmele ich unwillig. Ich möchte einige Sätze an Dich, liebe Leserin, lieber Leser direkt schreiben.

Verzeih bitte! Die Erinnerungen sind mir so durch die Glieder gefahren, dass ich seitenlang versäumt habe, Dir meine Beachtung zu schenken. Dabei bist Du nah bei mir, nicht wahr?

Egoistisch nennt man Menschen, die ihre Freunde nur dann wahrnehmen, wenn sie diese für ihre Interessen nutzen können.

Ich hoffe, so egoistisch empfindest Du mich nicht, stelle mich aber selbstverständlich gerne Deinem kritischen Blick.

Noch ein Absatz! Noch immer gelingt es mir nicht, mich angemessen auf Dich zu konzentrieren.

Darf ich ein Spiel vorschlagen, was wir gemeinsam spielen können? Es ist ein Gedankenspiel, in dem eine kleine hölzerne Figur, die einer menschlichen Gestalt nachempfunden ist, jedem von uns zur Verfügung steht. Jeder von uns kann das Püppchen kleiden, bemalen und schmücken, ganz nach den eigenen Vorstellungen.

Der Grund, auf dem sich unsere Figuren bewegen, sollte eine Umgebung darstellen, in der Du Dich besonders gerne aufhältst. - Warum also keine Badelandschaft, eine blühende Alpenwiese oder ein Felsplateau. Möchtest Du auf den Planken eines Schiffes sein oder in der Oase am Wüstenrand pausieren?

Wer als erster von uns beiden die Sechs würfelt, darf seine kleine Figur nach eigenem Belieben auf der fantasievoll gestalteten Fläche stellen.

Oh, ich vergaß! Bevor Du Dich auf unseren munteren Zeitvertreib einlässt, mir ist es wichtig, dass sich keiner von uns benachteiligt fühlt.

Mein Vorschlag: In unserem Spiel gibt es keinen Start und kein Ziel. In unserem Spiel werden wir beide gewinnen. Alles, was wir in diesem geschützten Rahmen tun, jeder Zug sollte uns erfreuen. Warum? Weil wir in spielerischer Leichtigkeit unsere Handlungen und Gedanken selbst bestimmen.

Das ist ein Privileg, etwas Besonderes in dieser Welt, in der es Regeln gibt und Gesetze, die von viel zu vielen Menschen nicht beachtet, übersehen und gebrochen werden.

Handlungsfreiheit bei Gleichwertigkeit ohne Erfolgsdruck, mit gegenseitigem Respekt. Was für eine Freude. Falls Dir das Spiel gefällt, beginne bitte zu würfeln.

Ich bin sicher, vor uns auf dem Tisch liegt schon die Sechs. Das entspräche dem Einsatz, den Du über zweihundert Seiten lang gegeben hast.

Du ziehst Dein Ding durch, wie man heute so schön sagt. Du gibst nicht auf, auch wenn manch eine Idee von mir, auf Dich befremdlich wirkt. Selbst wenn meine Fantasie Dich wundert - vielleicht irrietiert, Du bleibst standhaft und begleitest mich.

So was! Jetzt habe ich mit dem mir eigenen Schwung, unseren Würfel über den Rand des Tisches geworfen.

Es bleibt mir also nichts anderes übrig; ich muss meine bequeme Sitzposition aufgeben und mich tief unter den Schreibtisch beugen, auf dem mein Laptop gleichmäßig sanft brummt. Im Halbdunkel ist der kleine Quader auf dem dunkelroten Wollteppich nur schlecht auszumachen. Eine Zwei. Mit leichtem Ziehen im Rücken schnappe ich mir das flüchtige Ding und hebe es zurück ans Licht. Du bist dran! Und ich hoffe, Du spielst Dich so in Schwung, dass entspannte Heiterkeit Dich erfüllt!

Ob ich Mark hätte sagen sollen: „Nach Deinem nächtlichen Verschwinden vertraue ich dir nicht mehr. Ich empfinde Dich als unzuverlässig und unfair. Traurig bin ich, weil du mir verschwiegen hast, dass Dich etwas bedrückt."

Doch damals kam leider kein Wort über meine Lippen. Stattdessen stand ich zitternd vor einem Polizisten mit gestrengem Blick, einem Geschädigten, unserem verzweifelten Reiseleiter und vor Mark. Er hatte die Gegenstände in meinem Koffer aus einem fremden Auto gestohlen. Diese Nachricht brachte mich restlos aus der Fassung. Diebesgut!

Mark gestand, dass er mir alles zur Aufbewahrung übergeben hatte.

Da stand ich nun mit weichen Knien und durfte entscheiden, ob ich mich als Mitwisserin, als Hehlerin, als Opfer oder als Retterin fühlen sollte. Wobei ich, angesichts des schwarz gekleideten, streng dreinblickenden Polizisten vorzog, mich als Opfer zu empfinden.

Jedenfalls muss mein Gesicht leidende Züge aufgewiesen haben, denn der Geschädigte tuschelte mit dem Polizisten und dem Reiseleiter.

Irgendwann blickten alle direkt auf mich. Ich erschrak. Auf Französisch fragte der Polizist: „Verstehst du mich?" Ich nickte, den Kloß in meinem Hals mühsam herunterschluckend. Mit einem milden, verkrampften Lächeln fragte mich der Reiseleiter: „Da der Geschädigte auf eine Anzeige verzichtet, bleiben zwei Möglichkeiten. Sophie, Mark, ihr seid ineinander verliebt, nicht wahr? Entweder wir schicken Mark sofort nach Hause oder er verspricht hier und jetzt, dass er sich von Dir bewachen lässt."

Mir fiel ein kompaktes Objekt, was sich als Stein bezeichnen lässt, vom Herzen und als schwerer Brocken direkt in meine Arme. Verantwortung nennt sich das unsichtbare Gewicht, das ich plötzlich allein tragen sollte.

Da lobe ich mir heute unser Würfelspiel. Zwei Personen, ein Raum. Zwei denken, zwei lachen, zwei spielen.

Innerhalb der von uns festgesetzten Grenzen von Zeit und Raum, halten wir uns an bindende Regeln und wir bieten uns dabei ein hohes Maß an Zuverlässigkeit.

Ja, ich empfinde Sicherheit. Folgenlos und ganz von selbst entwickelt sich in mir die Freude über gemeinsames Denken und Handeln, bei wortloser Kenntnis über unsere unterschiedlichen Herangehensweisen.

In unserem speziellen Spiel überwiegen die kreativen Aspekte, die guten Werte und ermöglichen uns die Entwicklung unserer eignen Persönlichkeit und unserer freundschaftlichen Beziehung. Ich bin begeistert.

Kein Wunder also, dass unser Spiel einen guten Verlauf nimmt.

Keiner von uns beiden kann hier, in unserem Medium verlieren. Wir gewinnen gegenseitiges Vertrauen, weil jeder von uns weiß, dass er sich jederzeit wegdrehen darf, um sich anderem und anderen zuzuwenden oder um einfach nur um ein Nickerchen zu machen.

Du möchtest mich vielleicht jetzt mit einem leicht erhobenen Zeigefinger daran erinnern, dass ein Spiel nicht das wahre Leben ist? Du bittest mich, in der Wirklichkeit anzukommen? Erzählen soll ich, wie ich mich verhalten habe, damals mit Mark?

Schwitzend und schweigend stapfte ich hinter dem groß gewachsenen Jungen her. Dabei stellte ich fest, dass Mark immer noch dieselben knallengen Jeans trug, mit hochhackigen, rot-schwarzen Stiefeln, die so eng waren, dass die Konturen seiner Zehen sich deutlich abzeichneten. Er stapfte mit gesenktem Kopf über denselben Weg, den er am ersten Abend zum See gewählt hatte. Ich folgte ihm wieder genau in derselben Spur.

Am Ufer suchte Mark einen Sitzplatz im Schatten. Plötzlich ließ er sich in den Sand sinken, stemmte die Hacken in den Sand, öffnete seine Knie, starrte auf den Boden und begann auf der Stelle mit seinem Zeigefinger Spuren in die lockere Oberfläche zu zeichnen. Spiralen waren es oder Schnecken? Entstand vor ihm ein Labyrinth, ein mir unbekanntes Symbol?

„Wollen wir baden gehen?", fragte ich betont heiter.

„Keine Lust!", murmelte er tonlos.

„Warum hast Du das getan?"

Mark schwieg und drehte seinen Kopf ruckartig, sodass er mich ansehen konnte: „Hast Du eigentlich zuhause einen Freund?", grinste er mich mit seinen braunen, funkelnden Augen an.

„Einen Freund? Das kann ich nicht gerade behaupten!"

„Das soll ich Dir glauben?", flüsterte er.

„Warum?"

Mark drehte sich zu mir um. „Du bist zu hübsch, um allein zu sein!"

„Ja, ich hatte einen - aber keinen Freund! Wie nennt man einen Schulkameraden, der zuschlägt? Klaus heißt er.", ergänzte ich.

Mark beobachtete mich, während sich in meinen Augen Tränenflüssigkeit sammelte. Sanft legte er seinen Arm um mich.

„Na komm! Mark ist doch bei Dir. Du musst nicht weinen."

Ich wusste nicht, ob ich über das längst vergangene Erleben mit Klaus weinte oder über die Tatsache, dass Mark es nicht wagte, mir die Wahrheit über sein plötzliches Verschwinden am Vorabend zu sagen.

Ich dachte: „Kaus ist gekommen, um wütend zu werden und Mark ist verschwunden um Böses zu tun. Beide haben nicht darüber nachgedacht, wie es mir geht."

Ich hoffe, Deine Lebensfreude raube ich Dir nicht, wenn ich jetzt Deine Aufmerksamkeit für das erbitte, was ich als „böses" bezeichne.

Das „Böse" stelle ich mir vor als Matrize, als die Negativform des „Guten".

Wachs, Ton, Kunststoffe, Schokolade oder Gold lassen sich, ebenso wie Blei, in solchen Matrizen gießen oder pressen. Und was entsteht aus den gegenständlichen Negativformen? Viel schönes Gutes und Nützliches.

Schon in Mesopotamien entstanden auf diese Weise wunderbare Reliefs aus Terrakotta. Später fertigte man gegossene Geschmeide aus Gold, die ersten Lettern aus Blei, Werkzeugteile aus Stahl, Kunststoffteile für unsere Gebrauchsgegenstände oder neue Zähne. Oh Wunder, man entdeckte die Doppelhelix, die DNA und RNA, die aus der Matrize oder der Quell - DNA synthetisiert wird.

Da bin ich also angekommen bei den Trägern der Erbinformation und bei der Individualität des Menschen.

Damit Dir meine Beispiele gut schmecken, möchte ich Dir eine Praline anbieten, formschön, sehr lecker - eine in Negativform gegossene Krönung der Schokoladenhersteller.

Das „Böse", was mich beschäftigt, ist leider oft unsichtbar. Es entsteht in den Köpfen der Menschen. Und damit kann es bedrohlich oder gefährlich sein.

Das Böse in den Köpfen ist deutlich weniger erfassbar, als die DNA, die wir, wie könnte es anders in unserem technisierten Zeitalter sein, mit Laserdetektoren sichtbar machen können.

Das „Böse", das jeden Menschen bewegen kann, ist nicht gegenständlich und schwirrt im Dunkel unserer Köpfe herum. Ängste sind es, negative Gedanken, traurige Erlebnisse, die uns peinigen. Das „Böse" kann aber auch durch körperliche Schmerzen hervorgerufen werden und psychische Leiden es auslösen oder verstärken.

Den einen Menschen ergreift die unheimliche Kraft „böser Gedanken" tief, dauerhaft und bedrohlich. Den anderen Menschen berührt das „Böse" nur zart.

Manchmal kommt es kurz, plötzlich, bringt Angst oder Schrecken und weicht wieder zügig, fast von selbst.

Ist es Schicksal oder bezeichne ich es doch lieber als Zufall?

Es liegt daran, mit welch stilvoll, fairem Verhalten und guten Gedanken wir gelernt haben, dem „Bösen" zu begegnen.

Es liegt an der Kraft guter Gedanken, an dem Mut und er Erziehung zu fairen Handlungen, mit denen wir bösen Einflüssen entgegentreten.

Wir sind mit der Möglichkeit des „Bösen" in uns geboren worden. Doch ausleben kann es ein Baby nicht, auch wenn es schreit und strampelt. Dazu ist es noch zu unwissend. Es handelt intuitiv, folgt den eigenen Bedürfnissen.

Es schreit aus Hunger und Schmerz und um seine Stimme zu finden. Das kleine Kind weint, wenn es fällt oder Lärm ausgesetzt wird.

Irgendwann erlebt das junge, menschliche Wesen Licht und Geräusche. Es hört Worte, vielleicht grobe Ausdrücke oder negative Aussagen? Es erlebt Taten der Mitmenschen, vielleicht bedrohlich? Das abhängige Kind kann sich solchen Einflüssen kaum entziehen.

Tatsache ist, Blicke, Stimmen, Worte, Taten, das Helle und das Dunkle, das Laute und das Leise nehmen Einfluss auf die Kleinsten unter uns.

Jedes kleine Kind ist mehr oder minder negativen Einflüssen ausgesetzt. Manche Kinder werden von bösen Einflüssen besser bewahrt, durch Eltern, Geschwister und Betreuer. Sie werden geschützt durch verantwortungsvolle Betreuer und eine verantwortungsbewusste Gesellschaft, in der sie leben.

Aber wir alle erleben das Negative, wenn wir fallen, uns stoßen und auf heiße Herdplatten greifen. Wir erleben es bei Unwetter und bei Naturkatastrophen, durch Krankheiten.

Immer wieder gehen wir auf die Suche nach dem „Bösen" und dem „Guten", erst intuitiv und später bewusst.

Manch ein suchender Mensch provoziert das „Böse" ohne zu wissen, dass er oder sie eigentlich auf der Suche nach dem Positiven ist.

Oft begegnen wir Menschen, die sich negativen Einflüssen gebeugt haben und nun selbst negativ handeln und denken.

Oh, fast hätte ich vergessen zu erklären, warum ich das „Böse" schreibe.

Ich sehe „das Böse" weder als Inbegriff des moralisch Falschen, noch mit den Augen der Religionswissenschaftler. Mir ist auch nicht daran gelegen böses Handeln und Denken, das wissentlich Einfluss nimmt, zu beleuchten.

Für den Begriff „das Böse" habe ich mich entschieden, weil sich ein weiter Bogen spannen lässt, von frech und übellaunig, über gehässig und unanständig, zu zornig, bissig oder verfeindet. „Das Böse" zeigt sich traurig oder geizig, neidisch oder eifersüchtig, angstvoll oder bedrohlich.

Das Wort „böse" ist in unserem Sprachgebrauch einsetzbar für mehr als einhundertfünfzig Adjektive. Es zieht in allerlei Wandlungsformen alltäglich durch unsere Köpfe, verfängt sich oder kommt heraus, aus unseren Mündern. Es zeichnet sich in Gesichtern ab und zeigt sich in der Körpersprache.

Mich bewegt das „Böse" in allen Formen von negativen, traurigen Gedanken, die jedem denkenden Menschen durch den Kopf gehen. Es liegt an jedem Einzelnen erwachsenen Menschen das „Böse" in positives Denken und gutes Handeln zu verwandeln.

Sollten meine Gedanken zu düster auf Dich wirken? Nun, dann fahre ich gerne fort mit meiner Erzählung.

Mark stand neben mir, zu groß und dünn. Seine Hände hingen, zu Fäusten geballt, an langen Armen. Angekommen waren wir auf einem der Bahnsteige des Bahnhofs, von dem unsere Reise drei Wochen zuvor begonnen hat.
Es war ein schwüler Tag. Eine feine Wolkenschicht hielt die Strahlen der Sonne zurück. Ich schwitzte.
Nach und nach schlenderten und schritten die Teilnehmer unserer Ferienreise von allen Seiten auf Mark und mich zu. Von allen Seiten reichten sie ihm ihre Hände, umarmten ihn – oder mich. Ihre Stimmen klangen heiter. Ihre Blicke waren freundlich. Was sie sagten, klang hoffnungsvoll. Sie wünschten uns eine glückliche, gemeinsame Zukunft. Alle mochten Mark, sein sanftes Lächeln, seine guten Ideen. Es war eine seltsame Stimmung zwischen Anfang und Ende, zwischen gestern und heute, zwischen lachen und weinen.
Dann ging alles ganz schnell. Dier Gruppe löste sich auf. Mark ergriff meinen Koffer, trug das schwere Gepäck so geschwind, wie auf der Hinfahrt, über eine Treppe herunter, durch zugige Gänge und irgendeine steinerne Treppe wieder herauf. Ich hastete nach Luft schnappend hinter ihm her.
Plötzlich standen wir nebeneinander allein auf einem zugigen Bahnsteig. Die Luft war feucht. Der Himmel war inzwischen wolkenverhangen. Die Gleise wirkten hart. Wir warteten auf meinen Zug.
Ich dachte: „Noch zwei Stunden Fahrt auf Schienen, eine kurze Busfahrt, dann werde ich zu Hause sein."
Warmer Wind zog um unsere Köpfe. Bahnsteigleere, die sich langsam mit Passagieren und wartenden füllte.

Mark hatte den Kopf gesenkt, schaute herunter auf den grauen Asphalt, der bis zur gepflasterten Bahnsteigkante reichte. Seinen Arm legte er zu schwer auf meine Schultern. „Jetzt muss ich wieder allein durch die Stadt ziehen.", entwich es seinem Mund so, als stünde ich gar nicht an seiner Seite. Starr verlor sich sein Blick im groben Gestein unter den Bahngleisen.

„Ich besuche Dich, ganz bestimmt!", versprach ich leise, Silben verschluckend.

„Soofia, du kleine Maus, du bist eine Liebe, fahre schön zurück in dein heiles Dorf. Ich bleibe in der Stadt. Weißt du, zwischen den Häuserzeilen weht ein rauer Wind. Nichts für zarte Seelen."

„Aber.", stammelte ich aufgeregt.

„Du bist eine Liebe, aber von meiner Welt verstehst du nichts. Und das ist gut so!" In diesem Moment schob sich die Antriebsmaschine des einlaufenden Zuges vor meine Augen. Ich sah auf glanzlose Wagons: „Willst du mich denn nicht wiedersehen?", fragte ich mit erstickender Stimme.

„Was ich will? Danach frage mich nicht! Was ich will, das fragt mich hier in dieser Stadt keiner!"

Mark zog meinen Koffer an sich und schob mich auf eine der Zugtüren zu. Ich wehrte mich nicht.

„Komm, steig ein und bleibe so wie du bist, du kleine Sophie. Ich lebe in meiner Welt und die ist nichts für dich!"

Mark hob den Koffer in den Zug, nahm mich fest in die Arme, gab mir einen Kuss auf den Mund und sprang wortlos aus dem Zug. Im Fortgehen rief er: „Ich verspreche es dir, wir sehen uns in einem anderen Leben wieder!"

Der Schaffner warf von außen die Zugtür vor meiner Nase zu. Ein lauter Pfiff. Ein Ruck. Mein Blick heftete sich an den schlacksig von dannen schlendernden Jungen, der immer eiliger, den Oberkörper weit nach vorne gebeugt, der Treppe in den Untergrund zustrebte. Einem Geländer ausweichend, verschwand er in den Tiefen des Bahnhofs. Quietschen, Rollen, Nebengleise, schäbige Hausfronten, Straßen ins Nichts, grau zogen immer schneller vor meinen Augen vorbei. Dann verwehrten meine Tränen mir die Wahrnehmung klarer Konturen.

Liebe Leserin, lieber Leser, zu farblos und ausdruckslos sind in diesem Moment meine Gedanken. Ich muss mich sammeln, um Dir positiv, freundschaftlich, ja heiter zu begegnen!
Wie oft habe ich mich, beim Lesen trauriger Lektüre elend, einsam und hoffnungslos gefühlt. Ein Zustand, dem ich Dich nicht aussetzen möchte, selbst wenn Du munterer oder widerstandfähiger als ich sein solltest.
Traurigkeit trennt. Sie trennt dann, wenn einer von zwei Freunden, dem Glück zustreben möchte. Und es besteht die Möglichkeit, dass Du in diesem Augenblick heiter und kreativ sein möchtest.
Ich vwersicher Dir, ich möchte Dir nah bleiben! Also gebe ich mir einen Ruck, öffne das Fenster neben meinem Schreibtisch weit und atme ganz bewusst und tief die erste Frühlingsluft ein.
Vom Anblick des frischen Grünes, das aus den vergilbten Wiesen sprießt, lasse ich mich inspirieren. Da kommt mir eine Idee. Ich könnte mich kurzfristig und ohne große Mühen ablenken.

Internet heißt das Zauberwort. Meine Ankunft in der Netzwerk-Ferne, der Freundes-Fremde ist restlos unspektakulär.
Ich sitze noch immer auf dem Drehstuhl vor meinem Schreibtisch, genauso wie Du mich kennst. Und ich stelle mir vor, dass Du liest.

Klick höre ich: Die Verbindung zu einem global aufgestllten sozialen Netzwerk ist hergestellt. Plötzlich sehe ich mir ins Gesicht. Genauer gesagt, blickte ich in die miniaturkleine Ablichtung meines Gesichtes und sogleich auf klitzekleine Fotos, kommentiert von winzigen Daumenpiktogrammen, umrahmt von Kommentaren, die ich wirklich nicht lesen muss.

Jedes „Lol" und „Aha", jedes „Toll" und „Schräg" und „Geil" und „Klasse" erscheint mir, für die sinnvolle Gestaltung meiner computernahen Stunden, unbrauchbar.

Meine Ablehnung einer undifferenzierten Umgangssprache als zeitraubendes Mittel der Kommunikation aber hat zur Folge, dass mein Blick an den rechten oberen Bildschirmrand schweift. Ich erblicke ein kleines Feld, in dem ich sofort nach „Freunden" suchen kann.

Du kennst mich lange genug, um zu wissen: Ich bin neugierig. Ein Charakterzug, der mir im nächsten Moment ein weiteres „Klick" regelrecht aufzwingt.

Kaum habe ich Vor- und Zunamen in den Suchbereich eingegeben: Mark! Tatsächlich lese ich Mark, und dieser prägnante Vorname passt zu dem, von mir sogleich eingegebenen, eigenwilligen Nachnamen.

Was jede Verwechslung restlos ausschließt, ist ein winziges Foto, ein Profilbild, das dem zwanzig Jahre jüngeren Original erstaunlich ähnelt. Kein Zweifel, Mark lebt!

Wenn Zeit zusammenschmelzen kann, sich verdichten zu einem Nichts, dann in einem Moment, in dem besonders schöne und wertvolle Eindrücke plötzlich in einem wach werden.

Das geschieht, während ich das Foto von Mark betrachte. Zwei Jahrzehnte gelebter Zeit verschmelzen zum Heute. Vergeblich bemüht sich mein Verstand, den wilden Tanz meiner Gefühle zu ordnen.

Gelassenheit fordert mein Verstand und erklärt mir, dass ein Foto, ein Name im Internet sichtbar geworden, noch lange keine räumliche Nähe verspricht.
Das bedeutet: Mark kann mir im Internet jede Kontaktaufnahme verweigern.

Um Dich nicht länger meiner Unruhe auszusetzen, beschließe ich jetzt, so gelassen wie möglich, über das „Gute" nachzudenken.
Das „Gute" zeigt sich in den Ideen und Erlebnissen, die beleben oder beruhigen, die erheitern oder stärken.
Für das eine Adjektiv „gut" finden sich so feine Synonyme wie: edelmütig, anständig, warmherzig, heiter, liebenswürdig, angenehm oder konstruktiv - um nur eine winzige Anzahl wertverwandter Ausdrücke hier zu erwähnen. Mehr als hundert Adjektive lassen sich durch „gut" ersetzen.
Ob die Anzahl von Adjektiven, die das „Gute" sinngemäß in sich tragen, über die Vielfalt von Begriffen für das „Böse" überwiegt? Ich weiß es nicht.
Aber was bedeutet schon die Quantität, wenn die Qualität unvergleichlich ist und hochgeschätzt. Wie erfreulich ist es, wenn das „Gute" einwandfrei und beachtlich, sowohl solide, als auch einfallsreich daherkommt.
Meine These: Die Qualität des Guten ist herausragend. Denn nur die guten Mittel befähigen uns, geistvolle, mutige und erfolgreiche Wege zu finden.
Was ist gut? Alle Mut machenden, aufbauenden Gedanken tun jedem von uns gut. Demzufolge tut die Hoffnung wohler, als das Bangen. Doch wann sollten wir hoffen und wann geben wir uns einer Illusion hin? Wann tut Mut gut und wann zeigt er sich übermütig oder leichtsinnig?

„Hallo mein Mädchen, liebe Sofia, bist Du es wirklich?" Diesen satz lese ich in diesem Moment unter der Rubrik Nachrichten in meinem virtuellen Postfach.

Schweißperlen sammeln sich in meinen Handflächen. Nur mühsam schweben meine Hände ungenutzt über der Tastatur, während meine Arme erlahmen. Das heftige Schlagen meines Herzens geht einher mit einer empfindlichen Störung der Regulation meiner Atmung. Mein Atem gerät ins Stocken.

„Hallo, lieber Mark", schreibe ich schwer atmend. „Ob ich dem jugendlich frischen Klang meines Namens, den Du mir damals in Frankreich verpasst hast, heute noch gerecht werde? Ich bezweifle es nach nahezu zwanzig Jahren, in denen Du mich nicht gesehen hast. Natürlich bemühe ich mich, auch heute noch jugendlich zu erscheinen. Doch ich kaschiere nicht gerne mit Cremes und Masken, meine hier und da sichtbaren Falten. Auf chirurgische Eingriffe, allerlei Tricks und Raffinessen, die vorgeben das Gesicht und den Körper zu verjüngen, verzichte ich gänzlich. Was mich jung hält? Nun, ich lächle, weil die heitere Mimik meine Mundwinkel hebt und weil mir das Lächeln deutlich mehr Freude bereitet, als griesgrämig vor mich hin zu schauen.

Plötzlich halte ich inne und denke, was schreibe ich da alles?" Doch dann enschließe ich mich, der inneren Unruhe weiter entgegen zu schreiben: „Ich treibe Sport - nicht zu viel. Ich esse vorzugsweise Kaninchenkost, ohne Vegetarierin zu sein. Mein Spiegelbild ist mit mir zufrieden, auch wenn es ab und zu amüsiert oder mitleidig mit dem Kopf schüttelt. Warum? Weil wir beide, mein Spiegelbild und ich genau wissen, dass Äußerlichkeiten viel zu wenig über innere Werte aussagen. Also, genug davon. Genug von mir. Wie geht es Dir? Wie lebst Du? Ich grüße Dich herzlich, Sophie."

Am nächsten Morgen lese ich:

„Liebe Sofia, Mädchen aus dem norddeutschen Flachland, Teil meiner Seele und bisher der einzige Mensch, der meine „Gedankenverwurstungen" vorurteilsfrei aufnehmen und manchmal transformieren konnte. Wenn Du bereit bist, beginne ich mit dem, was mich bewegt.

Ich weiß nicht so recht, wo ich anfangen soll. Es ist unendlich viel aus den vergangenen Jahren zu erzählen. Ich habe es tatsächlich geschafft, bin rausgekommen aus dem traurigen Einerlei einer für mich unendlich öden Stadt. Nichts habe ich ausgelassen an gruselig traurigen Eindrücken. Doch ich habe das erreicht, wovon viele träumen. Ich bin vom Tellerwäscher in der hintersten Ecke der Küche einer drittklassigen Restaurantbar, zu einem geachteten Geschäftsmann geworden.

Dann bin ich viel zu lange im Mainstream dieser Gesellschaft mitgeschwommen, habe Umsatzmillionen bewegt. In einer rückläufigen Branche habe ich Zuwachsraten erzielt und bin am Ende lustlos geworden weiterzumachen.

Es gab Gründe dafür: Die Verlogenheit der Branche, das Ausnutzen intellektueller Überlegenheit gegenüber anderen, allein zu meinem persönlichen Vorteil, das Unterschieben von Verträgen, usw.

Auf dem Höhepunkt des Krieges zwischen Herstellern, Händlern und Kunden habe ich einfach den Schlüssel umgedreht - mit einer zuvor erarbeiteten neuen Perspektive für mich, versteht sich. Ich habe mich sozusagen vom Acker gemacht, weil mir der Boden zu vergiftet erschien, auf dem ich wirtschaften sollte. Ich grüße Dich herzlich, Mark.

Sofort nach dem Eintreffen seiner Mail antwortete ich ihm. Betreff: Führungstalent.

Hallo, lieber Mark. Hier in mein Zimmer mit Blick auf die Wiesen, dringen Strahlen der Sonne so auf meine Finger, dass sie lange Schatten auf die Tastatur meines Laptops werfen.

Auf meinem Schreibtisch herrscht noch immer ein ungewohntes Chaos. In meinem Kopf auch. Der heiße Kaffee muss im Becher warten. Statt zu trinken, beschreibe ich lieber das Weiß einer neuen Seite.

Zuerst erlaube ich mir, Deine „Gedankenverwurstungen", durch wohldurchdachte Verknüpfungen Deiner Gedanken, zu ersetzen.

Was mir damals in Frankreich besonders an Dir auffiel, war Dein außergewöhnliches Talent, Gleichaltrige, aber auch Erwachsene auf einfühlsame Art mit Humor, zu führen. Niemand verweigerte Dir das fröhliche Miteinander. Keiner verwehrte Dir die Unterstützung, wenn Du Deine Ideen, mit Witz und natürlicher Autorität, unterbreitet hattest.

Deine Menschenfreundlichkeit und Begeisterung befähigte Dich, eine Gruppe zu führen, in der Du damals einer der Jüngsten warst.

Ich danke Dir dafür, dass ich Dich so erleben durfte! Gelernt habe ich von Dir viel. Mit lieben Grüßen, für Dich, Sofia

Ich muss Dir, liebe Leserin oder lieber Leser gestehen, dass soeben die Temperatur im Inneren meines Körpers fühlbar angestiegen ist, denn ich fürchte soeben einen großen Fehler gemacht zu haben.

Nein, nicht inhaltlich! Marks Reaktion auf meine Zeilen kann ich im Moment nach so wenigen Zeilen überhaupt noch nicht einschätzen.

Mein Fehler liegt im Stil!

„Wie geht es Dir? Was fühlst Du nach dem Lesen der vergangenen Absätze? Bist Du ungehalten, verärgert gar?"

Über zweihundert Seiten lang liest Du nun Gedanken, die ich, Sophie, nur aus einem Grund eintippe. Ich möchte

Dich davon überzeugen, mich vertrauensvoll, ja freundschaftlich zu begleiten. Du vertraust mir.

Plötzlich aber hat Sophie, diese impertinente Person, nichts Besseres zu tun, als direkt vor Deinen Augen einem Anderen zu schreiben.

Das wäre vielleicht noch zu ertragen. Aber diese Sophie schreibt diesem seltsamen Typen, der sie vor Jahren an irgendeinem Bahnsteig ohne weitere Erklärung, verlassen hat.

Sophie schreibt ihm, nicht Dir, mitten hinein in unser Medium, in unsere Freundschaft. Damit nicht genug! Sie begeistert sich für diesen unbekannten Burschen. Sie schwärmt und flirtet. Und Du? Du liest.

„Nein, liebe Leserin oder lieber Leser, sage jetzt nichts! Du fühlst Dich unwohl, bist entsetzt, dass ich Mark in unsere Gemeinschaft einbezogen habe, ohne Dich zuvor zu fragen.

Du fühlst Dich verraten von einer Person, die sich nichts sehnlicher gewünscht hat, als eine zuverlässige Freundschaft mit Dir! Nicht mit Mark!"

Was mich jetzt aber noch mehr beunruhigt, als mein schlechtes Benehmen Dir gegenüber. Was wäre, wenn Du es wunderbar fändest, dass Mark von nun an Deine Stelle einnimmt? Wenn Mark zum Leser würde?

Vielleicht hast du ganz still vor Dich hin längst gehofft, dass Sophie ihre Konzentration endlich auf andere Personen richtet? Vielleicht hast Du Dir gewünscht, sie möge endlich eine andere Leserin oder einen anderen Leser in ihren Bann ziehen? Du schweigst? - Oder ersehnst Du vielleicht, dass Mark meine Stelle einnimmt und Dir fortan weiterschreibt? Was habe ich bloß getan!

Soeben erreicht mich eine Mail von Mark.

Liebe Sofia, Mädchen in den Wiesen, lass mich Dir das Folgende schreiben: Nur, wenn in einer Freundschaft auf beiden Seiten das Ego fällt, kann etwas wirklich Groß-artiges entstehen. Das Ego aber lassen nur die Menschen los, die sich souverän und gelassen fühlen. Solche Persönlichkeiten haben in ihrem Leben erfahren, dass sie sich selbst in den meisten Fällen gut beschützen können. Ein souveräner Mensch bewahrt die eigene Seele vor Angriffen und Abwertungen mit guten Worten und mutigen, fairen Taten. Sie oder er spricht über die eigenen Gefühle, benennt Bedürfnisse. Eine charakterlich gefestigte Person verhält sich ehrlich, mutig und anständig. Manchmal schweigend, besinnt sich die souveräne Persönlichkeit auf das Gute.

Solch ein Mensch wagt es, sich auf die Bedürfnisse und Wünsche anderer einzulassen, mit dem sicheren Gefühl, nichts dabei zu verlieren. Es ist noch ein langer Weg, bis wir auf viele solcher Charaktergestalten in unserer Gesellschaft treffen - aber lernen bedeutet lebendig bleiben. Und viele Menschen sind sehr lebendig. Du bist es. Ich bin es. Sei ganz herzlich gegrüßt, liebe Sofia. Dein Mark.

Liebe Leserin, lieber Leser. Hier, in den Seiten unseres Buches, sind wir beide ab sofort wieder allein. Das habe ich beschlossen! Fair und freundschaftlich ist es Dir gegenüber nur, wenn ich sofort die von mir bewusst veranlasste, buchinterne „Dreiecksbeziehung" beende.

Mit meinen ersten Sätzen an Dich, übernahm ich, im Rahmen unserer Schreib- und Lesegemeinschaft, Verantwortung für Dein Wohlbefinden.

Ich sehe es so: „Eine freundschaftliche Beziehung ist so gut und zuverlässig, wie jeder das Wohl des anderen beachtet und pflegt."

„Da Du, liebe Leserin oder lieber Leser niemals die Chance haben wirst, Deine Gedanken in diese Seiten einzufügen, da Du mich weder tadeln noch bitten kannst, muss ich Deine Bedürfnisse sorgsam erspüren.

Einfühlung nehmen möchte ich vor allen Dingen auf Deinen Wunsch nach Gleichwertigkeit. Welcher Herkunft und Geschlechtes Du auch bist, welche Ideen Du auch vertrittst, Dein Wert als individuelle Persönlichkeit sollte mir ebenso am Herzen liegen, wie meine Selbstachtung.

Du sollst mir vertrauen können. Kurzum zwischen diese Buchdeckel wird sich in Zukunft keine andere schreibende Person schieben, selbst wenn sie oder er uns einiges zu sagen hätte.

Von Herzen bedanke ich mich für Deine Toleranz. Mit seriösem Schweigen und Deiner Geduld, die so anziehend auf mich wirkt, beobachtest Du mein Temperament. Mit Deiner Würde begleitest Du meine Begeisterungsfähigkeit aber auch meine Widersprüche und Fehler.

Dass ich mich inzwischen, innerhalb dieses kultivierten Rahmens gedanklich öffne, mich locker und befreit fühle, verdanke ich Dir.

Unterschätze bitte nicht Deinen Wert. Deine Rolle ist die des „gebenden Menschen". Du gibst geistige Kräfte und Deine Zeit, um meinen Gedanken zu folgen. Das achte ich hoch. In diesem Sinne bitte ich Dich, weiterhin meinen Gedanken auch gerne kritisch zu folgen.

Ich war siebzehn Jahre alt, sehr verliebt, und Mark hatte sich seit seinem Abschied am Bahnhof nicht gemeldet. Wie eine leere Dose, die weggeworfen am Wegesrand zwischen getrockneten Halmen und verknüllten Bonbonpapieren rostet, fühlte ich mich.

Nicht genug, dass ich immer noch Ferien hatte. Ich verbrachte sie auch noch allein mit Mutter. Und Mutter konzentrierte sich auf die Führung des Hauses.

Ohne Mark schmeckte das Essen fade, was mich dazu veranlasste, meine Nahrungsaufnahme auf das Nötigste zu reduzieren.

„Iss!", befahl Mutter. Ihre Stimme klang flehend. Doch ich stand auf, ließ Mutter und den gedeckten Tisch hinter mir und verschwand, lange bevor die Nacht anbrach, in meinem Zimmer. Dort hatte die Sommersonne über Tag den Raum unangenehm erhitzt. Ich schwitzte, öffnete aber das Fenster nicht. Ich ließ es geschlossen, damit sich der Schmerz der Trennung in mir heiß und qualvoll ausbreiten konnte. Ich wollte leiden, und je mehr mich Hunger und Hitze quälten, litt ich. Ich weinte und schimpfte, während ich mich stundenlang allein auf meinem Bett wälzte.

So verbrachte ich zwei Tage, in den ich nur unwillig etwas zu mir nahm, um mich sogleich wieder in meinem Zimmer zu verkriechen. Am dritten Tag stach ein Lichtstrahl mir um acht Uhr morgens hell und viel zu spitz in die Augen. Mein Kopf schmerzte. Wütend zerrte ich an den Gardinen, bis sich ein Schal über den andern schmiegte. Dann warf ich mich rücklings wieder ins Bett. Doch die Mischung aus Schweißgeruch und feuchtem Laken trieb mich heraus und diesmal hinein in unser Badezimmer.

Keine Angst, ich stinke nicht, jetzt nicht und hier in unserem gemeinsamen Raum schon gar nicht. Vielmehr bin ich frisch geduscht und gut frisiert. Ach ja, nicht das Du denkst, ich hockte hier liebeskümmerlich hinter dem Deckel meines Laptops.

Nein, ich sitze fröhlich, mit geradem Rücken und beweglichen Fingern vor Dir. Leid hin, Leid her. Du hast mein freundschaftlich faires Verhalten verdient. Es wäre nicht anständig von mir, Dir zuerst Trauriges zu erzählen und Dich dann auch noch mit dem depressiven Nachhall eines längst vergangenen Seelenschmerzes zu belasten.

Nachdem ich drei Tage lang den Liebeskummer zur größten Macht über mich erklärt hatte, der ich mich willenlos – oder doch willentlich auslieferte, wurde die kühle Dusche zur willkommenen Abwechslung. Als mein Blick beim Anziehen von Shirt und Rock über die Bücherrücken in meinen Regalen schweifte, hatte ich eine Idee.

Kurze Zeit später lehnte ich mich so fest gegen diee schwere Eingangstüre aus Holz und Metall, dass diese endlich meinem Körpergewicht nachgab. Geschafft. Drinnen herrschte eine angenehme Kühle. In dem weitläufigen Geschäft standen zwei Buchhändlerinnen. Mein Gruß hallte durch den Raum, dessen Wände über und über gefüllt waren mit dem neusten Sortiment des Buchhandels.

Sofort heftete sich mein Blick an jene Buchrücken, die der Gattung der literarischen Erzählungen und Romane zugeordnet waren.

Den Kopf zur Seite gelegt, suchte ich nach Buchtiteln, von denen ich mir einen tieftraurigen Inhalt versprach. Ab und zu zog ich eine der Lektüren hervor. Nach dem Lesen des Klappentextes, schob ich entweder das Buch zurück oder ich legte es vor mich auf einen kleinen Tisch. So entstand langsam ein Stapel mit Büchern meiner Wahl.

Es verging viel Zeit, bis ich eines der Werke endlich in meine Hände nahm. Es war ein Roman, dessen Klappentext mir pures Liebesleid, vom tragischen Anfang bis zum dramatischen Ende, in Aussicht stellte. Wogen von hoffnungsloser Sehnsucht würden beim Lesen über meine Seele spülen. Das war gut so! Denn ich hatte mir vorgenommen, gegen den Schmerz der abrupten Trennung von Mark mit dem Gefühl von abgrundtiefem Leid anzukämpfen. Kein Mensch auf der ganzen Welt sollte den Verlust eines geliebten Menschen grausamer empfinden, als ich.

An dieser Stelle möchte ich meine Erzählung abbrechen, um Dich anzulächeln, immer noch heiter. Ich kann nicht anders, denn zurückschauend, war ich damals kerngesund und braun gebrannt. Ich verfügte über feste, klar definierte Muskeln. Im ansehnlichen Freizeitlook, mit einer hinreißenden Löwenmähne, bei klaren, grünen Augen an kirschrotem Schmollmund, muss ich attraktiv gewirkt haben. Aber mir reichte das nicht.

Vielmehr beschloss ich mit trauriger Entschiedenheit: Das Glück hatte sich auf einem fremden Bahnhof, in einer mir unbekannten Stadt, in Person von Mark, aus meinem Leben zurückgezogen. Ich war mir sicher, dass der Frohsinn und die Zufriedenheit in jenem Moment von mir für immer Abschied genommen hatten. Allerdings verbarg ich diese Erkenntnis hinter fest zusammengepressten Lippen, denen ich verbot, meine Erkenntnis in die Freiheit zu entlassen, sprich auszuplaudern. Schweigeversprechen! Die vom Sommerwind verwehte Zweisamkeit, das verlorene Glück, so schwor ich, sollte mir, mir ganz allein gehören.

Erlaube mir bitte ein kleines Spiel. Es ist das Spiel „vorher und nachher", wobei zwischen „vorher" und „nachher" über zwanzig Jahre liegen.

Nein, in den folgenden Zeilen verbirgt sich keine Werbebotschaft für Schlankmacher, sondern meine, auf individuelle Bedürfnisse ausgerichtete Wertebotschaft für ein zufriedenes Leben. So viel zur Erklärung der folgenden Zeilen, die ich mit aktuell heiterem Lächeln, also auch mit zahllosen Lachfalten präsentiere.

Das „Vorher" habe ich bereits, mit meinem traurigen Besuch der Buchhandlung, beschrieben. Nun komme ich zum „Nachher". Ich freue mich, wenn Du mich heute nochmals in dieselbe Buchhandlung gedanklich begleitest.

Meine Vorgabe: Noch einmal bin ich so traurig wie damals. Wieder nähere ich mich mit hängenden Mundwinkeln und leicht gebeugtem Oberkörper dem Buchladen.

Schon vor dem Betreten des Geschäftes fällt mein Blick auf eine üppig blühende Kletterpflanze. Es ist eine lila-weiße Klematis. Damals wie heute verbindet sich ihre Farbenpracht mit dem sanften Blau der sorgsam angemalten, hölzernen Eingangstür. Die Schönheit der Blüten verführt mich, einen Moment lang innezuhalten. Langsam lehne ich mich gegen das immer noch erstaunliche Eigengewicht der Eingangstüre, die materialbedingt ihre charmante Widerborstigkeit beibehalten hat.

Heute blicke ich ganz bewusst in die Gesichter der Buchhändler und entdecke ein freundliches Lächeln. Mit einem höflichen Gruß unterstreiche ich meinen aufmerksamen Blick.

Durch die hohen Fenster auf der Ostseite des weitläufigen Verkaufsraumes schiebt sich, wie damals, das melancholische Licht der Sonne. Es kuschelt sich in das Wollweiß des Berberteppichs. Das klare Licht der Einbaustrahler verleiht den munteren Farben der Buchrücken einen lebendigen Ausdruck. Nun streicht, wie damals, mein Blick über die Buchtitel, die ebenso klangvoll wie betörend auf mich wirken. Nach Titeln halte ich bewusst Ausschau, die mir Lebensfreude und Hoffnung versprechen.

Ich blättere durch ein Werk, in dem sich prachtvolle Gärten vor meinen Augen ausbreiten. Ich öffne Seiten eines Bildbandes, der mir die Schönheit des kunstrvollen Tanzes zeigt. Schließlich verliebe ich mich in ein Buch mit abgelichteten Bäumen, uralt und prächtig wachsen sie in aller Welt.

Ob ich eine ähnlich wehmütige Liebesgeschichte, in Form eines Romanes heute noch kaufen würde, fragst Du mich? Warum nicht? Aber ich läse in der Lektüre nur, wenn ich emotional stabil, ja heiter gestimmt wäre. Sollten negative

Stimmungen des Buches mich traurig machen, legte ich das Werk vorerst zur Seite.

Heute weiß ich: Das Leben stellt mir genügend anstrengende Aufgaben. Täglich begegne ich Menschen, denen Mut und Lebensfreude guttun.

Da liegt es mir am Herzen, den Sorgen und dem Leid meine guten Gedanken entgegenzusetzen. Meine Erkenntnis bis zum heutigen Tage: Die traurigen Eindrücke verlieren sich nicht, indem man sie intensiv durchleidet.

Anstrengende Eindrücke verbessern sich keineswegs durch Angst und Traurigkeit. Sorgen erscheinen nicht edler, im Licht von sorgenvollen Gedanken. Kein Kummer ist gut genug, um ihn länger als irgend nötig, als Seelenleid wahrzunehmen.

Dennoch dienen negative Gedanken und traurige Ereignisse. Sie lehren, das Leben bewusst als Weg der Entwicklung wahrzunehmen. Negative Gedanken und traurige Ereignisse drängen mich, den positiven Gedanken nachzuspüren. Ich nenne das „Wandlung". Wertvolle Impulse geben mir negative Eindrücke dann, wenn es mir gelingt sie in postive Gedanken zu verwandeln. Das geht, aber nur mit viel Übung. Ich übe.

Vom warmen Licht der abendlichen Sonnenstrahlen in ein sanftes Gelb gefärbt, hatte sich, von mir unbemerkt, ein dünner Schleier aus Dunst vor das Azurblau des Himmels geschoben. Es war immer noch heiß. Mein Blick verlor sich zwischen den Zeilen. Die Lettern verschwammen. Erst jetzt stellte ich fest, dass ich mich vier Stunden lang, auf einen erstaunlich schroff erzählten, grauenvoll kitschigen Liebesroman konzentriert hatte. Nur in wenigen Zeilen blitzte die stärkste Zuneigung auf, die ein Mensch für den anderen empfinden kann. In der überwiegenden Anzahl der Seiten wurde vom schneidend kalten Wind verpasster Chancen erzählt. Um mich herum wehte ein warmes Lüftchen, das mir die Kehle austrocknete.

Von der Hitze des Tages klebten meine Knie fest aneinander. Unter meinen Achselhöhlen hatten sich Lachen gebildet. Den ganzen Tag über hatte ich mich auf meinem farbig gestreiften Handtuch gewälzt, mal rechts, mal links herum. Ich hatte mit dem Rücken zum Fluss gesessen oder ich mich bäuchlings hingelegt. Schließlich hatte ich meine Position in kürzeren Abständen gewechselt, damit die Strahlen der Sommersonne meine Haut nicht einseitig reizen konnten. Jetzt waren alle Seiten meines Körpers gleichermaßen gerötet.

Mir erschien es, als weitete sich mein Gehirn und drückte von innen gegen die Schädeldecke. Hitze, Sonneneinstrahlung. Ein immer gleicher Abstand meiner Augen zum Buch. Ich war geschafft.

Seit ich meinen Platz auf der Wiese, inmitten von Schilfbüscheln gewählt hatte, blickte ich zum ersten Mal herüber, zu den jungen Leuten in der Ferne. Unterschiedlich hohe und tiefe Stimmlagen waren gleichmäßig an meine Ohren gedrungen. Ich war genervt.

Kennst Du eine solche Stimmung? Dir wäre nichts lieber, als einem Menschen zu begegnen, der alle Traurigkeit von Dir nimmt. Dieser Mensch reichte Dir unverzüglich die Hand und hielte sie so lange fest, bis Du Dich fröhlich und sicher fühlst?

Komm, ich zeige Dir, wo ich mich am liebsten aufhalte, wenn sich die ersten wärmenden Strahlen der Frühlingssonne zaghaft um mein Haus schleichen.

Schau hier, direkt vor der Backsteinwand, die alle Strahlen der Sonne gierig aufsaugt, um sie sogleich als Wärme abzugeben, hier fühle ich mich wohl. Unter dem weit nach unten gezogenen Dach neben dem Rosenstock, aus dessen holzigen Ästen unzählige Blattspitzen sprießen, kommt der

Frühling zuerst an. Hier, neben den niedrigen Gehölzen, jedes in anderen Nuancen von Grün, habe ich zwei Sonnenstühle für uns aufgestellt. Dicke Kissen schützen unsere Rücken vor der Kühle. Zwei Wolldecken liegen bereit, die uns flauschig umschließen. Lehne Dich bitte genüsslich zurück. Dann kannst Du in Ruhe lesen oder ein wenig dösen? Vielleicht magst Du den Blick schweifen lassen, über das große Blumenbeet mit den unzähligen Knospen, die inzwischen aus dem Erdreich hervorsprießen.

Vielleicht siehst Du über das junge Grün der Wiesen hinweg bis zum Waldrand? Vielleicht blinzelst Du mir zu, wenn Du ersehnst, dass ich schweigen soll. Oder Du legst ein Lesezeichen zwischen die Seiten, damit wir uns in die Augen sehen. Was auch immer ich mir vorstelle, meine Aufgabe in unserer Beziehung sehe ich darin, weiterzuschreiben, feinfühlig aber unbeirrt.

Dein Einverständnis vorausgesetzt, schließe ich meine Erzählungen über Mark, mit meinen Gedanken über die „Angst".

Ich frage mich, wer oder was das jähe Ende meiner kurzen Jugendbeziehung mit Mark verursacht hat?

Inzwischen habe ich aus weiteren Mails von ihm erfahren, dass Mark zu Hause streng erzogen wurde. Das allein ist nicht schlecht. Allerdings haben die Betreuer, die seine wirklichen Eltern nicht waren, ihn mit wenig Herzenswärme streng erzogen. Kurz gefasst: Es fehlte ihm an Liebe und menschlicher Wärme. Statt mit Lob, Achtung und Gefühlswärme dem begabten Jungen Halt im Leben zu geben, wurde er diszipliniert, ja streng erzogen. Die Eltern werteten viele seiner Begabungen ab, tadelten ihn und „verbannten" ihn schließlich in ein winziges Zimmer im zweiten Stock des Hauses.

Leicht lässt sich ausmalen, wie Worte, Gestik und Mimik der Pflegeeltern dem empfindsamen Jungen zugesetzt haben.

Als Mark in Frankreich, nach einer Nacht im Ungewissen wiederkam, drehten sich meine Gedanken immer und immer wieder darum, dass er nun kriminell geworden war. Diese Angst blieb in mir haften. Diese Angst veränderte mein Verhalten und meine Ausstrahlung ihm gegenüber. Ich wurde ernster, bewunderte ihn nicht mehr so sehr und fürchtete mich davor, dass er mir nochmals weglaufen könnte.

Und Mark spürte die Veränderung in mir. Doch wir verschwiegen beide unsere gegenseitigen Beobachtungen und unsere Gefühle.

Fühlst Du Dich in diesem Augenblick einem Wutausbruch von mir gewachsen? Dich betrifft er nicht, das verspreche ich!

Kritisch blickst Du mich an, vielleicht sogar erschrocken. Diese Ankündigung hast Du jetzt, nach so vielen Aufrufen zu Frieden und Gelassenheit, nicht von mir erwartet?

Du hast Recht, mich an meine Ideale zu erinnern! Wut ist keine positive Energie. Gegen andere Menschen mit heftigen Worten geschleudert, vernichtet die negative emotionale Energie das Vertrauen und ein harmonisches Miteinander. Wut verdrängt die Gelassenheit. Sie ist ungeduldig und vernichtet den Frieden. Sie verletzt aber - auch und ganz empfindlich den Inneren Frieden.

Wut, diese sehr heftige Emotion, ausgelöst durch eine negative Stimmung, wirkt impulsiv, sicher auch aggressiv - auf Dich, in Dir, auf mich und in mir.

Das ich von Wut erfasst, Gefahr laufe, mich hier unsachlich und undifferenziert zu äußern, ist mir bewusst.

Ich habe da eine Idee: Der lateinische Ausdruck für „Wut" ist „furor". Die Ableitung des italienischen Ausdrucks

„furore" steht für „rasenden Beifall" sowie „Leidenschaftlichkeit." Meine Wut könnte also „Furore der Leidenschaftlichkeit" auslösen und damit „Aufsehen erregen".

Genau das möchte ich, bei dem folgenden Thema: Ich möchte „Aufsehen erregen" und „Beifall erringen", nein, nicht um meiner selbst willen.

Ich wünsche, dass Jugendliche und deren Seelen von Erwachsenen liebevoll betreut und sanft geschützt werden.

Ich fordere den würdevollen Umgang mit jungen Menschen, die gleichwertig und fair, aber auch unmissverständlich und klar ihre Grenzen kennenlernen sollten.

Also wandele ich meine Wut jetzt in Leidenschaft und bitte Dich, mir die Entladung meiner angestauten Gefühle und drängenden Gedanken zu gewähren. Danke!

Ich empfinde einen unerträglichen Druck bei dem Gedanken, dass vielen Menschen in unserem Kulturkreis nicht nahegebracht wurde, wie kostbar und einzigartig die kindliche Seele ist.

Viele Erwachsene haben keine Erinnerung daran, wie empfindlich ihre eigene Seele war, in der Zeit ihrer Jugend.

Warum wird nicht mit allem Nachdruck gelehrt, dass Kinder und Jugendliche der größte Schatz sind, den wir Menschen erschaffen können. Nichts sollten wir als wertvoller einschätzen, als Kinder - alle Kinder!

Doch der Wert der jungen Menschen liegt nicht darin, unsere Renten zu sichern und uns mit ihren Leistungen zu erfreuen. Ihr Wert liegt nicht in ihrer makellosen Schönheit oder ihrer Leistungsfähigkeit.

Ihr Wert liegt in ihrem Lachen, ihrem freien Denken, ihrer Freude an den kleinen Dingen des Lebens. Kinder sind der größte Schatz, den wir sehen, hören, riechen, berühren dürfen. Sie sind der Schatz, den wir begleiten, betreuen, führen und beraten dürfen. Wir dürfen ihnen unser Wissen und Können vermitteln. Ihre Seelen liebevoll zu beschützen, ist die schönste und wichtigste Aufgabe, denen sich jeder von uns täglich mit Freude zuwenden könnte.

Das waren Dir zu viele Superlative? Für die aufmerksame, jederzeit würdevolle Betreuung von Kindern ist der Superlativ immer und sofort geeignet. Wobei ich diese höchste der Steigerungsformen gerne auch einsetzen möchte, wenn ich an jene Menschen denke, die Kindern und Jugendlichen ein würdevolles Heranreifen ermöglichen.

Ich schreibe Dir, was in jedem Geschichtsbuch einen eindrucksvollen Raum einnehmen sollte. Es ist eine große Kunst, Kinder und Jugendliche in positivem Umfeld gutmütig, höflich, aber auch zuverlässig behütet aufwachsen zu lassen.

Täglich positiv gestaltend das Leben der Kinder zu begleiten, bedarf souveräner Persönlichkeiten, die fair und anständig handeln. Es kostet Lebensenergie junge menschen kresativ zu begleiten. Geduld, Kraft und viel Mut sind nötig für diejenigen, die junge Menschen kontinuierlich behüten.

Wer sich zuverlässig und verantwortungsbewusst dieser Aufgabe stellt, ist ein Held im modernen Sinn.

Dem feinsinnigen Beobachter und Freund bringen die kleinen Wesen Lebensfreude und Herzlichkeit, ja sie zeigen ihre Sehnsucht nach Liebe. Sie suchen nach Verständnis, nach Vertrauen und nach Unterstützung. Unsere Liebe und unseren Respekt benötigen Kinder, täglich, stündlich, um als liebvolle, heitere Menschen heranwachsen zu können.

Kinder beschenken uns mit ihrer Hoffnung auf eine glückliche Gegenwart und friedvolle Zukunft.

Bitte lass mich an dieser Stelle ganz bewusst, die Zeit der Kindheit erweitern auf die Jugendzeit. Denn Jugendliche benötigen Halt, gute Vorbilder und freundschaftliche

Betreuung. Aber auch erwachsene Menschen zeigen dort kindliche Züge, wo sie unerfahren oder unwissend sind. Dort benötigen auch die „Großen" liebevolle, faire und zuverlässige Unterstützung.

Allein, ohne jede menschliche Unterstützung fühlte ich mich, damals am Ufer des Flusses. Die Schwüle des Hochsommers trieb klebrigen Schweiß aus meinen Poren. Von dieser Feuchtigkeit magisch angezogen, attackierten, zeitlich fein aufeinander abgestimmt, unzählige Stechmücken meine Haut. Wo auch immer die surrenden Insekten landeten, bohrten sie ihre winzigen Saugrüssel in jenes Organ, das mein Inneres vor Einflüssen von außen schützen sollte. Doch den kühnen Angreifern hielt meine Haut nicht stand. Sie juckte. Ich kratzte.
Zur gleichen Zeit drangen aus der Ferne immer häufiger Wortfetzen an meine Gehörgänge, die meine seitenlang gepflegte Schwermut übel beeinflussten. Schließlich bedrohte ein vielstimmiges Gelächter mein Mitgefühl mit der traurigen Hauptfigur des melodramatischen Romanes aufzulösen. Etwas musste geschehen.
Die Verteidigung der Traurigkeit, die ich vor einer halben Stunde noch, jetzt war sie sinnlos! Was bliebe mir also? - Der eilige Rückzug? Auf dem Fahrrad nach Hause strampeln, mit klebrigem Schweiß auf juckender Haut? Das empfand ich als taktisch unklug. Also fasst ich einen Entschluss.
Ich sprang auf, trippelte auf Zehenspitzen an Distelgewächsen vorbei und huschte über schneidend scharfe Schilfblätter zum Ufer des Flusses, an dem ich mich niedergelassen hatte. Das Stechen und Pieksen unter den Fußsohlen ignorierend, ließ ich mich ufernah auf die Wiesenkante sinken und atmete tief ein. Beherzt ließ ich mich ins braune Wasser gleiten, vorbei an der Gewissheit, dass Blutegel am Rande ihre Bleibe haben. Ins Wasser? Das

war es nicht allein. Bis zu meinen Knien stieß ich in die moorig, moddrige Masse, schloss die Augen und paddelte wild kraulend in Richtung der Fahrrinne für kleine, motorlose Boote. Wasser drang mir in Ohren und Augen. Egal. Als ich endlich prustend meinte mein Ziel erreicht zu haben, vernahm ich in mein Schnauben: „Du bist aber mutig!" Eine dunkle Stimme durchdrang das gluckerndes Nass in meinen Ohren. Ich riss erschrocken meine Augen auf. Was zur Folge hatte, dass Wasser aus meinem Haar sogleich meine Augen benetzte. Ein stechender Schmerz, und schon paddelte ich mit geschlossenen Lidern umher. Plötzlich ergriff eine Hand meinen Oberarm. Wie von Ferne vernahm ich: „Ich halte Dich. Du siehst ja überhaupt nichts!"

Als ich die Lider, eines nach dem anderen, schnaufend und prustend öffnete, sah ich in das verschmitzte Lächeln eines blonden Mannes mit blauen Augen, der mich immer noch festhielt.

„Ekelhaft schlammig der Einstieg dort vorne, nicht wahr?", hörte ich ihn fragen, während er über meine Schulter hinweg an die Stelle sah, von der ich den Mücken entflohen war.

„Schwimm doch mit zu uns herüber! Am Ufer ist kein Moorboden. Dort ist Sand aufgefahren worden."

„Uns", hatte er gesagt? Erst jetzt sah ich, dass ich umringt war, von lachenden Gesichtern, die hier und da aus dem moorigen Wasser ragten.

„Klar, komm mit! Bei uns ist der Einstieg ins Wasser sandig!", wiederholte eine helle Stimme. Alle lachten. Ich auch.

Als wir bei Sonnenuntergang auf unseren Fahrrädern zurück ins Dorf fuhren, rief Florian plötzlich: „Sophie, etwas ist aus deinem Korb gefallen!"

In seiner Hand hielt er mein Buch.„Huch!", rief er sichtbar erstaunt, den Titel lesend. „Was liest Du denn da? Das klingt ja gruselig."

Ich musste grinsen und nickte zustimmend. Als ich Florian das Buch aus der Hand nehmen wollte, hielt er es fest. „Das ist nichts für Dich!", befahl ich lachend.

„Dann ist es für dich auch nicht gut!", erwiderte er fröhlich und strich mir über den Arm.

„Da hast Du recht!", nickte ich gespielt kleinlaut und stellte fest, dass ich den temperamentvollen Blick, den er mir zuwarf, genoss.

Langsam nähern wir uns der Zeit, in der es gilt Abschied zu nehmen.

Von Dir? Nein, gewiss nicht! Verabschieden werde ich mich von meinem Wirken an diesem Buch. Erlebt habe ich eine besondere Zeit, erfüllt von der Begegnung mit einem wunderbaren Menschen, der mir mit Sanftmut gewährt hat, längst Gedachtes neu zu beleuchten. Längst Geschehenes konnte ich einfügen in mein gegenwärtiges Bewusstsein. Dabei habe ich viele alte Bewertungen neu überdacht. Kleine Begebenheiten haben neues Gewicht bekommen. Ängste und alte Nöte wichen neuer Hoffnung. Ich nehme Abschied von einer Zeit, in der mir Vergangenes gegenwärtig wurde. Aber denke bitte nicht, ich sei traurig oder wehmütig. Nein, ich bin heiter und dankbar. Deine Nähe hat mich gestärkt.

Und Du? Magst Du darüber nachdenken, ob und wenn was, Dich in den vergangenen Jahren bewegt hat?

Es fühlt sich gut an, wahrgenommen zu werden, dachte ich, während die Räder meines Fahrrades über die hochkant verlegten Steine aus Torfbrandklinker rollten. Seit fünfzig Jahren zieren die bläulich roten Steine nunmehr die Straße. Nur einen Kilometer vor der

Gabelung der beiden Dorfstraßen wohnte Florian, der junge Mann, der mich vor den Gefahren des moorigen Flusses bewahrt hat. Ertrunken wäre ich nicht. Selbst an der tiefsten Stelle ist das langsam fließende Gewässer immer noch flach. Doch Florians entschiedenes Zugreifen hat mich aus der misslichen Situation befreit, zu wenig zu sehen. Und ich gestand es mir ein, dass sein Anblick hat auf seltsame Weise unmittelbaren Einfluss auf die Frequenz meines Herzschlages hatte.

Einen ähnlich belebenden Einfluss hast Du, von Zeile zu Zeile mehr, auf mich. Offen und jung fühle ich mich in Deiner Nähe, was meine geistige Beweglichkeit deutlich beeinflusst.
Auch wenn Du hier und da eine Pause gemacht haben solltest, verlassen hast Du mich nicht.
Jetzt kennen wir uns so lange, dass ich den Mut aufbringe, zu bekennen, dass ich leider ungeduldig und emotional unausgeglichen sein kann.
Dann stehe ich auf, schaue fordernd zu Dir herüber, stapfe um den Schreibtisch herum. In solchen Momenten bekämen selbst böse Geister vor meinem Gesichtsausdruck Angst. Noch unangenehmer wird es, wenn ich wütend werde. Dann ziehe ich Grimassen, die ihre Berechtigung allein auf der Bühne des Schauspielhauses haben. Und das nur in Szenen, die dem „Drama" zugeordnet werden. Meine dramatischen Anwandlungen kommen in hohem Tempo daher. Genauso schnell entferne ich mich von meinem kreativen Wirken hinter dem Bildschirm des Computers, um durch die Räume zu hasten und hier und da Handgriffe zu tätigen, die mich irgendwann wieder zu innerer Ruhe bringen. Denn mit dem Wirken in Haus und Hof beginne ich wieder präziser zu denken - und meine Sehnsucht, Dir gedanklich nahe zu sein, treibt mich zurück an den Schreibtisch.

Wir beide kommunizieren über ein Medium, dessen Innenleben, oberflächlich betrachtet, in seiner Zeileneintönigkeit, farblos daherkommt. Seite für Seite ein ähnliches Bild. Doch, wenn alles so verläuft, wie ich es schön fände, lesen und schreiben wir uns in eine ganz eigene Welt, voll von fantasievollen Bildern.

Das Sonnenlicht huschte mal hier, mal da durch die filigranen Zweige des Wipfels der alten Birke, als ich über die knarrende Schwelle der Haustür nach draußen trat. Windstill war es. Der Himmel war überzogen mit einem gläsernen Blau.
Der Blick auf meine Armbanduhr verriet mir, dass ich mich beeilen musste, um vor Ladenschluss Brot, Milch und Tomaten erstehen zu können.
Über den unbefestigten Weg am Rande der von hohen Linden bewachsenen Straße stapfend, erinnerte mich das lauter werdende Pochen meines Herzens plötzlich an eine männliche Stimme, die melodiöse „Sofia" mir zuzurufen schien. Ein unangenehmer Druck in der Magengegend breitete sich aus. Immer tiefer sanken meine Schritte in den weißen Sand des Fußweges, der nach tagelanger Sonneneinstrahlung seine Bindung verloren hatte. Meine Waden verkrampften sich schmerzhaft. Seltsam locker wichen die winzigen Körner dem Gewicht meines Körpers.
„Hallo!", vernahm ich, während sich mein Kopf geradewegs in einen fremden Oberkörper bohrte.
„Was suchst du dort unten?", fragte die tiefe Stimme. Ich wusste sofort, dass ich diesen Mann kannte, als mein Blick auf die ausgeprägten Muskeln seiner von Adern durchwirkten Unterschenkel fiel, auf die meerblauen Socken, die in weißen Sportschuhen steckten.
„Entschuldigung!", stammelte ich und hob meinen Kopf, bis ich direkt in Florians lachende Augen blickte: „Oh, du bist es! Ich habe dich gar nicht gesehen!"

„Das glaube ich dir gerne.", schmunzelte Florian und fügte hinzu: „Kein Wunder! Schließlich bin ich hier oben!" Selbstbewusst lächelnd tippte er sich auf die Brust, die aus unmittelbarer Nähe noch breiter auf mich wirkte.

„Hast Du da unten etwas verloren?", räusperte sich Florian. Seine Stimme klang weich und warm in mir nach.

„Ich? Was? Wie?", fragte ich geistesabwesend.

„Das frage ich Dich?", schmunzelte Florian so, als könnte er meine Gedanken lesen.

„Nein, ich habe nichts verloren.", hörte ich mich sagen und dachte, so ganz ehrlich ist das nicht.

„Gut, dann können wir vielleicht zusammen etwas gewinnen?", fragte Florian augenzwinkernd so schnell, dass ich nickte. Ich nickte, als Florian mich zum Eisessen einlud und als er vorschlug, in seinem uralten Cabriolet, an den Fluss zu fahren.

Vergessen war mein Einkauf und als Florian seinen Wagen in das gleißende Licht der Sonne über dem Horizont lenkte, musste ich lachen.

So, jetzt habe ich lange genug von mir erzählt. Dir müsste es reichen! Zuviel Sophie, bedeutet für Dich, zu wenig Wahrnehmung. „Freundeszeit" ist der Titel dieses Buches und Du hast es nicht erworben, um in eine „Egozeit" einzutauchen.

Vielleicht hast Du mein Selbstumkreisen noch toleriert, als Sophie unter Liebeskummer litt? Aber nun, wo die Sonne golden am Horizont untergeht und der milde Hauch eines Sommerabends durch die Zeilen weht, ist es angebracht das ich frage: „Wie geht es Dir? Womit könnte ich Dir Freude bereiten? Welchen Wunsch kann ich Dir erfüllen?" Da Du schweigst, hole ich einen Picknickkorb mit allerlei Leckereien aus dem Vorratsraum meines Hauses.

Auf einer Wiese, umsäumt von blühenden Büschen und niedrigen Bäumen, breite ich eine karierte Decke aus, die vor Ameisen und Feuchtigkeit schützt. All das geschieht in der Nähe meines Hauses. In die Dämmerung eines warmen Sommerabends entfache ich zahlreiche Windlichter, die mit ihrem flackerndem Schein unsere Gesichter beleuchten.

Es wäre schön, wenn Du wieder mal mit mir speist. Meine Idee: Wir unterhalten uns in Gedanken miteinander. Jeder von uns äußert seine Wünsche. Mit jedem Schluck, der uns durch die Kehle rinnt, richtet einer von uns eine Frage an den anderen. Vielleicht vertrauen wir uns. Dann können wir selbstverständlich und locker über unsere Bedürfnisse, Wünsche und Hoffnungen nachdenken. Vielleicht bedenkt jeder von uns seine Träume von der Zukunft.

Hoch oben über uns breitet sich der sternenklare Himmel aus?

Du magst keine Wiesenromantik? Der Sternenhimmel wirkt auf Dich zu poetisch? Sternschnuppenwünsche sind Dir zuwider? Und Visionen hast Du im Augenblick keine?

Nun, ich bin ganz sicher, dass Dir ein anderer Platz, andere Themen und eine Dir gemäße Witterung in den Sinn kommt.

Wenn ich nicht gerade kopfüber an einer Felswand entspannen soll oder in der Tiefsee tauchen muss, reise ich gedanklich mit Dir auch gerne an ungewöhnliche Orte.

Ich vertraue ganz auf Deinen Ideenreichtum und auf die Kraft unserer ungewöhnlichen Beziehung, die nicht allein die Zeit, sondern auch die räumliche Distanz zwischen uns überwindet.

Und wenn Du bis hierhin immer noch an meiner Seite geblieben bist, dann haben wir manches Erfreuliche und Anstrengende miteinander erlebt. Damit, so hoffe ich, ist eine gute Basis für unsere Beziehung geschaffen.

„Was verstehst Du unter Freundschaft?", fragte Florian, während wir nebeneinander her auf einem sandigen Weg gingen, bis die Dämmerung die Farben der Landschaft verschluckte.

Einen Moment lang musste ich nachdenken. Schließlich wollte ich dem Abiturienten gercht werden. Dann sagte ich: „Schönes zusammen unternehmen und wenn man traurig ist, sich gegenseitig helfen und aufmuntern. Vieles gemeinsam lernen, finde ich wichtig. Und manchmal nur miteinander träumen, ganz entspannt."

Langsam drehte ich meinen Kopf zur Seite und sah an Florian hoch. In der Dämmerung war ich nicht sicher, aber ich meinte zu spüren, dass sein Blick meinen traf: „Das klingt plausibel!"

Plötzlich blieb er stehen: „Was macht dich traurig?", fragte er mit klangvoller Stimme.

„Allein zu sein.", antwortete ich spontan. „Allein zu sein unter Menschen, mit denen ich sprechen könnte, die mir aber überhaupt nicht zuhören wollen, weil sie in Gedanken bei sich sind. Allein zu sein, obgleich jemand neben mir geht, der schweigt, obgleich ich ahne, dass ihn oder sie etwas bedrückt."

„Große gedankliche Ferne bei räumlicher Nähe!", konstatierte Florian. Ich schluckte laut, während er leise hinzufügte: „Ich weiß, was du meinst. Ich kann Dir ab übermorgen meine gedankliche Nähe bei räumlicher Distanz anbieten. Ich fahre nämlich für ein Jahr nach Frankreich, um dort zu studieren." Ich erschrak. Florians Blick schob sich an meinem vorbei und schweifte über die Ränder des Moorgrabens hinweg. Ich beobachtete ihn. Leise, aber mit Nachdruck erklärte ich: „Ich finde es schön, Dir schreiben zu können, einfach so, all das, was mir am Herzen liegt. Darf ich das?"

Florian nickte und legte behutsam seinen Arm über meine Schultern. Mit der anderen Hand strich er sanft über meine Hüfte.

„Natürlich gerne! Also, dann schreiben wir, versprochen!"
Sein Atem war so nah an meinen Haaren, dass er beim
Sprechen eine Strähne über meine Wange hauchte.

Vielleicht ist es Dir oder mir- bestenfalls uns, auf dem
gemeinsamen Weg durch die Seiten gelungen, feine Fäden
der Freundschaft zu spinnen?
Ein Haus besteht aus Boden, Wänden und Dach. Es ist
sichtbar. Man kann es betasten und messen.
Eine Freundschaft besteht aus Gefühlen und Gedanken.
Sie bleibt, selbst wenn wir sie sehen und begreifen
möchten, unsichtbar.
Was ich dennoch hier schwarz auf weißem Grund
festhalten möchte: Die freundschaftliche Beziehung zu Dir,
macht mir Hoffnung auf eine gute Zukunft.
Du kamst, fandest dieses Buch und öffnetest die ersten
Seiten. Deine Wahrnehmung hat mich ermutigt.
Gefunden habe ich durch die Kraft meiner Vorstellung,
dass Du liest, mit jeder Zeile mehr, eine intensive
Freundschaft, die so lange bestehen wird, wie ich mit
wachem Geist auf diesem Planeten weilen werde.
Ich habe Dich gesucht und mich selbst gefunden.

Während ich Deine Bedürfnisse ertaste, beobachte ich
meine Bedürfnisse bewusst. Dein Wohl vor Augen, spüre
ich, was mir guttut. Die guten Seiten Deines Charakters im
Blick, finde ich meine Freude und meinen Mut, meine
Geduld und meine Menschenliebe. Und ich entdecke
meine charakterlichen Stärken. Dein Lachen im Sinn,
wächst in mir die Lebensfreude. Und wenn ich Dich achte,
bewundere, bestaune oder würdige, schärft sich mein Blick
auf meine eigenen guten Wesenszüge. Mein
Selbstwertgefühl wächst, je feinfühliger und intensiver ich
Deinem Wert nachspüre.

Doppelter Gewinn bei einfachem Einsatz! Die Freundschaft zu Dir eröffnet mir die Freundschaft zu mir selbst. Eine wunderbare Freundschaft. Was ich damit meine, fragst Du?

Niemand kann mich schneller ermutigen, wenn ich mich fürchte. Niemand kann mich mehr anspornen, wenn ich träge bin. Keiner kennt mich genauer, als ich. Keiner sieht mich schneller und hört mich klarer, als ich.

In mir vereinen sich Zeit und Raum zu einer Persönlichkeit. In mir verschmelzen Vergangenheit, Gegenwart und Zukunft zu einem Lebenslauf. Eine Behauptung darf ich hier und heute ganz sicher aufstellen: Wir sind uns ähnlich! Auch Du bist nah bei Dir. Auch in Dir vereinen sich Zeit und Raum zu Deinem Leben. Auch Du kannst am schnellsten auf Deine Gedanken Einfluss nehmen.

Ob Du Deine beste Freundin oder Dein bester Freund bist, das allerdings hängt davon ab, ob Du Dich magst, Dich pflegst, Dich unterstützt und Dich stärkst.

Es liegt an jedem von uns selbst, gute Ideen in gute Taten umzusetzen. Wir können positive Gedanken durch, faire, freundliche Worte ausdrücken. Jeder von uns kann sich selbst loben, tadeln und disziplinieren.

Sei ganz sicher, liebe Leserin, lieber Leser, von Dir trennen werde ich mich nicht. Dein freundschaftliches Wesen wird mich weiterhin begleiten, wie von selbst. Du findest die Idee kitschig? Für Dich sind meine Gedanken Träumerei?

Für mich hast Du eine ganz besondere Rolle in meinem Leben eingenommen, die einzigartig ist, denn Du hast mir ausschließlich gutgetan, mich niemals getadelt, mich, soweit ich es weiß, nicht abgewertet.

Du hast mich nicht angeschrien oder böse angestiert. Und wenn doch? Ich sehe Dich vor meinem inneren Auge als geduldigen, anständigen und feinsinnigen Menschen. Stichwort „sehen". Ich sehe Dich weiterhin vor mir sitzen, in dem Sessel in meiner Kammer unter dem Dach. Solltest Du Dich unwohl oder einsam fühlen, glaube mir bitte: „Ich bleibe Dir nah."

Hier bin ich nochmal. Ich würde Dich gerne weiterhin erleben. Wenn es Dir bei mir und mit mir gefallen hat…? Mein freundschaftliches Empfinden zu Dir bleibt bestehen. Dir wünsche ich von Herzen eine gute und angenehme Zeit!